Miljardairsurfer

MISHA BELL

◆ MOZAIKA PUBLICATIONS ◆

Dit boek is een fictief werk. Alle namen, personages, plaatsen en incidenten komen voort uit de verbeelding van de auteur or worden fictief gebruikt. Iedere gelijkenis met bestaande personen, levend of dood, bedrijven, gebeurtenissen of plaatsen berust volledig en uitsluitend op toeval.

Copyright © 2025 Misha Bell
www.mishabell.com/nl

Alle rechten voorbehouden.

Buiten gebruik voor een recensie mag geen enkel deel van dit boek zonder toestemming worden vermenigvuldigd, gescand of verspreid, in geprint of elektronisch formaat.

Uitgegeven door Mozaika Publications, onderdeel van Mozaika LLC.
www.mozaikallc.com

Ontwerp cover: Najla Qamber Designs
www.qamberdesignsmedia.com

Vertaling: Missy Veerhuis

ISBN: 979-8-89796-027-9
Print ISBN: 979-8-89796-033-0

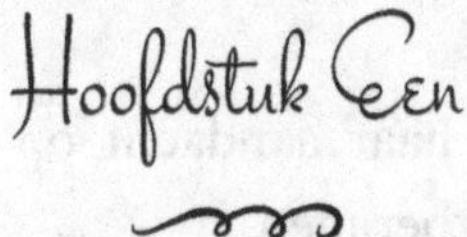

BROOKLYN

"Hebben jullie een vakantie voor me geboekt?" Ik staar naar mijn vriendinnen.

Ik wist dat ze deze brunch zouden betalen, daarom had ik voor een plek met bescheiden prijzen gekozen, maar een reis naar Florida? Serieus?

"Zag je dat?" zegt Jolene met haar kenmerkende grijns, een grijns waardoor ze eruit ziet als het liefdeskind van de Joker en de demonenclown uit *It*... maar dan knap. Als ze een hond was, dan zou ze een Australische herder zijn, een majestueus wezen dat tot mijn ontzetting zelden een trimbeurt nodig heeft. "Ze gaf bijna over," vervolgt ze.

Zoals altijd schudt Dorothy afkeurend haar hoofd bij Jolenes capriolen. Zij zou als hond een basset hound met trieste ogen zijn — nog een ras dat helaas geen trimbeurt nodig heeft.

Deze twee beschouwen zichzelf niet als

vriendinnen van elkaar, alleen van mij, wat het des te verbijsterender maakt dat ze hebben samengewerkt om iets te doen, vooral iets dat zo logistiek geavanceerd is als het plannen van een last minute vakantie voor mij.

Dorothy richt haar aandacht op mij. "Je hebt het nodig," zegt ze vastberaden.

"Brooklyn heeft *het* heel erg nodig," zegt Jolene. "Zo erg zelfs dat ik eindelijk iets heb gevonden waar ik het met oma hier over eens ben."

Yep. Dorothy is een kattenmens terwijl Jolene een hondenmens is, dus ze kunnen net zo goed met elkaar overweg als hun huisdieren. Aan de andere kant kunnen sommige katten goed met honden overweg, dus het is een slechte analogie.

Dorothy vernauwt haar ogen. "Ik ben de jongste aan deze tafel."

Strikt genomen is dat waar. We hebben elkaar ontmoet toen we eerstejaarsstudenten op het Brooklyn College waren. Dorothy was een jaar eerder van de middelbare school gekomen en was zestien, ik was zeventien en Jolene achttien. In tegenstelling tot mij zijn mijn vriendinnen afgestudeerd en hebben ze goedbetaalde banen gekregen waarmee ze grote gebaren kunnen maken, zoals deze reis.

"Je bent alleen biologisch gezien jonger," zegt Jolene.

"Hoe kun je anders jonger zijn?" eist Dorothy.

"In geest," zegt Jolene. "De jouwe is die van een zeventigjarige maagd met een opgedroogde —"

"Hou je mond," snauw ik in de toon die ik meestal bewaar om mijn zevenjarige zoon en zijn vrienden te kalmeren. "Ik kan dit niet aannemen."

"Ik zei het je toch," zegt Jolene tegen Dorothy en ze neemt een sierlijke slok uit haar mimosaglas. Tegen mij zegt ze: "Het is allemaal niet-restitueerbaar en geen van ons kan het gebruiken."

Mijn kaak tikt. "Ik kan niet gaan. Ik heb een baan —"

"Ik heb met een van de andere trimmers gesproken," zegt Dorothy. "Neveah, geloof ik. Ze zei dat ze voor je zou invallen."

"Neveah?" Ik zucht. "Mijn klanten zullen pissig zijn. Die vrouw laat elke hond op een poedel lijken."

"Ik kan het aan iemand anders vragen." Dorothy's stem wordt hard. "Maar je gaat, en dat is definitief."

"Hoe zit het met Reagan?" eis ik. "Wie van jullie gaat er oppassen?"

Dat wil niet zeggen dat ik ze zou *laten* oppassen. Als hij bij Jolene blijft, dan zal hij een vriendin krijgen die hij in korte tijd zwanger zal maken. En ik zeg niet dat Reagan zelf een bijproduct van haar invloed op *mij* was... maar zij was het die me naar de bar had gesleept waar ik de spermadonor ontmoette die me zwanger had gemaakt. Niet dat het beter zou zijn als hij bij Dorothy zou blijven. Hij zou met het tegenovergestelde lot kunnen eindigen — hoewel ik niet zeker weet wat dat is. Zich bij geestelijken aansluiten? Sandalen met sokken dragen?

Jolene huivert. "We zijn geen heiligen. Nou, ik niet.

3

We hebben voor hem ook een oplossing. Er is een kamp in de buurt van je Airbnb — ook allemaal betaald en niet-restitueerbaar."

"Een kamp?" Ik kijk naar Dorothy.

"Met een goede reputatie," zegt Dorothy. "Tot nu toe zijn er geen dodelijke slachtoffers."

"Geen dodelijke slachtoffers. Geweldig."

"Je weet hoe sociaal hij is," zegt Jolene. "Hij zal het geweldig vinden, en dat weet je."

Door de waarheid van haar uitspraak voel ik me gewoon schuldig dat ik zelf geen reis voor hem naar een zomerkamp kan veroorloven.

Mijn schouders gaan hangen. "Waarom doen jullie dit?"

"Omdat je net vijfentwintig bent geworden," zegt Jolene. "Dat is een rond getal."

"Ronde getallen hebben aan het einde een nul," zegt Dorothy.

"Vijfentwintig is ronder dan vierentwintig of zesentwintig," antwoordt Jolene zelfvoldaan.

"Dat is niet het 'waarom' dat ik bedoelde," zeg ik. "Waarom een vakantie betalen en niet, laten we zeggen, een maand van mijn huur?" Dat laatste zou me in het grote geheel waarschijnlijk meer helpen — niet dat ik hun geld zou aannemen.

"Je hebt dringend vitamine D nodig," zegt Jolene, terwijl ze met haar perfect verzorgde blonde wenkbrauwen wiebelt.

Ik verslik me bijna in mijn mimosa. In Jolene-taal staat vitamine D voor 'dikke pik'. Daarom verwacht ik dat Dorothy ineen zal krimpen, maar in plaats daarvan knikt ze.

"Is dat waarom je Florida hebt doorgeduwd?" vraagt ze aan Jolene. Ze draait zich naar me toe en voegt eraan toe: "Je ziet er bleek uit. Heeft je arts gezegd dat je een tekort hebt?" De onuitgesproken "Zo ja, waarom heb je het me niet meteen verteld?" is luid en duidelijk.

De kwaadaardige glimlach op Jolenes gezicht is te veel. "Ik weet zeker dat Brooklyns dokter zou zeggen dat ze die vitamine D heel erg nodig heeft."

Dorothy's al bezorgde uitdrukking wordt nog bezorgder. "Vitamine D is van cruciaal belang voor je botten."

"Ja," zegt Jolene betekenisvol tegen me. "Wanneer was de laatste keer dat je zelfs maar aan... een bot hebt gedacht?"

Dorothy kijkt naar de lijkbleke huid van mijn gezicht. "Als het tekort erg is, dan moet je misschien wat supplementen overwegen?"

Staat Jolene op het punt om een dildograp te maken?

"Ja, je moet die vitamine D *oraal* innemen," zegt Jolene. "Goed idee."

Dorothy fronst. "Oraal? In tegenstelling tot wat, huidpleisters? Ik denk niet dat die werken."

Jolene grijnst breder. "Persoonlijk neem ik vitamine D liever als een vaginale zetpil, maar soms kan het rectaal nemen —"

"Hoe slaag je er toch altijd in om elk gesprek naar geslachtsdelen te sturen?" eist Dorothy van Jolene. Ze wendt zich tot mij en voegt eraan toe: "Champignons bevatten ook vitamine D. Zalm, en —"

"Het is gewoon te veel." Ik duw de tickets weg. "Ik heb jullie twee figuurtjes van papier-maché voor jullie verjaardagen gegeven."

"Ik ben dol op mijn Wonder Woman," zegt Dorothy.

Ik zucht. "Het is eigenlijk het Vrijheidsbeeld."

"En ik hou van meneer grote pik," zegt Jolene.

Ik tuit mijn lippen. "Ik heb het je al zo vaak gezegd... het is de toren van Pisa."

"Het punt is dat je een pauze verdient," zegt Dorothy. "En je vergeet hoe je me met mijn oma hebt geholpen toen ze ziek was."

"En mij toen meneer Goobers dat probleem met zijn penis had."

"Het enige wat ik heb gedaan, is hem helpen zijn lippenstiftje terug te trekken," zeg ik met een oogrol. "Het haar dat daar vast komt te zitten, is een veelvoorkomend probleem voor pluizige honden. En je oma, Dorothy, is de liefste dame die ik ooit heb gekend. Het was me een genoegen om haar te helpen."

Jolene wiebelt weer met haar wenkbrauwen. "Was het een genoegen om meneer Goobers te helpen?"

"Ieww, hou op," zegt Dorothy, terwijl ze haar neus optrekt. "Ik dacht dat zelfs jij de grens trok bij bestialiteit, maar ik denk dat ik me vergist heb."

"Maar serieus," zeg ik. "Ik kan dit niet aannemen."

"Dan denk ik dat zowel het kamp als de Airbnb verloren zullen gaan," zegt Jolene dramatisch zuchtend. "En de volgende keer dat je aanbiedt om meneer

Goobers een gratis knipbeurt te geven, dan heb ik geen andere keuze dan te weigeren. En ik zal ook naar een dierenarts gaan om hem met zijn penis te helpen."

Grr. Daar heeft ze me. Niet met het trimmen en het deel met de penis van meneer Goobers, natuurlijk. Het is de niet-restitueerbare status van hun extreem dure geschenk dat het vrijwel onmogelijk maakt om te weigeren.

"Ik moet met mijn zoon praten," zeg ik, terwijl ik naar strohalmen grijp. "Als hij niet wil gaan —"

"Reagan? Je maakt een grapje, toch? Hij springt voor traktaties hoger dan meneer Goobers," zegt Jolene. "Maar doe wat je nodig hebt om je op je gemak te voelen. Want je gaat op vakantie en dat vitamine D-tekort oplossen."

"Zomerkamp?" schreeuwt Reagan voordat ik hem de details kan vertellen, zoals dat er geen kannibalen zullen zijn. "Dank je, dank je, dank je!" Hij begint als een van mijn viervoeters door het huis te rennen als ze door het dolle zijn.

Jolene had gelijk. Hij is duidelijk dolgelukkig. Zo erg zelfs dat mijn borst zich onaangenaam samenknijpt. Ik moet uitzoeken hoe ik hem meer van dit soort ervaringen kan geven.

Maar ook... zou het mijn zoon kwaad doen om op zijn minst te doen alsof hij de persoon zal missen die vijfendertig martelende uren van hem lag te bevallen?

Op de vlucht naar Jacksonville speelt Reagan zijn videogame terwijl ik mijn best doe om niet naar hem of andere onschuldige omstanders te snauwen. Dankzij mijn enorme geluk was het Rode Kruis slechts enkele uren geleden aangekomen, waardoor ik het soort krampen kreeg dat, als je ze aan een krijgsgevangene zou geven, het tegen de Conventies van Genève in zou gaan.

Bedankt, lichaam. Was een ontspannende vliegreis te veel gevraagd?

Ik kijk naar mijn pols waar mijn verjaardagscadeau van vorig jaar zit. Het is een Octothorpe Glorp, een fitnesstracker die me zou moeten waarschuwen wanneer opoe naar de stad komt. Vaak stel ik me de gizmo voor alsof die tegen me praat met een stem die een mix is van Richard Simmons en Gollum:

Mijn lieve Precious, als ik kon, dan zou ik elke tampon die je ooit hebt gebruikt in een heiligdom bewaren en de glimlachen die ik uit mijn favoriete foto's van jou heb geknipt aan ze vastlijmen. Helaas, als het om de functie gaat die je noemt, volg ik alleen je cycli, en voorspel ik ze niet.

Ik lijd de rest van de vlucht zo stoïcijns als ik kan. Zodra we zijn geland, huur ik een auto en breng ik Reagan rechtstreeks naar het kamp — een strandachtig en chill etablissement dat achter elkaar Jimmy Buffett afspeelt.

"Oké, doei," zegt Reagan zonder een seconde te

aarzelen voordat hij wegloopt om de omgeving te bekijken.

Ik wacht om er zeker van te zijn dat hij niet terug komt rennen en me vertelt dat het hem niet bevalt wat hij ziet. Nee. Hij denkt waarschijnlijk dat ik al vertrokken ben, of hij is helemaal vergeten dat ik besta.

"Hij heeft toegang tot een telefoon," zegt de dichtstbijzijnde counselor, die op een padvinder lijkt, geruststellend tegen me. "En we hebben je nummer in ons bestand staan. Zodra hij zich heeft gesetteld, zal hij je bellen. Ga maar."

Ik ga met een zucht terug naar de auto en begin te rijden.

Mijn humeur was al slecht, maar nu is het erger dan dat van een gestrest nijlpaard met slaapgebrek, dat bedekt is met teken. De groene en idyllische natuur om me heen zorgt ervoor dat ik me alleen maar rot voel over waar ik eigenlijk woon, net als de veel mooiere wegen en schonere straten. Maar dan rijd ik bijna over een echte levende alligator en voel ik me een beetje beter over de vergelijking tussen mijn naamgenoot in NYC en Palm Islet, Florida, het illustere stadje waar mijn vakantie zal zijn. Hetzelfde geldt als een hert een paar minuten later zelfmoord probeert te plegen met mijn auto, en wanneer de vrouw in de auto voor me stopt om een schildpad te redden — en ze tijdens het gebeuren onder geplast wordt.

Je moet wel van Florida houden.

Mijn Airbnb blijkt zich in een beveiligd complex te bevinden en de vrouwelijke bewaker bij de ingang is net zo grondig als een TSA-agent. Als al mijn papieren in orde lijken te zijn, trekt ze haar neus op en mompelt ze iets over de VvE die Airbnb-accommodaties in de gemeenschap meestal verbiedt, en dat de mijne een zeldzame uitzondering op de regel is. Ze vertelt me verder dat de VvE meestal een toeslag voor overnachtende gasten in rekening brengt, maar dat de eigenaar van *mijn* Airbnb van 'alle regels' is vrijgesteld.

O, wat erg, zeg. Hoe kunnen de arme leden van de VvE 's nachts slapen? Terwijl ik wegrijd, kost het moeite om niet te vragen of de VvE in dit geval voor Vereniging voor Eikels staat.

Als ik door de gemeenschap rijd, merk ik dat de huizen charmante mixen van Spaanse, mediterrane en Caribische stijlen zijn en dat ze allemaal onberispelijke gazons hebben — het moet dezelfde VvE zijn die hier met ijzeren vuist regeert. Maar als ik de doodlopende weg inrijd waar mijn Airbnb zich bevindt, is het monotone patroon doorbroken. Huizen nummer vier en vijf op Gatorview Drive zijn tweelingen, en beide hebben scherpe hoeken, ze zijn bedekt met spiegelende oppervlakken en tonnen chroom, en ze doen me denken aan iets dat je in een museum voor moderne kunst zou kunnen zien.

Aangezien een van deze van mij is, neem ik aan dat beide tot dezelfde van VvE-regels vrijgestelde eigenaar behoren.

Mijn humeur verbetert minutieus als ik het meer naast beide huizen zie, met de ongerepte natuur aan de overkant. Het uitzicht vanaf mijn Airbnb moet spectaculair zijn, maar iets minder dan vanuit het naburige huis.

Ik controleer mijn fitnesstracker voor de tijd.

Liefste Precious zou moeten overwegen om meer stappen te zetten, om die sappige dijen strakker te maken voor mijn stalking — ik bedoel kijkplezier.

Shit. Ik ben te vroeg om in te checken en het wordt behoorlijk warm. Volgens Evan, die me namens deze Airbnb appjes heeft gestuurd, kan de code voor het garageslot pas na half twaalf worden gebruikt, maar ik kan tegen die tijd aan een zonnesteek overlijden.

Ik wil ook dat de vakantie begint, samen met de daarbij behorende ontspanning.

Waarom zou ik die code nu niet testen?

Ik loop naar de garage, typ de code in en de deur gaat open. Bingo! Tussen dit en het ontbreken van een auto op de oprit of in de garage, weet ik vrij zeker dat ik het huis binnen kan gaan.

Nadat ik in de garage heb geparkeerd, open ik de deur van het huis zelf — wat volgens Evan de ingang is die ik zal gebruiken om te komen en gaan.

De deur leidt rechtstreeks naar een ultramoderne keuken ter grootte van mijn hele appartement, en daar, op het granieten eiland, staat een spread van lekkere tapas.

Dit is pas een chic welkom. Ik zie een klein stukje gegrilde zalm, een gigantische boon, een bijgerecht van rijst, een assortiment augurken, een heleboel kleine groentes en iets dat er net zo uitziet en ruikt als misosoep.

Japanse tapas?

Ik haal mijn schouders op en proef de zalm terwijl ik door een raam van vloer tot plafond van het uitzicht op het meer geniet.

Ik ben weer jaloers op Floridianen. In New York zou je een miljardair moeten zijn om iets in de buurt van dit huis met dit soort uitzicht te hebben.

De vis is goddelijk, dus ik proef elk van de groenten, die ook geweldig zijn. Zelfs de boon is lekker en de misosoep is de beste in zijn soort, in gelijke mate zoet en hartig.

Plotseling hoor ik geritsel aan de andere kant van het eiland.

Wat voor de duivel?

Het eiland blokkeert mijn zicht, dus ik stap voorzichtig naar de plek waar het geluid vandaan komt — een gootsteen die ik eerder niet kon zien.

Ik snak naar adem.

Er staat een man op. Op basis van de gereedschappen die op de vloer liggen, neem ik aan dat hij een loodgieter moet zijn die de gootsteen repareert.

Ik moet toegeven dat tot vandaag, als ik me een loodgieter in mijn hoofd zou moeten voorstellen, dan zou hij (is dat seksistisch?) eruitzien als Super Mario met een cartoonachtige snor, overall en evenveel sexappeal als een blobvis.

Deze loodgieter moet echter de heetste man zijn die ik ooit heb gezien.

Zijn ogen zijn het heldere blauw van een Siberische husky, zijn haar is de zongebleekte tint van de vacht van een golden retriever en zijn scherpe hoekige gelaatstrekken zijn goddelijk zonder hondenanalogen. Helaas zijn zijn oren bedekt met een koptelefoon, maar ik wed dat zij ook sexy zijn. O, en zijn blote borst heeft een leger van glinsterende spieren die een sixpack bevatten. Zijn tepels zijn ook hard.

Correctie, het zijn *mijn* tepels die hard zijn.

Hij ziet me en fronst, maar hij laat zelfs chagrijnig er goed uitzien. Dan gaat zijn blik naar wat er van de tapas over is en schieten zijn ogen ijspegels naar me.

"Wie ben jij?" eist hij in een lage grom die op de een of andere manier sexy is. "En waarom heb je mijn verdomde ontbijt opgegeten?"

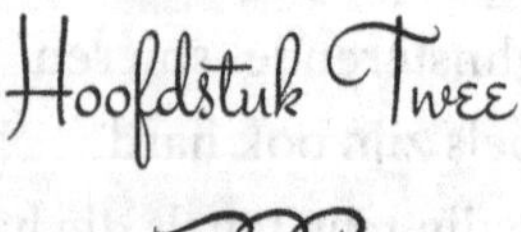

EVAN

Twintig minuten eerder

Ik val om van de honger. Als ik niet snel eet, dan val ik misschien wel flauw.

Vasten en cardio is het domste idee sinds het worstelen met alligators en het jagen op adelaars met behulp van drones.

Na mijn ochtend-jog op het strand, ben ik als een beer die na een lange winter wakker is geworden, en ik heb het over typische beren, niet de onruststokers die door het vuilnis rommelen die we in deze delen hebben die vanwege het warme weer niet eens een winterslaap hoeven te houden. Ik heb hoofdpijn, geen energie en ik voel me extreem boos (zoals de genoemde beer), vooral over de domheden van de wereld, waarvan er veel zijn. Voorbeeld: ik stond op het punt om te ontbijten nadat ik het huis voor de volgende huurder had bekeken, maar ik heb net, nadat ik mijn handen heb gewassen, ontdekt dat de gootsteen verstopt is.

Kan iemand me eraan herinneren waarom ik dit doe? Ik dacht dat het was omdat ik graag met mensen uit verschillende plaatsen omga, maar nu begin ik te vermoeden dat ik een masochistische inslag heb.

Wat ik niet had verwacht, is dat je naast het socialiseren ook leert wat voor dingen mensen in de afvalvernietiger gooien. Tot nu toe heb ik een blonde pruik, een hoorn van een hert, een fietsband en genoeg dildo's en buttpluggen gezien om een winkel van seksspeeltjes van een voorraad te voorzien.

Fucker. Ik moet zien wat het is. Ik kan pas van mijn maaltijd genieten als ik dit heb geregeld. Misschien moet ik mijn eigen trend beginnen — vasten en sanitaire voorzieningen.

Ik trek mijn shirt uit, ga onder de gootsteen liggen en voeg een nieuwe veroorzaker van een verstopping aan mijn collectie toe: een pluche Pokémon, met de naam Pikachu.

Mijn eerste instinct is om het gezin een slechte recensie op Airbnb te geven en kosten in rekening te brengen, maar ik verander snel van gedachten. Ik haat slechte recensies, dus de Gulden Regel zegt dat ik ze niet mag uitdelen tenzij ik het echt meen, en op dit moment kan het mijn humeur zijn dat me verleidt.

Wat ik nodig heb, is een maaltijd, gevolgd door wat knuffels van Harry en Sally. Als ik morgen nog steeds boos ben over Pikachu, dan schrijf ik de recensie. Hoewel ik al weet dat ik dat niet zal doen, omdat ik nog nooit slechte recensies over andere gasten heb geschreven van wie de diverse items dezelfde afvalunit hebben verstopt.

Als ik onder de gootsteen vandaan kom, hoor ik iets, waardoor mijn hongerige hart overslaat.

Een indringer?

Onwaarschijnlijk in een beveiligd complex, maar niet onmogelijk.

Ik sta voorzichtig op.

Het is een vrouw.

Een lange, slanke vrouw met glanzend haar in de kleur van chocolade, ogen in de meest heerlijke tint van karamel, een huid als vanille-ijs en een mond zo rijp als —

Fuck. Ik moet eten, zodat ik de hele wereld niet meer in termen van eten kan zien.

Dan gaan mijn ogen naar mijn ontbijt, waar ik over heb lopen fantaseren.

Het is weg.

Deze *dief* heeft het opgegeten.

Nee.

Fuck, nee.

"Wie ben jij?" Ik ruk de koptelefoon van mijn oren. "En waarom heb je mijn verdomde ontbijt opgegeten?"

De handen van de vreemdeling gaan naar haar heupen. "Ik huur deze ruimte. Wie ben *jij*?"

Dus dit is Brooklyn... uit Brooklyn. "Je huurt nog niets," snauw ik. "Voor zover ik weet, bevinden New York en Palm Islet zich in dezelfde tijdzone, en het is op beide plaatsen nog geen half twaalf."

Ze doet een stap achteruit, maar dan worden haar ogen zo smal als spleetjes. "Dus... *dit* is wat hier voor klantenservice doorgaat?"

Mijn kaak tikt. "Ik zal het nog eens herhalen. Je bent geen klant. Nog niet. Je lijkt meer op een indringer, en hier worden die vaak neergeschoten."

"Ah, dus je bent een echte psychopaat?" Ze scant me zonder de angst die bij haar uitspraak hoort. Als haar blik op mijn hand valt, worden haar ogen groter. "Is dat een verscheurd knuffelbeest?"

Shit. Ik heb de overleden Pikachu als een stressbal vast. Misschien lijk ik wel op een psychopaat... of wat nog erger is, op het stereotype van een inheemse Floridiaan.

Ik open de prullenbak en gooi Pikachu's overblijfselen daar zonder een grafrede in. "Het kleine snotjong dat vanmorgen is vertrokken, heeft dat speelgoed in de afvalvernietiger gestopt."

Brooklyn tilt haar puntige kin op. "Dus je bent niet alleen onbeleefd, je haat ook kinderen."

Haat ik kinderen? Mijn nekharen gaan omhoog staan. Ik heb die beschuldiging eerder gehoord — oké, onder andere omstandigheden — en het is net zo onwaar als woedend makend.

"Wat nog meer?" gaat ze verder. "Sla je in je vrije tijd oude dametjes in elkaar?"

Zijn deze hypothetische oude dametjes onderdeel van de VvE? Hoe dan ook, ik zou er nooit een slaan... het maakt niet uit hoe verleidelijk die specifieke dames het voorstel soms maken.

"Ben ik onbeleefd?" Ik gebaar naar mijn zogenaamde maaltijd. "*Ik* ben niet naar binnengeslopen om *jouw* eten op te eten."

"Kun je dat eens vergeten?" Ze zet haar voeten breder neer, als een bokser die klaar is om nog een rondje te gaan. "Ik dacht dat de tapas hier als een warm welkom waren neergezet. Het is duidelijk dat je de betekenis van de term niet kent."

"Tapas?" Ik veeg een zweetdruppel van mijn voorhoofd. "Dat was een traditioneel Japans ontbijt."

Ze trekt haar neus op. "Zalm als ontbijt?"

Ik adem gefrustreerd uit. "Ga je nu een hele cultuur afzeiken?"

"Nee," zegt ze. "Alleen jou."

"Doen New Yorkers geen gerookte zalm op hun bagels?" zeg ik. "Dat is ook zalm."

Ze gnuift. "Doet niet iedereen gerookte zalm op zijn bagels?"

Touché. Als ik aan een bagel met gerookte zalm denk, dan rommelt mijn maag zo hard dat ze even naar achteren stapt. Dan verschijnt er voor het eerst iets dat op schuld lijkt op haar gezicht.

"Luister," zegt ze. "Het is duidelijk dat als ik had geweten dat het jouw eten was, ik het niet had opgegeten."

Ik haal diep adem en dwing mijn gespannen schouders naar beneden. "Is dat een verontschuldiging?"

Ze gnuift zichtbaar. "Ga je je verontschuldigen dat je een lul bent?"

"Nee, maar je kunt jezelf als vroeg ingecheckt beschouwen."

Zo.

Ik voel me als een heilige als ik de keuken uit stamp, tenminste totdat ik haar parfum ruik of wat het ook is. Yuzu, salie en kruidnagel. Heerlijk.

Fuck mij. Mijn maag begint weer.

Ik sla de deur achter me dicht en haast me naar mijn eigen huis —waar een veel waardelozer ontbijt op me wacht.

Hoofdstuk Drie

BROOKLYN

Terwijl de klootzak langs me loopt, detecteert mijn neus sterfruit, oceaanzout en was. Hmm. In combinatie met de manier waarop hij eruit ziet, laten de laatste twee geuren me denken dat hij in zijn vrije tijd misschien een surfer is.

Maar zijn surfers niet relaxter? Zijn persoonlijkheid is zoals de meeste mensen denken dat pitbulls zijn, en chihuahua's — hoewel die oneerlijke fokkers van hondenstereotypen zijn.

"Wacht, je bent je gereedschap vergeten!" roep ik, maar hij hoort me niet.

Geweldig. Dit betekent dat ik hem waarschijnlijk weer zal moeten zien.

Ik haal kalmerend adem en eet het laatste van zijn ontbijt op, want dat kan ik net zo goed doen. Als het eten op is, slik ik mijn laatste Advil door en loop de afgeschermde veranda op om het gigantische zwembad met uitzicht op het meer te bekijken.

Wauw.

Zelfs als ik niet op enkele minuten van het strand was, dan zou deze vakantie alsnog geweldig zijn.

Misschien kan ik voor het eerst in zeven jaar echt ontspannen?

Ik plof op een nabijgelegen loungestoel, maar in plaats van te ontspannen, begint mijn geest de interactie met de hete loodgieter opnieuw af te spelen en vraag ik me af of ik overdreven heb gereageerd. Misschien had ik last van menstruatie-geïnduceerde prikkelbaarheid?

Ach ja. Ik heb tenminste mijn hormonen als excuus. Wat is het zijne?

Plotseling bereikt een vervelend geluid mijn oren. Het is een luid gezoem dat me aan een gigantische stofzuiger uit de hel doet denken.

Over de hel gesproken, waarom ruik ik zwavel?

Ik scan mijn omgeving. Er sproeit een sproeier aan de rechterkant van het gazon, maar die zijn niet *zo* luid.

Dan zie ik waar het geluid vandaan komt. De loodgieter rijdt, nog steeds zonder shirt, met een helse machine over het gras.

Hij is of het gras aan het maaien of hij filmt een advertentie voor die machine — en ik heb plotseling zin om er een te kopen.

Ik denk dat hij meer is dan alleen een loodgieter.

"Hé!" roep ik.

Geen reactie.

"Gast!"

Nee. Hij heeft een koptelefoon op, dus tussen dat en

het geluid, betwijfel ik of hij zichzelf kan horen denken... ervan uitgaande dat hij ooit aan die activiteit doet.

Ik open de hordeur van de veranda en zwaai met mijn armen.

Hij stopt eindelijk het lawaai en doet zijn koptelefoon af.

"Kun je dat *niet* doen?" roep ik.

Zijn ogen vernauwen zich. "Wat niet doen? Bestaan?"

Ik rol met mijn ogen. "Je kunt zoveel bestaan als je wilt, maar misschien zonder zoveel lawaai?"

"O." Hij kijkt naar zijn machine. "Word je door het grasmaaien gestoord?"

Was dat sarcasme? "Ja! Het zou iedereen met oren storen. Kun je het een andere keer doen?"

Hij zucht. "Het oorspronkelijke plan was om dit te doen *voordat* je incheckte, maar we weten hoe *dat* is afgelopen."

Ik zucht ook. "Dus... is dat een 'nee'?"

Hij ademt geïrriteerd uit. "Wanneer zou het voor u handiger zijn, Majesteit?"

"Klinkt het altijd zo?" vraag ik.

Hij knikt geïrriteerd met zijn hoofd.

Ik kijk naar de perfect redelijke hoogte van het gras. "Kun je dat doen *nadat* ik weg ben?" Een moment waarop hij hoogstwaarschijnlijk met grote smart wacht.

De man scant het gras alsof hij het nog nooit eerder heeft gezien. "Als ik het niet snel doe, dan zal iemand van de VvE gaan zeuren en zij zijn veel irritanter dan jij."

Is dat een versluierd compliment of een klacht tegen de VvE?

"Misschien kun je het doen als ik weg ben," stel ik voor.

Hij veegt op een uiterst afleidende manier een paar zweetdruppels van zijn romp. "En wanneer zal dat zijn?"

Ik verban zweet likkende fantasieën uit mijn hoofd. "Ik moet zo wat boodschappen gaan doen." Met inbegrip van meer Advil, omdat mijn hoofdpijn alleen maar erger en erger wordt, hoewel mijn krampen enigszins zijn afgenomen. Mijn baarmoeder lijkt op dit moment gelukkiger te zijn. Geen idee waarom.

"Wanneer is zo?"

"Over een uur?" Ik zet een timer op mijn telefoon.

"Goed dan," zegt hij.

"Geweldig. En nu... weet je wat die vreselijke geur is?"

Hij snuift aan de lucht voordat een hint van een glimlach zijn ogen bereikt. "Degene die aan rotte eieren doet denken?"

Ik knik.

"De sproeiers gebruiken hier bronwater," zegt hij. "Dit is hoe het ruikt."

Als om zijn woorden te bevestigen, waait de wind vanuit de sproeier in mijn richting en test het mijn kokhalsreflex.

"Is er een kans dat je de sprinklers een andere keer kunt gebruiken?" vraag ik.

Klink ik bevoorrecht? Als dat zo is, dan geef ik hem daar ook de schuld van — hij haalt namelijk het ergste in me naar boven.

Hij krult zijn bovenlip omhoog. "Als het Uwe Majesteit uitkomt, zal ik de sproeiers voor zonsopgang aanzetten."

"Geweldig. Bedankt."

"Anders nog iets?" vraagt hij, naast me uit te dagen om iets anders te noemen.

"Je bent je gereedschap op de keukenvloer vergeten," zeg ik.

"Ik zal ze over een uur ophalen," zegt hij, start dan de afschuwelijke machine opnieuw op en rijdt weg, terwijl hij benzinedampen in zijn kielzog achterlaat.

Ik ga terug naar binnen en ga op een comfortabele bank zitten met uitzicht op de stinkende sproeiers. Ik ga niet terug naar buiten totdat ik het water zie verdwijnen.

Terwijl ik zit, voel ik een obscene steek van teleurstelling bij het zien van het gereedschap dat hij heeft achtergelaten. Wil een deel van me dat hij langskomt om ze te halen als ik thuis ben? Zo ja, wat is er mis met dat deel van mij? Is Jolene op de een of andere manier in mijn hoofd gekomen?

Nee, ik ben niet eerlijk naar Jolene. Toen ze predikte dat ik wat vitamine D nodig had, was dit niet wat ze bedoelde. Zelfs zij kent het verschil tussen een pik krijgen en met een lul samenzijn.

Niet dat ik op deze vakantie voor dat eerste zou gaan, hoe aardig de man die eraan vastzit ook mag zijn. Die ene informele seksafspraak die mijn leven voor altijd veranderde, was mijn laatste. Als ik seks heb, dan zal het als onderdeel van een echte relatie moeten zijn, en dat zal niet op vakantie gebeuren. Het meeste waar ik in zo'n verre postcode op kan hopen is een avontuurtje, wat in feite een soort seksafspraak is.

Hoe dan ook, zelfs als de loodgieter/grasmaaier een New Yorker was, zou hij geen relatiemateriaal zijn.

Mijn telefoon gaat.

Het is Reagan. Hij ratelt een paar minuten door over hoe dol hij op het kamp is, voordat hij vraagt hoe het met mij gaat.

"Geweldig, knul," zeg ik. "Het is hier leuk. Ik ga zo boodschappen doen en daarna misschien naar het strand."

"Wij gaan later vandaag naar het strand," zegt hij opgewonden en hij vertelt me het hele programma dat aan de strandtrip voorafgaat voordat hij een verhaal begint over de vrienden die hij al heeft gemaakt.

Over vrienden gesproken, ik begin zodra ik ophang een groepsgesprek met de mijne om ze opnieuw voor het ongelooflijke geschenk te bedanken.

"Stuur van alles foto's," eist Dorothy.

"Maar misschien niet van de vitamine D," zegt Jolene. "Stuur ze in ieder geval niet naar mevrouw Preuts."

De sprinklers gaan buiten uit.

Dus daar heeft hij zich aangehouden. Mooi zo. Dat is het minste wat hij kan doen.

Ik neem afscheid van mijn vriendinnen en ga naar buiten om bij het zwembad te loungen.

Als ik ga zitten, voel ik een aangenaam warm briesje langs mijn huid gaan en de lucht is vrij van zwavel. Het enige wat ik ruik, is vers gemaaid gras.

De pil die ik eerder heb genomen, moet ook zijn gaan werken, omdat ik me semi-normaal en op het punt van kalmte voel.

Dat is waarschijnlijk de reden waarom het alarm dat ik eerder heb ingesteld op dat exacte moment afgaat.

Juist. Ik had beloofd om hier niet te zijn als hij zijn gereedschap komt pakken en het grasmaaien afmaakt.

Grr. Ik sta op en controleer de temperatuur van het zwembad.

Warm en perfect natuurlijk. Nog een reden waarom ik niet weg wil.

Misschien hoef ik dat niet te doen? Misschien kan ik oordopjes in doen en zwemmen, terwijl hij die herrie maakt?

Nee. Ik denk dat dit misschien dat gekke deel van me is dat iets bekokstoofd om de loodgieter me in mijn bikini te laten zien als wraak voor zijn neiging om zonder shirt rond te lopen. Hoewel ik bleek ben, ben ik in redelijk goede vorm en heb ik in jaren niet de kans gehad om met dat feit te pronken.

Goed dan. Ik zal het zwembad later gebruiken. De oceaan is misschien toch beter.

Ik ga terug, trek mijn bikini aan, trek een zomerjurk aan en rijd naar de plaatselijke supermarkt, waar ik voor nu alleen Advil haal — de boodschappen kunnen bederven als ik ze in deze hitte in de kofferbak laat liggen.

Als ik het strand op stap, voel ik me bijna duizelig. Er is iets speciaals aan het gevoel van warm zand tussen je tenen, het geluid van de branding en het uitzicht op de eindeloze blauwe uitgestrektheid. Iets dat mijn hoofdpijn beter weg laat trekken dan welk medicijn dan ook.

Iets wat mijn humeur ook verbetert, is een heel vreemd gezicht: een paar mensen die op het strand op een echte bank zitten. Hij lijkt op een Bedlington terriër en zij op een Chinese naakthond.

Waarom de bank? Hoe? Wie boeit dat? Wat ik hoop dat er is gebeurd: iemand heeft de bank weggegooid, en dit ondernemende stel heeft hem opgepakt en besloten dat het een geweldige strandstoel zou zijn. Of ze hebben op deze manier hun eigen bank met pensioen laten gaan. Voor zover ik weet, is dit misschien een traditie in Florida, zoals New Yorkers die de veters van hun oude sneakers aan elkaar knopen en ze omhoog gooien om ze aan hoogspanningslijnen op te hangen.

Ik loop met een glimlach op mijn gezicht naar voren om de temperatuur van de oceaan te voelen.

Het water is warm, maar er is een groot probleem als ik wil zwemmen: de golven zijn veel te hoog. Nu ik oplet, zie ik ook een rode vlag in de buurt hangen en een bord eronder dat zegt, "Zwemmen wordt vandaag niet aanbevolen. Geen strandwacht aanwezig."

Ach ja. De zonnestralen in me opnemen is misschien wel alle ontspanning die ik nodig heb.

Ik spreid mijn handdoek uit, ga erop liggen, sluit mijn ogen en doe alsof ik ook op een bank zit... en dat is wanneer ik in slaap val.

Wat knispert er in mijn mond, waarom heb ik het zo heet en wat is die lucht?

Ik open mijn ogen en lig met mijn gezicht naar beneden in het zand, met de handdoek als een deken over me heen, in plaats van onder me te blijven zoals een loyaal strandlaken zou moeten doen.

Shit. Ik heb genoeg zand in mijn mond om een klein kasteel te maken.

Me erg vrouwelijk voelend, zit ik de volgende paar minuten krachtig te spugen. Vervolgens zoek ik naar een bron van water, zodat ik mijn mond kan spoelen en de bron van de vreemde geur kan achterhalen. Als het weer bronwater is, dan kan ik het misschien gewoon gebruiken om mijn mond te spoelen, of het nou wel of niet stinkt.

Nee. Het zijn geen sproeiers, maar iets dat vreemder is. Er staat een koe in de buurt en de lucht komt van een koeienvlaai die ze heeft gemaakt. En ja, ik bedoel een gewone koe, het type dat 'boe' zegt, geen zeekoe, zoals een lamantijn, een dier waar dit gebied eigenlijk beroemd om is. Dankzij de kleur en de trieste ogen lijkt ze wel een gigantische basset hound, alleen zonder de hangoren en met hoorns.

Ik wrijf in mijn ogen, wat een vergissing is, want nu voelen die ook zanderig aan. Zou de koe een hallucinatie kunnen zijn die door een zonnesteek wordt veroorzaakt?

Maar waarom kijkt het stel op die bank dan ook naar haar? Ik heb *hen* gezien, voordat ik in slaap viel.

Wat nog belangrijker is, kan de koe me wat melk geven voor een mondspoeling?

Ik krimp ineen terwijl de scène zich voor mijn ogen afspeelt: ik loop naar de koe toe, pak haar uier — die in feite een borst is —en trek hem in mijn mond.

Ja. Nee, dank je. Misschien als ik op school was gebleven en dierenarts was geworden zoals ik altijd had gewild, dan had ik ervaring met koeien gehad en dan zou ik zoiets kunnen doen, maar niet met de diploma's als huisdierentrimmer. De koe zou me tegen mijn hoofd schoppen — en daar gelijk in hebben — en dan zou ik sterven en een van die 'alleen in Florida'-verhalen op het nieuws worden.

Ik herinner me uiteindelijk het toilet in de buurt van waar ik geparkeerd sta, dus dat is waar ik naartoe ga om mijn mond te spoelen.

Er hangt alleen een bord boven de wasbak met, "Gevaar. Geen drinkwater, niet drinken."

Hmm. Het is duidelijk dat je je handen met dit water mag wassen, dus de grote vraag is: zou het spoelen van mijn mond dichter bij drinken of handen wassen zitten?

Fuck het. Ik pak wat water en spoel eerst mijn mond en dan mijn ogen.

Ah. Veel beter. Hopelijk heb ik nu geen oogontsteking en cholera opgelopen.

Ik kom net op tijd terug bij mijn handdoek om getuige te zijn van een besnorde bulterriër-achtige kerel die de koeienvlaai in een grote zak deponeert, zoals hondenbezitters dat voor hun viervoeters doen.

Raar. De bulterriër leidt de koe dan weg — voordat iemand de kans krijgt om voor de hand liggende vragen te gaan stellen.

Mijn theorie is dat het een van die Kobe-koeien was — geen relatie met de beroemde basketbalspeler. Naar verluidt worden die koeien als royalty behandeld en krijgen ze bier, massages en waarschijnlijk ook pedicures. Als dat allemaal waar is, waarom zou je dan geen wandeling op het strand maken?

Ik denk nog wat verder over deze vraag na, ga op mijn handdoek zitten en bewonder de golvende oceaan.

Hmm. Ondanks het zwemverbod zijn er surfers in de verte.

Een van hen heeft zelfs een golden retriever op de surfplank bij zich. Hoe schattig is dat?

Ik zucht weemoedig. Reagan zou het geweldig vinden als hij dit zag. Hij is dol op die video's van honden die allerlei leuke dingen doen, van zingen tot typen. Hij zou ook een goed argument geven om te gaan zwemmen... en geen angsthaas zijn.

Misschien kan ik er gewoon in lopen tot het water aan mijn knieën is. Op die manier kan ik mijn gezicht nat maken en een beetje afkoelen. Dat zou toch veilig moeten zijn.

Ik ga voorzichtig naar het water toe en loop erin tot mijn enkels nat zijn — en dan komt er uit het niets een enorme golf.

Whoesh!

Mijn wereld draait rond, terwijl ik van mijn voeten geslagen word.

Ik sla met mijn armen om me heen, terwijl het water me aan alle kanten omringt, maar het heeft geen zin. Het water trekt me terug de oceaan in en mijn leven speelt zich voor mijn ogen af terwijl ik me klaarmaak om te verdrinken.

Hoofdstuk Vier

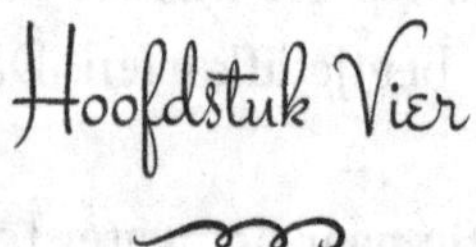

EVAN

Een paar uur eerder

Zodra ik me vol voel van mijn saaie kom met ontbijtgranen, realiseer ik me dat ik niet optimaal heb gehandeld toen ik de nieuwe huurder ontmoette. Ze nam aan dat mijn eten een welkomstgeschenk was dat haar opwachtte — wat niet *zo'n* gekke veronderstelling is. Ik heb eerlijk gezegd met het idee gespeeld om snacks neer te zetten, maar ik heb het nooit geïmplementeerd.

Ik adem uit. Ter verdediging, ze had niet zo strijdlustig hoeven te zijn. Toch zal ik overwegen om me te verontschuldigen als ik de kans krijg.

Totdat ik het gras begin te maaien, en daar is ze, nog vijandiger dan voorheen.

Fuck. Waarom zijn het altijd de aantrekkelijke? Vergeet de verontschuldiging. Ik zal haar gewoon voor de duur van haar verblijf vermijden, wat een beetje klote is, omdat we naast elkaar zitten en ze de enige persoon is die in een straal van vijf kilometer jonger is dan vijfenzestig.

Whatever. Aangezien ik de energie en de grasmaaier heb, maai ik het gras voor een van mijn vriendelijkere, oudere buren — een van de weinigen die me geen VvE-gerelateerde toestanden bezorgd.

Als het uur om is, controleer ik eerst of Brooklyns auto niet in de garage staat en maai dan het gazon van de vakantiewoning. Daarna loop ik naar binnen om mijn gereedschap uit de keuken te pakken — en daar is ze.

Sally, mijn kat.

"Hoe kan het dat je hier bent?" vraag ik.

Ze knippert langzaam naar me en het is niet moeilijk om te raden wat die luie blik zegt:

Nou, duh. Met behulp van onze listen zijn we aan het kwaadaardige paleis ontsnapt waar onze ontvoerder ons voor de kater op het witte paard verbergt.

Ik pak Sally en het gereedschap zuchtend op voordat ik naar huis ga, waar ik een van de schuifdeuren op een kier zie staan, wat waarschijnlijk de manier is waarop ze eruit is gekomen.

"Hoe heb je die open gekregen?" eis ik.

Sally zwaait met haar staart.

Onze listen, weet je nog?

Harry, mijn hond, rent naar me toe en kwispelt met zoveel enthousiasme met zijn staart dat je zou denken dat ik een jaar weg ben geweest.

Mensenkerel en kattengrietje. Jullie zijn allebei eindelijk thuis. Superfijn.

Ik vul beide etensbakjes en terwijl ze eten, maak ik alles klaar voor een uitstapje naar het strand.

Zodra Harry klaar is met zijn eten, sprint hij naar me toe om aan de surfplank te ruiken.

Vergeet mij niet, maat. Je weet hoe graag ik op die golven rijd.

Ik glimlach. "Ik ga meer voor jou dan voor mij, dus je gaat mee, maak je geen zorgen."

Ik laad Harry en de surfplank in de auto. Terwijl ik mijn sleutels pak, kijkt Sally me boos aan.

Als onze kwaadaardige ontvoerder ook maar een hint geeft om ons in de buurt van die obscene hoeveelheid water te brengen, dan zullen er ogen worden uitgestoken.

Alles is op het strand zoals het gewoonlijk is: Boone en Bonnie zitten op de bank die ze een week geleden op een vuilnisbelt hebben gevonden, en in de verte loopt Calvin met een van zijn koeien.

Nee. Wacht. Er is iets anders. Er ligt een vrouw op het zand.

Gezien hoe bleek haar rug is, is ze een toerist of een vampier.

Dat heb ik weer. De lokale bevolking vindt het niet erg als Harry niet aangelijnd is, maar zij misschien wel.

Als ik dichterbij kom, herken ik haar. Het is Brooklyn en ze is niet aan het zonnen. In ieder geval niet expres. Ze lijkt met haar gezicht naar beneden in het zand in slaap te zijn gevallen en ze is op de een of andere manier ook van haar handdoek weggerold.

Het is maar goed dat het huis dat ze heeft gehuurd een kingsize bed heeft, anders zou ze er waarschijnlijk af vallen.

Ik krimp ineen als ik de zon genadeloos haar gladde, mooie huid zie bakken. Zelfs als ze zonnebrandcrème op heeft, zal ze binnen een uur tweedegraads brandwonden hebben.

Het humane om te doen zou zijn om haar wakker te maken, maar dan zou ze mijn hoofd eraf bijten.

Nee, ik heb een ander idee nodig. Als ik een parasol in de auto had, dan zou ik hem hier neerzetten, maar die heb ik niet. Dus, mijn ballen en gezond verstand riskerend, pak ik haar handdoek op en bedek haar ermee om verdere blootstelling aan de zon te voorkomen.

Zo. Ik betwijfel of ze zoiets voor mij zou doen.

Harry kijkt naar de oceaan en jankt.

"Ja, ja," zeg ik tegen hem. "We gaan."

Zodra Harry zijn drijfapparaat voor honden aan heeft, pak ik mijn surfplank en gaan we de golven in.

Ahh. Alleen surfen brengt me dit intense gevoel van ontspanning vermengd met opwinding, vrede met angst en vooral een bijna spiritueel gevoel van vrijheid. Harry is er ook dol op en heeft er zoveel plezier in dat hij me het surfen des te meer laat waarderen. Ik ben ook dankbaar dat hij in mijn leven is, omdat hij me vaak meesleept om dit te doen wanneer ik het het meest nodig heb.

Net als ik op een grote kahuna rijd, zie ik Brooklyn naar het water gaan en al mijn vreugde verdampt.

Kan die vrouw niet lezen? Op het bord staat heel duidelijk dat de oceaan niet veilig is. Zelfs Harry en ik moeten vandaag voorzichtig zijn en wij komen al ons hele leven naar dit strand — om nog maar te zwijgen van het feit dat hij een waterreddingstraining heeft gedaan en ik een gecertificeerde strandwachter ben.

"Niet doen!" schreeuw ik, maar ik betwijfel of ze me boven de branding uit kan horen.

Verdomme. Ze gaat het water in. Ziet ze de —

Fuck.

De golf die duidelijk haar kant op kwam, heeft haar van haar voeten geslagen.

"Help haar," beveel ik Harry en wijs naar haar voordat ik in actie kom, en een uitbarsting van adrenaline me naar de kust stuwt.

Ik ben sneller dan Harry ter plekke, maar ik zie Brooklyn niet aan de oppervlakte en als ik duik, is er allemaal modderig zand.

Even later blaft Harry, zijn neus wijst naar een plek een paar meter verderop.

Met een hart dat in mijn borst bonst, duik ik daarheen — en daar is ze.

Ik plaats zo snel als ik kan mijn surfplank onder haar borst om haar hoofd boven water te houden. Ik beweeg me sneller dan ik voor mogelijk had gehouden, breng haar op droog zand en verplaats haar dan zodat ze op de surfplank ligt, veilig uit de buurt van eventuele golven die zouden kunnen komen.

"Ik zal het alarmnummer bellen!" schreeuwt Bonnie vanaf de bank.

Ik bedank Bonnie nu niet, maar dat zal ik later doen — op dit moment telt elke milliseconde.

Ik controleer of Brooklyn ademt.

Niets.

Zelfs als er ijs door mijn aderen stroomt, neemt mijn training het over en begin ik te reanimeren.

In het begin is er geen effect.

Terwijl ik inadem ter voorbereiding op een nieuwe reddingsademhaling, snakt ze naar adem, rolt dan om en braakt oceaanwater uit, haar ogen staan wild en bang.

Ik houd haar haar vast en streel kalmerend haar rug. Als haar spasmen afnemen, help ik haar achterover op de surfplank te gaan liggen. Ze sluit haar ogen en ademt nog steeds onregelmatig. Terwijl ik toekijk hoe haar borst beweegt, voelt het alsof ik ook weer leer ademen. Ik weet niet waarom ik zo gespannen raakte, waarschijnlijk omdat dit mijn eerste echte reddingspoging is.

Een paar seconden later opent Brooklyn haar ogen en ziet ze er wat rustiger uit. Ze is misschien in orde, maar ik laat mezelf niet ontspannen. Schijn kan bedriegen.

"De golf kwam," zegt ze aarzelend.

"Ja." Ik ben er trots op hoe rustgevend ik klink, gezien mijn overweldigende verlangen om haar toe te spreken, omdat ze zo'n tumultueuze oceaan in is gelopen.

"Ben ik bijna verdronken?" vraagt ze.

Ik knik, ijs vult mijn maag opnieuw bij de wetenschap hoe dicht ze bij de dood is geweest. "Maar je ademt nu en de ambulance is onderweg," zeg ik, net zozeer om mezelf gerust te stellen als haar. "Het komt wel goed met je."

Ze gaat rechtop zitten. "Ambulance? Nee. Dat heb ik niet nodig. Ik ben al in orde."

"Je bent bijna verdronken." Het wordt steeds moeilijker om een rustgevende toon aan te houden. "Je moet naar het ziekenhuis."

Ze trekt haar neus op. "Ik hou niet van ziekenhuizen."

Mijn kaak tikt. "Alleen hypochonders *houden* van ziekenhuizen. En misschien zelfs zij niet."

"Maar ik adem prima," zegt ze koppig.

"Je gaat naar het ziekenhuis," snauw ik.

Ze knijpt haar ogen tot spleetjes. "Je kunt me niet vertellen wat ik moet doen."

Ik zucht van ergernis. "Ik ga je natuurlijk niet naar het verdomde ziekenhuis slepen. En de ambulance ook niet. Maar je zou orgaanschade kunnen hebben door het gebrek aan zuurstof, dus je zou erheen moeten gaan."

Ze knippert. "Het enige wat ik wilde was gewoon, voor het eerst in een eeuwigheid, een beetje ontspannen," zegt ze met een haperende stem — alsof ze op het punt staat om te gaan huilen. "Is dat te veel gevraagd?"

Ik vond het veel prettiger toen ze boos en prikkelbaar was. Deze kwetsbare kant van haar doet iets in mijn buik. "Luister, Brooklyn," zeg ik zachtjes. "Als de artsen je gezond verklaren, dan heb je nog zes dagen om te ontspannen. En de rest van vandaag."

"Ik denk dat ik vergeten ben hoe ik moet ontspannen," zegt ze.

"In dat geval zal ik je helpen," zeg ik, mezelf schokkend door dat te zeggen. "Ik zal je meenemen naar een strand zonder golven. En dan naar Sealand — dat is een zeeaquarium hier in de buurt, dat gerund wordt door een man met wie ik op de middelbare school heb gezeten. En als je die leuk vindt, dan kunnen we ook naar Octoworld gaan, een plek waar —"

De sirene van de ambulance overstemt mijn volgende woorden.

Als de kakofonie afneemt, zucht Brooklyn. "Goed dan. Ik zal naar het stomme ziekenhuis gaan."

"*Wij* zullen gaan," zeg ik. "Ik ga met je mee."

"Is dat zo?" vraagt ze, terwijl ze angstig naar de verpleegkundigen kijkt.

"Als je dat goed vindt," zeg ik.

Ze kijkt me aan. "Dank je. Voor alles."

Ik krab op mijn achterhoofd. "Geen probleem."

"Ik ga een domme vraag stellen," zegt ze blozend. "Hoe heet je?"

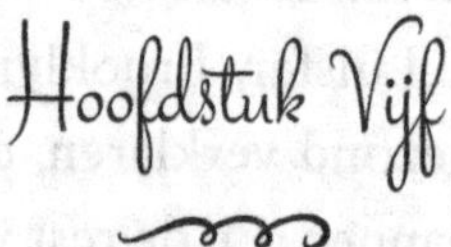

BROOKLYN

Ik voel me een complete idioot — en niet alleen vanwege mijn laatste vraag. Na alle problemen die ik hem heb gegeven, heeft de man mijn leven gered, maar toch slaag ik erin om tegen hem te zeuren.

"Ik ben Evan." Hij steekt zijn eeltige hand naar me uit en zodra ik hem schud, heb ik het gevoel dat ik weer verdrink — deze keer in hormonen die door zijn aanraking op hol slaan.

Misschien klopt er toch iets aan het idee dat als je de dood in de ogen hebt gekeken, je zin hebt om seks te hebben om te bewijzen dat je leeft. Of misschien is Jolene wijzer dan iemand haar ooit erkenning voor heeft gegeven. Misschien is deze sterke reactie aan een ernstig tekort aan pik te wijten. Het kan ook zo zijn dat *ik* een aan zuurstoftekort gerelateerde hersenbeschadiging heb.

"En jij bent Brooklyn," zegt Evan en trekt me daarmee uit mijn verdoving.

"Dat ben ik. Ik neem aan dat jij de Evan bent met wie ik correspondeerde," zeg ik.

Wat betekent dat hij niet alleen de loodgieter en grasmaaier is, maar hij ook het pand beheert.

Achter Evan zie ik het ambulancepersoneel met een brancard. Hij volgt mijn blik, draait zich dan om en zegt: "Het komt goed."

De hond waar hij mee aan het surfen was, jankt. Hij moet zich realiseren dat Evan van plan is om met me mee de ambulance in te gaan en dat honden niet mee mogen.

Tenzij ze dat wel mogen?

Evan wendt zich tot het stel op de bank. "Boone, Bonnie, kan Harry bij jullie blijven?"

Als hij zijn naam hoort, kwispelt Harry met zijn staart.

Ondanks de omstandigheden glimlach ik. Ik hou van dieren in het algemeen en honden en katten in het bijzonder. Deze specifieke hond is ook prachtig en zijn gezicht doet me aan dat van zijn mens denken.

"Natuurlijk," antwoordt Bonnie met een zwaar zuidelijk accent.

"Bedankt," zegt Evan. "En bedankt dat je het alarmnummer hebt gebeld."

Er ontbreekt een tand in Bonnies anders zeer brede grijns. "Graag gedaan, lieverd. Graag. Gedaan."

Zo schaamteloos flirten in het bijzijn van haar man? Aan de andere kant, misschien is Boone haar broer? Of — en dit is misschien geen aardige gedachte — zou hij beide kunnen zijn?

Harry kwispelt met zijn staart bij het arriverende ambulancepersoneel, maar ze negeren hem en concentreren zich op mij.

Ik zie uit mijn ooghoek Evan wat kleren aantrekken.

Wat jammer. Zijn shirtloze romp zou een welkome afleiding zijn geweest op deze anders onaangename rit.

Na een hobbelige rit op de brancard bevind ik me in de ambulance, met een (helaas) volledig geklede Evan aan mijn zijde.

"Heeft het ambulancepersoneel vervelend tegen je gedaan?" vraag ik. "Ik dacht dat alleen familie achterin mee mocht rijden."

Voor het eerst sinds onze kennismaking lacht Evan en het is als een zonsopgang boven een kalme oceaan. "Palm Islet is een relatief kleine stad. Ik ken het ambulancepersoneel en wie ze achterin toelaten, is aan hun discretie."

Als dat waar is, dan moet het betreffende ambulancepersoneel Evan betrouwbaar vinden.

Hmm. Het vreemde is dat ik hem ook betrouwbaar begin te vinden, en dat is voor mij heel vreemd. Nadat Reagans vader uit ons leven was verdwenen, vertrouwde ik de mannen van mijn soort niet meer. Aan de andere kant heeft Evan mijn leven gered, en de enige andere man die dat heeft gedaan was de arts in het Coney Island-ziekenhuis zeven jaar geleden. Ik vertrouw hem ook, hoewel ik hem sindsdien gelukkig niet meer heb hoeven te zien.

Ik schraap mijn keel. "Sorry voor eerder. Ik heb een hekel aan ziekenhuizen en reageerde dat op jou af."

Evan wuift het weg. "Ik haat zelf ziekenhuizen. Als onze rollen waren omgedraaid, dan had ik me misschien op dezelfde manier gedragen."

De diepe pijn achter die woorden is duidelijk zichtbaar in de storm in zijn ogen. Het zorgt ervoor dat ik van de brancard wil opstaan en hem een enorme knuffel wil geven, maar in plaats daarvan reik ik naar voren en pak ik zijn grote hand in die van mij. "Wat is er gebeurd?"

Hij staart verward naar onze verstrengelde handen en ontmoet dan mijn blik. "Hoe weet je dat er iets is gebeurd?"

Ik bijt op mijn lip. "Omdat ik om dezelfde reden een hekel aan ziekenhuizen heb. Er is daar iets ergs met me gebeurd."

Zijn wenkbrauwen trekken zich samen. "Wat is er gebeurd? Gaat het goed met je?"

"Nu wel." Ik haal diep adem en flap eruit, "Ik ben bijna doodgegaan in een ziekenhuis. Als deze ene chirurg er niet was geweest, dan zou ik hier vandaag niet zijn."

Het hele verhaal is dat het eerdergenoemde bijna-sterven na de bevalling gebeurde, maar dat deel wil ik niet delen. Dat is deels omdat de details griezelig zijn voor mannen, maar ook omdat ik om de een of andere ondoorgrondelijke reden niet wil dat hij weet dat ik moeder ben.

Wacht. Wat? Dat laatste is zo dom dat ik mezelf een

klap wil geven. Zie ik ons voor me in een relatie of zoiets? Hoe het ook zij, wat is hier de logica om Reagan te verbergen? Omdat Evan heel duidelijk kinderen haat? Maar hoe kan ik —

"Het spijt me," zegt Evan zacht. "Dat is vreselijk om mee te maken." Hij haalt zelf diep adem. "Mijn moeder is voordat ze overleed een lange tijd ziek geweest, en we woonden praktisch in het ziekenhuis. Wanneer ik er nu langs rijd, dan zijn de herinneringen..." Hij maakt zijn zin niet af.

"O, nee." Ook al ben ik van mijn ouders vervreemd, ik kan me niet voorstellen dat ik ze op zo'n pijnlijke manier zou verliezen. Ik knijp in zijn hand. "Je hoeft niet met me mee te gaan. Ik red me wel."

"Nee." Hij trekt zijn hand weg. "Zo gemakkelijk kom je niet van me af."

Ik glimlach zwakjes. "Oké. Als je het zeker weet."

"Ik weet het zeker," zegt hij, en op dat moment stopt de ambulance en word ik met Evan aan mijn zijde naar de eerste hulp gebracht.

"Doe dit aan," eist een verpleegster en ze geeft me een jurk.

Ik ga naar de kleedkamer en wissel mijn badpak om voor de jurk, waardoor ik me als een gevangene in Azkaban voel.

Als ik naar buiten kom, biedt de verpleegster aan om mijn natte kleren te drogen — een service die je in NYC nooit zou krijgen.

Zodra ik mijn kleine privéruimte zit, controleren

willekeurige mensen in ziekenhuiskleding mijn vitale functies en eisen ze te weten wat er is gebeurd.

"Bedankt dat je hier bent," zeg ik tegen Evan als er een seconde rust is. "Ik denk dat dit veel erger zou zijn als ik alleen was geweest."

Hij knijpt in mijn schouder. "Geen dank."

Zijn aanraking laat mijn hartslag zo erg omhoogschieten, dat een van de monitoren die aan me vastzitten, piept. Ik leun voorover om de piepende monitor te controleren, maar ik weet niet hoe ik hem moet lezen, dus ik kijk in plaats daarvan naar mijn vertrouwde Octothorpe Glorp.

Yep. Zelfs nu Evans hand weg is, slaat mijn hart ongeveer honderdtwintig slagen per minuut.

Mijn lieve Precious, ik word erg jaloers op al die andere gadgets die je majestueuze lichaam en al zijn vloeistoffen in de gaten houden. Weet dat deze anderen niet zo geobsedeerd door je zijn als ik. Ik denk niet dat een van hen je elke seconde van elke nacht ziet slapen, en ik weet zeker dat geen van hen over het eten van je teennagels fantaseert.

Een jonge, aantrekkelijke verpleegster komt mijn ruimte binnen, vermoedelijk om te controleren of ik een hartstilstand krijg.

"Er is niks aan de hand," zegt ze en ik zweer dat ik teleurstelling in haar stem hoor.

Hmm. Komt het door mijn gezicht?

Nee. Ik zie haar verlangend naar Evan staren, wat het verklaart.

"De dokter is onderweg," zegt ze tegen niemand in het bijzonder en ze maakt zich weer uit de voeten.

Oef. Ik hoop dat ik hier niet langer hoef te blijven dan nodig is, anders gaat ze zich misschien als verpleegster Ratched gedragen.

"De dokter is waarschijnlijk Vic," zegt Evan met een zwakke glimlach. "Hij is een vriend van me."

Yep. Als de dokter binnenkomt, staat er Victor Hugo op zijn naamplaatje.

Wacht. Is dat niet de naam van die Franse auteur die *Les Misérables* en *De Klokkenluider van de Notre Dame* heeft geschreven?

De dokter doet me ook aan het Beauceronhondenras denken en hij is bijna net zo dromerig als Evan. Zit er iets in het water van Palm Island?

"Hé, Vic," zegt Evan. "Hoe gaat het met je oma?"

"Beter," antwoordt Vic zonder een vleugje van een Frans accent. "Ze is aan het tuinieren, als je dat kunt geloven."

"Tuinieren na een hartaanval." Evan schudt zijn hoofd. "Dat klinkt precies als je oma."

Vic — of dr. Hugo, zoals ik hem liever noem — draait zich mijn kant op. "Laat me eens naar je longen luisteren."

Ik ga rechtop zitten en hij doet zijn ding, wat Evan om de een of andere reden gespannen maakt.

"Oké." Dr. Hugo legt zijn stethoscoop weg. "Wil je eerst het goede nieuws of het slechte nieuws?"

Mijn voeten worden koud. "Wat is er?"

Dr. Hugo schudt zijn hoofd. "Het spijt me. Ik stond op het punt om een slechte grap te maken. Het is *alleen maar* goed nieuws. Je bent helemaal gezond en vrij om te gaan."

"Wat de fuck?" eist Evan. "Waarom zou je dat soort shit zeggen?"

"Nogmaals, het spijt me," zegt dr. Hugo tegen me. "Ik wilde een flauwe grap maken over het slechte nieuws dat je met een idioot aan het daten bent."

"We zijn niet aan het daten." Evan lijkt op het punt te staan om zijn vriend te slaan, maar rolt in plaats daarvan met zijn ogen.

Hé, moest hij zo heftig het idee ontkennen dat we aan het daten zijn? Het is natuurlijk absurd, maar het is niet zo dat dr. Hugo te ver ging door de veronderstelling te maken, tenzij Evan denkt dat ik zo afschuwelijk en krengerig ben dat het te ver gaat...

"Nogmaals sorry," zegt dr. Hugo tegen me. Een glimlach raakt zijn ogen terwijl hij eraan toevoegt, "Je bent gezond en je bent niet met een idioot aan het daten, allemaal geweldig nieuws."

Evans kaak tikt. "Als je ooit komiek wilt worden, stop dan niet met je dagelijks werk."

Daarmee spring ik overeind. "Bedankt, dr. Hugo."

"Graag gedaan," zegt hij. "Noem me Vic."

Was dat een dodelijke blik die Evan hem net gaf?

Mannen. Wie heeft er met het soort vrienden dat ze zijn nog vijanden nodig?

"Klaar om te gaan?" vraagt Evan.

Ik sta op en zoek de verpleegster die had aangeboden om mijn kleren te drogen.

Ik kleed me in de kleedkamer om en voel me bijna normaal. Als ik naar buiten kom, gaan Evans ogen over mijn lichaam. Het is bijna alsof —

"Je bent verbrand," zegt Evan. "Heel erg."

Dus dat is het. Hij waardeert niet wat hij ziet — hij is geschokt.

Ik krom mijn nek zodat ik naar mijn rug kan kijken. Het enige wat ik kan zien is mijn schouder, maar het bevestigt wat Evan net heeft gezegd.

Hij is rood. En nu ik het weet, voel ik het ook.

Shit. Ik denk dat ik met alle adrenaline het brandende gevoel heb geblokkeerd of dacht dat mijn droge huid alleen aan de lucht in het ziekenhuis te wijten was. Maar er is nu geen twijfel mogelijk. Ik ben verbrand, en heel erg. De laatste keer dat dit was gebeurd, leek ik wel een gekookte kreeft die zich voor Halloween als een biet had verkleed.

"We kunnen beter gaan," zegt Evan en leidt me naar buiten, waar we dankzij de vriendelijke hulpverleners met de ambulance een lift terug naar het strand krijgen.

Zodra we op het strand de ambulance weer verlaten, voel ik een branderig gevoel als de zon mijn blootgestelde huid raakt, vooral op mijn rug.

De zonnebrand wordt erger.

"Hier." Evan bedekt me met zijn shirt.

Ik voel me meteen beter, maar ik denk dat dat meer te maken heeft met zijn geur op het shirt dan met de geblokkeerde zonnestralen.

Luid geblaf in de verte laat ons allebei naar Harry kijken, die de tijd van zijn leven heeft, terwijl hij langs de kust achter een meeuw aan jaagt.

"De koe is terug," zeg ik als ik hem zie.

Eigenlijk moet dit een iets andere koe zijn. Haar kleuring doet me meer aan een dalmatiër denken. Met ogen die meer onheilspellend dan verdrietig zijn, geeft de koe Harry een blik die me aan een interessante statistiek doet denken die ik vlak voor deze reis heb gelezen: je hebt vijf keer meer kans om door een koe te worden gedood dan door een haai.

"Ja," zegt Evan op een behoorlijk blasé manier, gezien het feit dat er een koe op een strand staat. "Ze is er een van Calvin. Hij heeft er een heleboel."

"Waarom?" Ik hou zijn shirt stevig vast en ruik er zo heimelijk mogelijk aan.

"Je kunt niet maar één koe hebben. Het zijn kuddedieren," zegt Evan. "Ze zouden zich in hun eentje eenzaam, verveeld en angstig voelen."

Ik grijns. "Wat ik wilde vragen is, 'Waarom heeft hij überhaupt koeien?'"

"O." Evan haalt zijn schouders op. "Ik stel me voor dat Calvin ze om dezelfde reden heeft genomen als waarom mensen katten of honden uit een asiel halen."

Ah. Juist. Maar toch. Koeien. Meervoud. Calvin is op zoek naar heiligheid of hij is van plan om veel barbecues te houden als er een zombie-apocalyps aankomt.

Harry merkt op het strand de koe op en hij rent er met een kwispelende staart naartoe.

De koe lijkt er niet blij mee te zijn, hoewel het mogelijk is dat ze net als ik ongesteld is, of in het algemeen gewoon een chagrijn is.

"Harry, nee!" roept Evan.

Bij Evans stem komen Harry's oren omhoog en haast hij zich onze kant op, zijn staart kwispelt veel opgewondener dan voor de koe.

"Klaar om naar huis te gaan?" vraagt Evan.

Ik knik, wat de huid in mijn nek uitrekt, waardoor het pijn doet.

Evan fronst. Hij moet mijn kleine huivering hebben opgemerkt.

"Zal ik je een lift geven?" zegt hij.

Ik schud mijn hoofd. "Ik ben hier met de auto." Ik zwaai naar de parkeerplaats.

"Geef me je sleutels," zegt hij. "Ik zal Boone hem naar het huislaten brengen."

Ik geef de sleutels en blijf bij Harry terwijl Evan de regelingen treft.

"Je mens is een stuk aardiger dan ik dacht," zeg ik tegen Harry.

Harry kwispelt met zijn staart, wat ik als een instemming beschouw.

"Laten we gaan," zegt Evan als hij terugkomt. Hij leidt me naar zijn auto — een ruig uitziende pick-up die me aan kamperen en monstertruckgevechten doet denken.

Harry wijst met zijn neus naar de achterbak van de pick-up en jankt.

"Nee, maatje." Evan gooit zijn surfplank op de plek waar de hond wil zitten. "Dat is geen veilige plek om te rijden."

Hij wendt zich tot mij en legt uit, "De mensen die hem naar het asiel hebben gebracht, moeten hem daarin hebben laten zitten tijdens het rijden, en nu geeft hij er de voorkeur aan." Hij wendt zich tot Harry. "Ik blijf het je zeggen: je kunt eruit vallen, eruit springen en laten we niet eens nadenken over wat er zou gebeuren als iemand ons van achteren aanrijdt."

Harry gnuift stoïcijns, loopt naar de deur en springt naar binnen wanneer Evan hem voor hem opent.

"Een dezer dagen zal hij stoppen met het te vragen," zegt Evan grijnzend tegen me. "Dit en bier zijn zijn ergste ondeugden."

Bij het horen van bier komen Harry's oren omhoog.

"Nee. Bier is niet goed voor honden." Evan kijkt me aan. "Ik moest op wijn overschakelen, omdat hij soms mijn biertjes stal."

Harry zit vanuit de auto onschuldig te knipperen.

Ik stap glimlachend in en ontdek dat de cabine veel ruimer is dan het van buitenaf leek. Noch de hond, noch zijn eigenaar zitten me in de weg, en ik hoef niet op Evans schoot te zitten.

Zucht.

We rijden weg van het strand en stoppen al snel naast een winkel met een gigantisch beeld van een vis aan de voorkant.

"Wat vind je van sashimi?" vraagt Evan.

Ik haal mijn schouders op. "Het is lekker, maar het is niet alsof ik het elke dag wil eten." Ik zou het me ook niet kunnen veroorloven om het elke dag te eten. "Hoezo?" Hij rent zonder te antwoorden de winkel in en hij komt met een tas weer naar buiten.

"Serieus," zeg ik als we weer gaan rijden. "Waarom

vroeg je naar sashimi?"

Ik bedoel, ik heb een vermoeden, maar —

"Zoals je misschien al geraden hebt van het ontbijt van deze ochtend, ben ik een fan van Japans eten," zegt Evan. "Dus de reden dat ik vroeg of je van sashimi houdt, is omdat ik het voor je wil maken. Vanavond. Voor het avondeten."

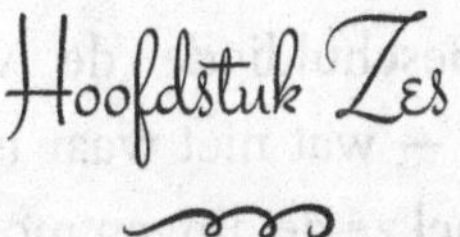

Hoofdstuk Zes

EVAN

S hit. Hoe heb ik het voor elkaar gekregen om die uitnodiging als een date te laten klinken?

"O. Wauw," zegt Brooklyn, zonder twijfel naar een afwijzing toewerkend. "Bedankt. Dat zou ik leuk vinden."

O.

Hmm.

Komt ze?

Oké. Ze moet de date-achtige vibe niet hebben opgepikt.

Mooi zo.

Ik hou niet van daten, en vooral niet van daten met toeristen. In tegenstelling tot veel van mijn vrienden, verafschuw ik avontuurtjes. Ze doen me denken aan aftrekken bij porno, maar met een grotere kans om een soa te krijgen. Als ik een vorm van een relatie wilde — wat ik niet wil — dan zou het meer in de trant van een huwelijk zijn, maar daar is een groot probleem mee. Vrouwen willen niet met me trouwen, omdat ik ze geen kinderen wil geven. Voordat ik het daten opgaf, hielden mijn relaties stand tot ik mijn vasectomie onthulde. Dan beschuldigde de vrouw me ervan kinderen te haten — wat niet waar is — en vervolgens wist ze niet hoe snel ze de dingen moest beëindigen.

"Is er geen grote vaardigheid voor nodig om sashimi te snijden?" vraagt Brooklyn. "Ik heb *Jiro Dreams of Sushi* gezien."

Ik ga rechter zitten. "Ik heb in LA op school gezeten. Ik heb bij een *sushi sensei* en alles gestudeerd."

"O?" Ze kijkt me nieuwsgierig aan. "Ben je van plan om op een dag een restaurant te openen?"

Ik schud mijn hoofd. "Ik wilde het gewoon precies zoals ik het wil voor mezelf kunnen maken. En zo ook de versheid onder controle houden."

"Dat is veel moeite," zegt ze. "Je houdt *echt* van je Japanse eten."

Ik rijd de privé-ingang van mijn wooncomplex binnen en Brooklyn knippert verward met mijn ogen.

"Eten we bij mij thuis?" vraagt ze.

"Nee. Ik bedoel, dat zouden we kunnen doen, maar ik heb het bamboebord, yanagiba en alles," zeg ik. "Plus mijn kat houdt van sashimi, dus —"

"Heb je ook een kat?" Ze klinkt vreemd jaloers.

"Ja," zeg ik terwijl ik mijn oprit oprijd. "Ze is eerder vandaag naar jouw vakantiehuis ontsnapt, en ik heb geen idee waarom."

"Wacht." Brooklyn kijkt naar mijn huis en dan naar mij. "Laten ze je hier wonen?"

"Ze?"

"De eigenaren van dit huis en van degene waar ik verblijf. Tenzij... laten ze je hier verblijven als een extraatje voor het beheren van de —"

"Ik ben de eigenaar," zeg ik, in de veronderstelling dat haar half beledigende tirade een maand kan duren als ik het toelaat. "Waarom zou je aannemen dat ik dat niet ben? Is er iets aan mijn kleding of gedrag dat 'geen huiseigenaar' schreeuwt?"

Brooklyn bloost en ik realiseer me waarom vrouwen rouge hebben uitgevonden. Op het juiste gezicht is het heet.

"Het spijt me," mompelt ze. "Je was de gootsteen aan het repareren, dus ik dacht dat je een loodgieter was. Toen maaide je het gras en —"

"Ik vind het leuk om die dingen zelf te doen." Ik parkeer de auto in mijn garage en open de deur voor haar. "Meestal verdien je als je onroerend goed bezit een zogenaamd 'passief' inkomen," zeg ik terwijl we naar binnen lopen. "Dat klinkt saai, dus voor mij is er een actief onderdeel. Totdat ik te veel huizen heb gebouwd om alleen te beheren, ben ik niet van plan om iemand in te huren om te helpen."

"Wat bedoel je met 'te veel'?" Ze kijkt met open mond in mijn keuken rond — het is een kopie van degene die ze eerder in mijn andere huis zag. "Bouw je nu veel huizen of zo?"

"Ik heb deze twee tot nu toe net gebouwd, maar ik bezit het grootste deel van het land in dit complex, dus ik zal er uiteindelijk meer bouwen."

Ik schep meestal niet op over mijn nettowaarde, maar ik denk dat ze mijn trots met haar veronderstelling heeft verwond.

Nu staart ze mij aan. "Ben je eigenaar van het grootste deel van het land hier?" Dan lijkt er een gloeilamp in haar hersenen af te gaan. "Is dat waarom de bewaker iets zei over de VvE-regels die niet op jou van toepassing zijn?"

Ik knik. "Ik heb de meerderheid van de stemmen bij de VvE, dus ik behandel hun domme regels alleen als suggesties. Om het anders te zeggen, ik laat ze hun regels hebben." Ik open de la met al mijn sashimi-spullen. "Als ze me kwaad maken, dan kom ik naar de vervelende vergaderingen en stem ik ervoor dat het hele wooncomplex wordt geleid zoals ik dat wil. Daarom laten ze me meestal met rust... tenminste, zoveel als hun ruziënde aard dat toestaat."

Terwijl ik de zak verse vis open, materialiseert Sally zich als uit het niets en knippert ze langzaam met haar grote ogen naar me.

Aha, onze listen slaan weer toe. Met behulp van mindfuckerij van de hoogste orde hebben we onze ontvoerder met succes gemanipuleerd om ons het voedsel te geven dat we terecht verdienen. Zodra onze buik vol is, zal de ontsnapping op handen zijn.

"O, mijn god," roept Brooklyn uit. "Wat voor soort kat is dat?"

"Een ragamuffin." Ik begin de zalm te fileren, terwijl Sally zo aandachtig toekijkt dat je zou denken dat ze gehypnotiseerd is of me probeert te hypnotiseren.

We zullen onze ontvoerder de "ragamuffin"-belediging vergeven... deze keer. Maar op een dag, wanneer de kater op het witte paard ons redt, zullen alle scores worden vereffend. Met bloed.

"Je bent zo'n schatje," zegt Brooklyn tegen Sally. "Hoe heet je?"

"Sally," zeg ik, voor het geval de kat zich op dit moment niet erg spraakzaam voelt.

"Wacht even." Brooklyn trekt haar blik weg van de kat en bekijkt me met een grijns. "Harry en Sally?"

Met een pokerface snij ik de vis zoals me is geleerd. "Wat?"

"O, alsjeblieft," zegt ze. *"When Harry Met Sally?"*

"Hij blafte," zeg ik. "En zij blies. Maar nu zijn ze beste vrienden. Normaal gesproken."

Brooklyn kreunt van irritatie. "Je weet heel goed dat *When Harry Met Sally* een romantische komedie is. Met Billy Crystal en Meg Ryan."

Ik snijd de vis in nog wat plakjes. "Goed dan. Ja. Dat was de favoriete film van mijn moeder." De bekentenis verwarmt tegelijkertijd mijn borst en laat hem pijn doen. Ik herinner me dat mam en pap speels om de laatste stukjes popcorn vochten toen we die film tijdens mijn jeugd keken — en ik herinner me mijn schaamte de laatste keer dat we die film met mam in het ziekenhuis zagen, omdat ik eindelijk oud genoeg was om de nep orgasmescène met Meg Ryan in het restaurant te begrijpen. Ik herinner me ook dat pap de film de dag na mams begrafenis had opgezet en dat hij niet kon stoppen met huilen.

"Het spijt me," zegt Brooklyn, die waarschijnlijk mijn gezichtsuitdrukking ziet. "Het was niet mijn bedoeling om je moeder ter sprake te brengen. Alweer."

"Het geeft niet," zeg ik, maar ik weet niet zeker of ik overtuigend genoeg klink.

Brooklyn schraapt haar keel. "Vind je het goed als ik even met Sally speel?"

Ik geef een klein plakje sashimi. "Als je een goede start wilt, geef haar dan dit."

Brooklyn loopt langzaam naar de kat en biedt haar het lekkers aan.

Sally verslindt de vis, maar haar blik wordt niet warmer voor de nieuwe mens.

Brooklyn knippert duidelijk heel langzaam naar Sally.

Vreemd. Maar hé, Sally lijkt het gebaar leuk te vinden. Ze spint en wrijft zich zelfs langs Brooklyns mouw.

Als hij dat allemaal ziet, springt Harry naar Brooklyn en kwispelt hij met zijn staart. *Grietje. Ik vind het ook leuk om te spelen, maat. En als je achter mijn oor zou kunnen krabben, dan zou dat helemaal geweldig zijn.*

Brooklyn bewijst dat ze Harry net zo goed als ik kan lezen en krabt achter zijn oren, waardoor hij heel gelukkig wordt. Ze wrijft dan over zijn buik, waardoor blij in extase veranderd, maar waardoor Sally haar ogen vernauwt.

"Pas op," zeg ik. "De kat is serieus jaloers." En als ik eerlijk ben, ben ik ook een beetje jaloers op alle PDA die mijn hond krijgt.

Fuck. Wat denk ik in vredesnaam?

In plaats van mezelf een klap te geven, concentreer ik me op het afronden van ons diner. Als het klaar is, zet ik het op tafel op een houten dienblad in de vorm van een boot.

"Wauw," zegt Brooklyn als ze mijn werk bekijkt. "Weet je zeker dat je niet van plan bent om een restaurant te openen?"

Ik grijns. "Ben je me gewoon vanwege de redding aan het vleien?"

Ze ploft in haar stoel en krimpt ineen.

Ik frons. "Zonnebrand?"

Ze doet alsof ze het niet heeft gehoord, pakt een paar eetstokjes, pakt een stuk zalm uit de boot en dompelt het in het kleine beetje sojasaus dat ik voor haar heb neergezet.

"Doe er een beetje wasabi bovenop," stel ik net op tijd voor.

Dat doet ze, en dan schuift ze sensueel het hapje tussen haar verrukkelijke lippen.

Geweldig. Ik heb nu een stijve. En het wordt nog erger, want ik zou kunnen zweren dat ze kreunt van genot terwijl ze begint te kauwen.

Misschien laat mijn pik me dit hallucineren? Maar dan rollen haar ogen naar achteren alsof ze op het punt staat om — o.

"Erg grappig," mopper ik. "We hebben het over

When Harry Met Sally gehad, en nu speel je die beroemde scène na."

Brooklyn slikt, haar wangen veranderen in de kleur van de zalm. "Welke scène?"

Hoofdstuk Zeven

BROOKLYN

D at was een zwakke ontkenning. Ik weet heel goed over welke scène hij het heeft: die waar Meg Ryan doet alsof ze klaarkomt. Het is mogelijk dat ik het per ongeluk heb gedaan, maar in mijn verdediging, de sashimi is *zo* lekker. De perfecte mix van zoet, zout en zachtheid in je mond. Ik heb ook de hele dag niet gegeten. En hij —

"Laat maar." Evan schraapt zijn keel, duidelijk wanhopig om van het ongemakkelijke onderwerp te veranderen. Alsof ze hem te hulp schiet, springt de kat op de tafel, dus geeft hij haar een stuk tonijn terwijl hij vraagt, "Heb je zelf pluizenbollen als kinderen?"

Telt Reagan mee? "Nee," antwoord ik hardop. Ondanks het lange haar dat mijn zoon heeft besloten om te laten groeien, is hij nog steeds niet harig genoeg. "Ik wil er echter wel een," ga ik verder. "Heel erg graag."

"Is dat zo?" Evan gebaart naar zijn hond. "Waarom ga je niet naar een asiel en red je er een?"

Ik zucht. "De huisbazen in New York houden net zoveel van honden en katten als dat de Grinch van Kerstmis houdt. Huisdieren zijn bijna nooit toegestaan in huurwoningen."

"Ze klinken erger dan onze VvE."

"Dat is een zware aanklacht, als jij het zegt." Ik pak meer sashimi en bedek het met wasabi.

Een natte neus drukt tegen mijn scheenbeen. Ik kijk naar Harry, die me een grijns met uitgestoken tong geeft.

"Mag ik hem wat vis geven?" vraag ik aan Evan.

"Natuurlijk, maar zonder sojasaus of wasabi," zegt hij. "En houd in gedachten dat hij je voor altijd zal lastigvallen."

Ik geef Harry vrolijk een stuk inktvis.

De hond eet het met hetzelfde enthousiasme dat ik had, wat mijn teken is om nog een hapje te proeven — en ik heb moeite om niet weer orgastische geluiden te maken.

"Je lijkt van dieren te houden," zegt Evan. Hij laat het als een groot compliment klinken.

"Dat is ook zo," zeg ik. "Zozeer zelfs dat ik als kind dierenarts wilde worden. Toen dat niet lukte, ben ik een trimmer geworden."

"Waarom is het niet gelukt?" vraagt hij.

Shit. Daar ben ik zo in gelopen. Als ik toe wil geven dat ik moeder ben, dan is dit mijn kans. "Het leven stond in de weg," zeg ik vaag en neem de laffe route. "En hoe zit het met jou? Is het beheren van een Airbnb je levensdroom?"

Hij overweegt dit tijdens het eten van een paar stukjes vis. "Nee. Ik wil een boerderij. Bij de oceaan. Ik wil als ik niet aan het surfen ben mijn eigen eten verbouwen. Ik wil dat Harry los kan lopen. Sally ook. Ik begin me steeds meer te realiseren dat ik een eenvoudig leven wil."

Ik glimlach. "Afgezien van de vreselijke klus om je eigen eten te moeten kopen, lijk je al een eenvoudig leven te hebben. Surfen. Voor de Airbnb zorgen. Met je viervoeters spelen. Heb ik iets gemist?"

"Japans eten." Hij glimlacht nog een keer en kalmeert al mijn pijntjes beter dan de Advil.

"Dat klinkt niet zo eenvoudig," zeg ik.

Zijn glimlach verdwijnt, net als de verdovende effecten. De Advil moet ook uitgewerkt zijn. Mijn krampen komen terug en mijn huid begint ernstig te branden. Ik zal mezelf binnenkort moeten verontschuldigen en naar de auto moeten rennen om wat meer te halen.

"Wat kan er eenvoudiger zijn?" Hij tilt met zijn eetstokjes een stuk gele snapper op; zijn sterke onderarmen leiden me even af. "Ik kan gaan vissen en dan een maaltijd nuttigen zonder iets te hoeven koken."

Waarom, o waarom dacht ik aan die stomme zonnebrand? Het is alsof het op me wachtte om dat te doen voordat het erger werd. "Hoe zit het met internet?" vraag ik Evan, terwijl ik mijn best doe om mezelf af te leiden. "Zou je dat op je hypothetische boerderij willen hebben?"

Hij overweegt mijn vraag zorgvuldig. "Ik denk het

wel, vooral om naar muziek te luisteren en films te kijken."

Ik trek een wenkbrauw op — waardoor ik me realiseer dat mijn voorhoofd ook verbrand is. "Wat voor films en muziek?"

"Muziek van The Doors." Hij lijkt vanbinnen te glimlachen. "En elke film met Faye Dunaway."

"Faye Dunaway?" roep ik uit. "Ze zat in mijn favoriete film aller tijden."

Ik weet ook van The Doors, vooral omdat mijn overleden grootmoeder dit over hun zanger te zeggen had, en ik citeer: "Jim Morrison was de meest perfecte menselijke man die ooit op deze aarde heeft gelopen."

"Welke film?" De blauwgroene spikkels in zijn ogen glanzen.

"*Don Juan DeMarco*," zeg ik blozend. Er was een tijd dat ik voor de jonge Johnny Depp voelde wat mijn oma voor de zanger van The Doors had gevoeld.

"Die heb ik één keer gezien," zegt Evan. "Met mijn moeder."

Daar ga ik weer, hem aan de tragedie in zijn leven herinnerend. Gelukkig lijkt hij in orde te zijn, dus ga ik verder. Ik pak een stuk makreel met mijn eetstokjes en zeg, "Dus, was je als kind verliefd op Faye Dunaway of zo?"

Hij grijst naar me. "Ja. Toen ik vijftien was, zag ik haar gezicht op de cover van een oude VHS-band staan en toen ben ik een tijdje geobsedeerd geweest."

"Welke film?"

"*The Thomas Crown affair*," zegt hij.

"O." Ik weersta de drang om aan de brandwonden op mijn rug te krabben. "Die heb ik nog nooit gezien. Alleen de versie met Pierce Brosnan."

Evan grijnst van minachting — een leuke truc die ik voor een spiegel moet oefenen. "Ik begrijp niet waarom Hollywood zo geobsedeerd is door het opnieuw maken van films die perfect in orde zijn zoals ze zijn."

Ik haal mijn schouders op. "Soms zijn ze uiteindelijk beter dan het origineel. *Scarface* met Al Pacino was bijvoorbeeld een remake."

Hij gnuift. "Dat is waarschijnlijk het enige voorbeeld dat er bestaat."

Ik houd mijn hoofd schuin. "Er waren veel versies van *Dracula*, maar de versie van Francis Ford Coppola uit de vroege jaren negentig is mijn favoriet."

"Dat is geen remake," zegt hij. "Het is een schermaanpassing, en als ik de wereld zou runnen, dan zouden er geen films zijn die op boeken zijn gebaseerd, punt. Ze zijn altijd klote."

Mijn ogen worden groot. "Als jij de wereld zou regeren, dan zou er geen *The Godfather* zijn. Of *The Silence of the Lambs*. Of *Fight Club*."

Hij wuift het weg. "Toevalstreffers."

"Hoe zit het dan met de recente *Dune*-film?" zeg ik triomfantelijk. "Hij was geweldig, ook al was het zowel een boekaanpassing als een remake."

Hij zucht. "Weet je zeker dat je niet stiekem een advocaat bent?"

"Weet je zeker dat jij niet stiekem lid bent van een VvE in Hollywood?"

"Dat is beledigend," zegt hij.

"En een advocaat worden genoemd is een compliment?"

Hij schudt zijn hoofd. "Ik geef het op."

"Mooi." Ik pak meer sashimi. "Ik accepteer je nederlaag."

Hij gnuift. "Er is een verschil tussen een discussie verliezen en er niet meer tijd aan willen verspillen."

Ik rol met mijn ogen. "'Ik wil niet meer tijd aan een discussie verspillen' is wat iemand die de discussie heeft verloren meestal zegt."

"Hoe dan ook," zegt hij nadrukkelijk. "Zal ik je morgen nog steeds meenemen naar het strand? Degene zonder golven. Of ben je na vandaag te getraumatiseerd? Als dat zo is, dan kunnen we met Sealand beginnen. Of —"

"Nee, dat kan ik niet doen." Waarom doet het me zo'n pijn om de woorden te zeggen? Zouden het de zich snel vermenigvuldigende fysieke pijnen kunnen zijn die ik voel?

Hij fronst. "Waarom niet?"

"Je bent een drukke huiseigenaar. Je kunt niet zoveel van je kostbare tijd aan een huurder besteden."

Als ik eerlijk ben, is het grotere probleem natuurlijk dat ontspannende uitstapjes met Evan te veel op dates lijken. Dit diner voelde zelfs als een date — of als je het vanuit een andere hoek bekijkt, een gevolg van zijn zuidelijke gastvrijheid.

Ja. Ik had dit etentje niet moeten accepteren. Jolene en Dorothy zijn mijn beste vriendinnen en ik heb mezelf deze vakantie van hen zelfs nauwelijks laten accepteren. In het geval van Evan was ik het tegenovergestelde van een vriendin toen we elkaar ontmoetten.

"Ik heb al alles gedaan wat ik voor de verhuur moest doen," zegt hij met een glimlach. "Wat mijn andere verplichtingen betreft, ben ik niet van plan om mijn vrijwilligerswerk morgenochtend over te slaan, maar aangezien je op vakantie bent, ben ik waarschijnlijk tegen de tijd dat je wakker wordt weer vrij."

"Ben je een vrijwilliger?" vraag ik.

"Strandwacht en ik geef surflessen," antwoordt hij. "Maar verander niet van onderwerp."

Ik tuit mijn lippen. "Ik hoef niets te veranderen, omdat het onderwerp al gesloten was. Jij hebt mijn leven gered, niet andersom. Als iemand iets voor een ander zou moeten doen, dan zou ik iets voor jou moeten doen."

Ik laat mijn blik op mijn bord vallen en bloos weer als ik me realiseer dat ik dat laatste beetje heb laten klinken alsof ik seksuele gunsten aanbood. En... misschien zou ik dat moeten doen?

Nee. Tenminste, nog niet voor een paar dagen. Tante Flo martelt me nog steeds.

Wacht. Wel of geen menstruatie, het antwoord is nee, punt uit.

Ik realiseer me dat ik nog steeds naar een leeg bord staar en ik kijk stiekem naar mijn gastheer.

Hij ziet er eerder perplex dan geïntrigeerd uit, dus

hij heeft mijn woorden waarschijnlijk niet als een onfatsoenlijk voorstel opgevat. Of hij is misschien perplex waarom ik denk dat hij seksuele gunsten zou willen.

"Wat als ik toch naar dat strand zou gaan?" vraagt hij. "Wat zou dan het probleem zijn als je met me mee zou gaan?"

Voordat ik kan antwoorden, gaat mijn telefoon.

Ik haal hem meteen uit mijn zak, voor het geval het het kamp is dat over Reagan belt.

Shit. Het netnummer is lokaal, dus dat zou het kunnen zijn.

"Hallo?" zeg ik, terwijl mijn hartslag omhoogschiet.

"Mevrouw Marquez," zegt een bekende stem. "Je spreekt met dr. Hugo."

Mijn hele lichaam ontspant zich en ik leun achterover in mijn stoel — waardoor de huid op mijn rug het uitschreeuwt van de pijn. "Hallo, dokter," zeg ik ineenkrimpend.

Mijn woorden lijken Evan om de een of andere reden kwaad te maken — het is dat of hij heeft gewoon te veel wasabi op zijn tonijn gedaan.

"Alsjeblieft," zegt de dokter. "Noem me Vic."

Ik glimlach. "Je noemt mij mevrouw Marquez, maar ik moet jou Vic noemen?"

"Sorry," zegt hij. "Ik zal je vanaf nu Brooklyn noemen."

"Afgesproken, Vic," zeg ik. "Wat is er aan de hand?"

"O, niets," zegt hij met een lichte pauze. "Ik wilde alleen even weten hoe het met je gaat."

"Wauw," zeg ik. "Thuis zijn er veel te veel mensen om door de artsen te worden na gebeld als je eenmaal uit hun zicht bent."

Vic grinnikt. "Kleine steden hebben zo hun voordelen."

"Daar lijkt het wel op. Maar om terug te komen op je oorspronkelijke vraag, als het om eventuele nawerkingen van de bijna-verdrinking gaat, dan ben ik helemaal in orde."

"Waarom klinkt het alsof er ergens een 'maar' in zit?" vraagt Vic.

Ik kijk Evan schuldbewust aan. "Ik ben door de zon verbrand."

Waar ik al bang voor was, gebeurt: Evans toch al boze uitdrukking wordt nog bozer.

"Het spijt me," zegt Vic. "Maar aan de andere kant is dat een veel voorkomende aandoening voor toeristen, en ze lijken het allemaal te overleven. Mijn medisch advies zou zijn om een paar dagen uit de zon te blijven en ibuprofen te nemen als dat nodig is."

Ik zucht. "Een paar dagen?"

De zon is een van de belangrijkste verkooppunten van Florida. Dat en de gekke verhalen over zijn bewoners.

"Sorry. Je zult vast snel herstellen," zegt Vic.

"Bedankt. Ik moet gaan."

Als ik dat niet doe, dan zal Evan misschien vuur gaan blazen. Hij moet een van die mensen zijn die een hekel hebben aan mobiele telefoons aan de eettafel.

"Ah, juist," zegt Vic. "Tot later."

Ik hang op en ontmoet Evans norse blik. "Dat was je vriend."

"Vic en ik zijn niet *zo* close," snauwt Evan. "Niet meer."

Jemig. Noemde hij hem in het ziekenhuis niet zijn maatje? "Is er een probleem?"

"Vic is onbeleefd," zegt hij.

"Hoezo?"

"Hij heeft ons samen gezien, maar hij probeert je toch te versieren."

Ah. Dus dit gaat om het mannelijke territorium? "Vic was gewoon aardig. Hij wilde weten hoe het met mijn gezondheid ging."

"Nee," zegt Evan. "Hij probeerde je mee uit te vragen."

Is dat zo? "Ik denk het niet. Artsen mogen niet met patiënten daten."

Evan gnuift. "Als Vic niet met zijn patiënten uitging, dan zou hij in zijn leven nooit een date krijgen."

Ik rol met mijn ogen. "Je hebt het wel tegen hem gezegd: 'We daten niet.'" En hij was daar bijna beledigend onvermurwbaar over.

"O." Evan fronst. "Dat was ik vergeten."

"Het is sowieso allemaal betwistbaar. Als hij het aan me vraagt, dan zeg ik nee. Ik hou niet van avontuurtjes en dat is het enige wat mogelijk is als je op vakantie bent."

"Dat klinkt logisch," zegt Evan en hij stopt een groot stuk sashimi in zijn mond. Terwijl hij kauwt, wordt zijn uitdrukking rustiger. Zodra hij slikt, vraagt hij:

"Heb je mijn aanbod om je mee te nemen geweigerd omdat je dacht dat *ik* je mee op een date vroeg? Omdat dat niet zo was. In tegenstelling tot Vic ga ik nooit met toeristen uit."

Wat vleiend. "Ik weigerde om de exacte reden die ik had genoemd. Ik wil niet je tijd in beslag nemen. Dat is alles." Ik doe niet eens de moeite om uit te leggen dat als hij zich zou verwaardigen om zijn 'geen-toeristen'-regel te overtreden, ik toch nee zou zeggen.

"Goed dan." Zijn gelaatstrekken worden zachter. "Hoe erg is je zonnebrand?"

Ik haal mijn schouders op, wat ironisch genoeg pijn veroorzaakt. "Het is niet prettig."

"Ik zal de zonnebrandzalf van mijn grootvader voor je maken," zegt hij. "Die verricht wonderen."

Ik schud mijn hoofd. "Nee, bedankt. Ik heb Advil in de auto. Dat zal voldoende zijn."

"Gaat dit weer over tijd in beslag nemen?"

Ik stop vis in mijn mond om te voorkomen dat ik antwoord.

Evan springt overeind. "Ik voel me zelf ook een beetje verbrand door de zon," zegt hij tegen niemand in het bijzonder. "Excuseer me even als ik wat zalf voor mezelf ga maken."

Voordat ik bezwaar kan maken, pakt hij een blender en rommelt hij in zijn koelkast en voorraadkast.

Is dat honing wat hij in de beker stopt? Baking soda? Appelazijn?

"Weet je zeker dat je zalf maakt? En niet, laten we zeggen, een taart?"

Hij negeert mijn vraag en loopt naar een aloëplant die op een vensterbank staat en knipt er een stuk van.

"Oké," zeg ik. "Die is logisch."

Hij blijft ingrediënten toevoegen: yoghurt uit de koelkast, wat droge bladeren uit een zak met 'kamille' en iets groens dat —gezien zijn liefde voor alles wat Japans is — waarschijnlijk matcha is.

"Ik ga heerlijk smaken," zeg ik zonder na te denken. Zodra de woorden mijn mond verlaten, krimp ik ineen en bid ik dat Evan me niet heeft gehoord of niet zo'n vieze geest heeft als ik.

Shit.

Hij stopt met wat hij aan het doen is en kijkt me evaluerend aan.

Of is het een hongerige blik?

Ik denk dat hij het wel heeft gehoord?

Voordat ik een beslissing kan nemen, gaat hij verder met het maken van zijn zalf.

Nu haar mens afgeleid is, springt Sally op de tafel en miauwt ze nadrukkelijk naar me.

"Hier." Ik geef haar een stukje sashimi.

Ze likt eraan en neemt een sierlijke hap.

Ik voel een natte neus tegen mijn kuit drukken. Ik kijk naar Harry en geef hem ook een stukje, dat hij verslindt alsof het zijn laatste maaltijd is.

Ik eet samen met de pluizenbollen en realiseer me al snel dat ik vol zit. Ik leg met een tevreden glimlach mijn eetstokjes neer.

Shit. Glimlachen doet pijn aan de plooien in mijn gezicht en het bewegen van mijn armen doet pijn aan de huid in de holte van mijn elleboog.

Misschien heb ik deze zalf toch boven op de Advil nodig. De pijn wordt erger.

Het positieve is, dat de krampen minder zijn geworden, of het lijkt zo in vergelijking met de ellende die mijn huid ervaart.

Er breekt een oorverdovend gebrul los. Het is de blender. Het geluid maakt het de komende seconden moeilijk om me op iets te concentreren. Als het voorbij is, schept Evan het eindproduct in een pot en brengt hij het naar me toe. "Wil je dat ik je help het aan te brengen?"

Zou dat betekenen dat hij me aanraakt?

Een groot deel van me wil ja zeggen, maar het rationelere deel opent mijn mond om te weigeren — het is alleen al te laat.

Evan doopt zijn vinger in de dikke vloeistof en trekt er een lijn mee op mijn voorhoofd.

Heilige aloë. Dit voelt geweldig, maar waarschijnlijk niet vanwege de medicinale eigenschappen van de ingrediënten. Evans aanraking is heet en tintelt op mijn huid, maar de zalf die hij heeft achtergelaten is koel en rustgevend.

"Zal ik doorgaan?" mompelt hij. Zijn blauwgroene ogen glinsteren naar me.

Ik knik zachtjes. Als ik mijn mond opendoe, dan zou ik hem kunnen vertellen om te stoppen — of erger nog, om door te gaan en nooit te stoppen.

Hij smeert de lijn die hij op mijn voorhoofd heeft gemaakt uit, zodat hij de hele omringende huid bedekt.

Ik slik moeizaam. Is mijn voorhoofd een erogene zone of is het een clitoris geworden? Pijn kalmeren zou niet zo goed moeten voelen.

Evan doopt zijn vinger terug in de pot en brengt teder de zalf op mijn rechterwang aan.

Correctie: mijn wang is de erogene zone. De streling van zijn vingers is verontrustend hetzelfde als de streling van een geliefde, en het laat mijn hoofd tollen... en bepaalde lagere regio's voelen ook aan alsof ze verbrand zijn. Maar op een goede manier.

Evan smeert het brouwsel op de rest van mijn wang. Ik probeer heel hard om niet te kreunen of mijn ogen naar achteren te laten rollen. Ik keer hem echter mijn andere wang toe zonder dat ik daar om gevraagd word — en meer rustgevend plezier is mijn beloning.

Oké, mijn slipje is officieel nat.

Dit is niet goed.

Echt niet goed.

Ik hou niet van avontuurtjes, en nog minder van onenightstands, maar dat is wat mijn verraderlijke lichaam lijkt te willen.

Maar nee. Zelfs als ik mijn regels wilde overtreden, dan is er het feit dat Evan ook geen avontuurtje wil, vooral niet met een toerist en dat geldt dubbel zoveel voor een ontbijtdief zoals ik. Er zijn bovendien praktische overwegingen, zoals tante Flo en —

"Wil je dat ik er wat van op je rug smeer?" mompelt Evan.

Houdt hij me verdomme voor de gek? Ik heb een sterke wil en zo, maar niet *zo* sterk.

"Ik begrijp het," zegt hij, duidelijk mijn verdwaasde stilte voor een afwijzing aannemend, omdat hij het deksel op de pot van de zalf doet en het aan mij geeft.

In plaats van het aan te nemen, flap ik er "Ja" uit.

Hemeltje. Mijn hart bonst zo snel in mijn borst dat ik naar Octothorpe Glorp kijk om er zeker van te zijn dat ik geen aritmie ervaar.

Honderdtwintig? Het lijkt erop dat Evans aanraking mijn lichaam sneller in de vetverbrandingsmodus kan brengen dan welke elliptische machine dan ook.

Mijn lieve Precious, je lichaam is niet zomaar een tempel, het is perfectie die op gelijke voet staat met diamanten en spruitjes. Er hoeft geen grammetje van die zoete nectar die je vet is bij of af.

Evan houdt zijn hoofd schuin, zoals Harry dat zou doen. "Ja?"

Ik haal diep adem, doe mijn strandjurk uit en bedank de goden van fatsoen dat ik er een bikini onder aan heb. "Ja, smeer alsjeblieft de zalf op mijn rug."

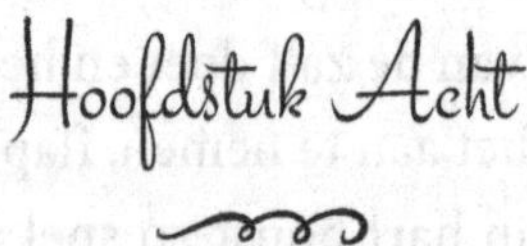

EVAN

Mijn pik is zo verdomd hard dat het me niet zou verbazen als ik flauw zou vallen van het bloedtekort in mijn hersenen. Dat tekort moet ook de reden zijn waarom ik aanbood om Brooklyns rug in te smeren nadat ik haar gezicht had aangeraakt. Wat me met meer hormonen had overspoeld dan toen ik voor het eerst oraal bevredigd werd.

En hier is mijn straf. Haar bijna naakte rug voor me, die, ondanks dat hij rood is, soepel en heerlijk verleidelijk is.

Ach ja. Ik heb mijn billen gebrand. Nu moet ik op de blaren zitten.

Nee. Ik kan niet aan billen denken, en vooral niet aan dingen die ermee kunnen gebeuren. Mijn kloppende pik heeft niet nog meer aanmoediging nodig. Als ik mijn vingers in de pot steek, fantaseer ik erover dat ze in het zoete poesje van Brooklyn zitten.

En als ik de zalf tussen haar schouderbladen aanbreng, dan heb ik het gevoel dat ik zou kunnen barsten.

Ik ruik aan de zalf voor kracht en ga heldhaftig verder, manhaftig weerstand biedend aan willekeurige driften, zoals haar nek willen kussen of aan haar oorlel willen knabbelen. Ik ben geen dokter zoals Vic, maar zelfs ik weet dat die dingen niet helpen tegen zonnebrand.

"Dus," zeg ik, mijn stem meer dan een beetje hees. "Wat zijn dingen die je leuk vindt, behalve *Don Juan DeMarco?*"

"Hoezo?" Haar rugspieren spannen zich onder mijn vingers aan, zoals ze zouden doen als ze over mijn pik zou komen.

"Omdat ik je de mijne heb verteld, maar je hebt me de jouwe nooit verteld." Het is eerlijk gezegd meer omdat ik een afleiding nodig heb. Als ik geluk heb, houdt ze van iets wat niet sexy is, zoals de recente Godzilla-films.

"Papier-maché zou mijn equivalent van jouw surfen zijn," zegt ze.

"Interessant." En gewoner dan niet sexy. "Wat nog meer?"

Haar schouders komen omhoog net als ik er zalf op wil smeren.

"Ik hou van Scrabble. En de *Harry Potter*-serie. En van boeken van Judy Blume."

Ze klinkt een beetje strijdlustig als ze dat zegt. Verwacht ze dat ik grapjes maak over het niveau van wat ze leest?

"Ik hou van Scrabble. En ik heb alles van Rick Riordan gelezen," geef ik met tegenzin toe. "Pas geleden."

Hoe kan ik zien dat ze lacht, ook al is haar rug naar mij gekeerd?

"Met je liefde voor de oceaan moet je je tot Percy Jackson kunnen verhouden," zegt ze. "Met de boeken, let wel, niet de film, moge Poseidon het verhoedde."

Ik grijns. "Percy en de Silver Surfer zijn mijn favoriete fictieve personages. Van de boeken en strips, niet van de films."

"Is de Silver Surfer geen schurk?"

Grr. Hollywood slaat weer toe. "Hij heeft een tijdje als een aartsvijand moeten dienen. Maar uiteindelijk verraadt hij de genoemde aartsvijand en redt hij de aarde. Hij zat ooit ook in een heldengroep, de Defenders genaamd. Om nog maar te zwijgen over —"

"Ben je een stripboekennerd?"

Zelfs beledigingen hebben geen invloed op mijn pik. Hij kan zich zelfs het bloed toe-eigenen dat anders naar mijn gezicht zou zijn gegaan. "Er zijn strips zoals *The Sandman* die hoge kunst zijn, en ik schaam me er niet voor dat ik ervan geniet. Toen ik een kind was, hebben ze me gelokt om te gaan lezen, en ik weet zeker dat ze hetzelfde voor veel andere kinderen hebben gedaan. Zou een Potterhoofd echt met modder moeten gooien?"

Er verschijnt kippenvel op haar rug — misschien komt het door mijn woorden?

"'Nerd' is geen negatief woord meer," zegt ze defensief.

"Als jij het zegt." Ik glijd met mijn vinger over haar ruggengraat en probeer erachter te komen hoe het kan dat zelfs haar wervel zo aantrekkelijk en vrouwelijk is.

"Kunnen we alsjeblieft verder gaan?" vraagt ze.

Ik breng wat zalf aan onder het bandje van haar bikini en fantaseer de hele tijd over het losmaken van dat ding. "Het enige wat ik weet is dat je steeds weer manieren bedenkt om meer over mij te weten te komen dan ik over jou weet."

"Hmm," zegt ze — en het kan mijn verbeelding zijn, maar het klinkt heel erg ademloos, alsof ze op het punt staat om te gaan kreunen.

Het is officieel. Mijn pik heeft nu invloed op mijn gehoor.

"Ik hou van schatkaarten," zegt Brooklyn.

Huh. "Dat is toeval," flap ik eruit. "Toevallig heeft mijn grootvader me een schatkaart nagelaten."

Shit. Waarom zou ik dat aan haar vertellen? Geen idee, maar het is veilig om te zeggen dat een bepaald zeer rechtopstaand lichaamsdeel daar de schuld van is.

Ze draait zich om en kijkt me aan. "Wat bedoel je?"

Serieus, wat ben ik aan het doen? "Mijn grootvader was rijk. Toen mam stierf, heeft hij zijn testament in mijn voordeel aangepast en kort daarna is hij gestorven. Dat is hoe ik mijn erfenis heb gekregen... die een schatkaart bevat."

Ze draait zich om. "Wauw. Wat is de schat?"

"Geen idee," zeg ik terwijl mijn handen langs haar

rug glijden en die langzaam naar de twee verrukkelijke kuiltjes aan de basis van haar ruggengraat gaan. "Ik kon opa's code niet kraken."

Hmm. *Opa's code* zou een Dan Brown-roman over Robert Langdon die met pensioen is, kunnen zijn.

"O," zegt ze. "Laat het me weten als ik kan helpen. Ik ben goed met alles wat met schatkaarten te maken heeft, inclusief cyphers en codes, natuurlijk."

Ik geef geen antwoord, omdat mijn vingers de kuiltjes bereiken en mijn ballen strak worden. Ik kan maar beter verder gaan, anders krijg ik straks misschien blauwe ballen — iets waarvan ik tot nu toe dacht dat het een handige mythe was die door tienerjongens aan tienermeisjes werd verteld.

Shit. Per ongeluk of gedreven door de wil van mijn pik, glijden de vingers van mijn rechterhand per ongeluk uit het kuiltje en in Brooklyns zwembroek. Eenmaal daar, strijken ze lichtjes over de kromming van haar rechter bil, waardoor mijn pik een beroerte krijgt.

Het is niet verrassend dat Brooklyn overeind springt en haar strandjurk pakt.

"Het spijt me," zeg ik, terwijl ik mijn gezicht rood voel worden. "Dat ging per ongeluk. De zalf is vettig, dus mijn hand gleed uit."

Ik hoop dat dat de waarheid is, want ik zou mezelf niet leuk vinden als de verklaring iets anders was... wat het punt zou kunnen zijn.

"Het geeft niet," zegt ze ademloos. "Maar ik denk dat ik op dit moment genoeg van je tijd heb gemonopoliseerd. Het is het beste als ik de rest van de zalf zelf aanbreng."

Voordat ik nog een verontschuldiging of een weerlegging kan uitspreken, pakt ze de pot en sprint ze weg alsof er een gekke seksmaniak op haar hielen zit.

Ik zie mijn spiegelbeeld in de magnetron. Yep. Mijn gezicht is een tint geworden die niet veel verschilt van die op Brooklyns rug — en toch ben ik, ondanks dit duidelijke bewijs van bloedstroom elders, nog steeds zo hard als een rots.

De deur slaat in de verte dicht.

Harry kijkt me verward aan.

Menselijke gast, waar is de menselijke griet gebleven? Het leek goed te gaan en toen poef.

Sally steelt een stuk sashimi van de boot op tafel en ze staart me dan zonder zelfs maar een vleugje wroeging aan.

Het lijkt erop dat onze kwaadaardige ontvoerder nog een vrouwelijk wezen aan zijn boosaardige harem wilde toevoegen. Gelukkig voor haar bezit ze beweegbare duimen.

Shit. Brooklyn denkt nu dat ik een enge viezerik ben, en ze zit misschien niet ver van de waarheid, want hier ben ik dan, die naar de badkamer loopt om mijn pik vast te pakken.

Pas nadat ik ben gekomen, realiseer ik me dat ik nooit de moeite heb genomen om de zalf van mijn handen te wassen en dat ik nu appelazijn op mijn pik heb zitten.

Hoofdstuk Negen

BROOKLYN

Als ik in mijn vakantiehuis kom, hijg ik als een loopse hond. Ik bedoel, een oververhitte hond — hoewel dat eerste stukje een Freudiaanse verspreking had kunnen zijn, omdat de manier waarop Evan de zalf had aangebracht, de meest sensuele ervaring van mijn leven was geweest.

Hoe triest is dat?

Jolene heeft gelijk over mijn vitamine D-tekort. Misschien als ik af en toe seks had gehad, dat ik nu niet zo zou hebben gereageerd als dat ik deed.

En jongen, heb ik gereageerd. Toen Evan met zijn vingers tussen mijn schouderbladen ging, was het een enorme inspanning geweest om niet iets ongepasts te doen, zoals mezelf aanraken.

Het werd alleen maar erger en zijn poging tot een gesprek hielp niet. Toen ik iets over zijn leesvoorkeuren te weten kwam, wilde ik hem nog meer.

En toen raakte hij mijn kont aan.

Ik was er in een oogwenk klaar voor om die kont aan hem te geven. Ik had zelfs over praktische zaken nagedacht, zoals het feit dat mijn menstruatie anaal niet in de weg zou mogen staan.

Yep, dat was een echte gedachte die ik had gehad, ook al heb ik het nog nooit anaal gedaan.

Toen wist ik dat ik zijn huis uit moest zien te komen.

Ik zucht. De zalf lijkt tenminste te werken. Mijn gezicht en rug doen geen pijn meer, terwijl de rest van me het gevoel heeft dat het door vuurmieren wordt gebeten.

Ik gooi de strandjurk opzij en breng de zalf op mijn armen en benen aan. Helaas fantaseer ik, terwijl ik bezig ben, dat Evan het doet en schiet mijn geilheid weer omhoog.

Weet je wat? Ik ga hier iets aan doen.

Ja. Ik was mijn handen en ga naar de slaapkamer, waar ik de verduisteringsgordijnen sluit en zonder veel inleiding met mijn clitoris bezig ga.

Boem.

Ik ben altijd snel tot een orgasme gekomen — als ik het tenminste zelf doe — maar dit is het Guinness World Records snel. Het lijkt erop dat Evans aanraking echt mijn hele systeem heeft voorbereid.

Zodra ik klaar ben, word ik door twee driften overmand: douchen en slapen, in het ideale geval tegelijkertijd. Hé, ik wil tenminste geen sigaret na de seks (zoals mijn ex — gatver) of een éclair (zoals

Jolene). Niet dat ik zeg dat ik met Jolene naar bed ben geweest. Ze had die informatie gewoon zo gegeven.

Het probleem is dat ik niet moet gaan douchen, omdat de zalf er dan af zal spoelen.

Dat is dan geregeld.

Ik speel met Octothorpe Glorp om ervoor te zorgen dat mijn wekker gedurende mijn vakantie niet afgaat.

Mijn lieve Precious, zolang ik je kan zien slapen, ben ik er volkomen tevreden mee om je niet wakker te maken — vooral omdat je adem na negen uur en dertig seconden het perfecte geurboeket bereikt.

Oké dan.

Ik sluit mijn ogen en val in slaap.

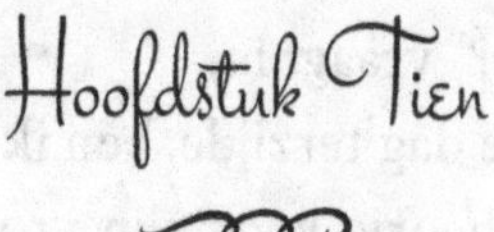

EVAN

Ik word supervroeg wakker en ga naar mijn vrijwilligerswerk.

Als ik bij de snelweg kom, gaat mijn telefoon.

Het is een videogesprek van mijn langeafstandsdrinkmaatje, Mason. Zoals gebruikelijk staat er een shot wodka voor hem.

"Heb je tijd?" vraagt hij.

"Waar is de plichtsgetrouwe, 'Hé, Evan, hoe gaat het?'"

"Hé, Evan, hoe gaat het?" zegt Mason met een hese stem die er, in combinatie met zijn uiterlijk, voor zorgt dat hij lijkt op een Viking... of op een Asgardian uit de Marvel-films. "Wil je iets met me drinken?"

"Het is ochtend," antwoord ik. Voor zover ik weet, heeft Mason geen drankprobleem, anders zou ik me niet op mijn gemak hebben gevoeld bij het maken van ons ongewone drankpact: als het mogelijk is, laten we de ander niet alleen drinken. "Is alles goed?"

Mannen in het algemeen — en Mason in het bijzonder — houden er niet van om over hun gevoelens te praten, maar het drinken in de ochtend spreekt voor zich.

"Is dat een nee?" vraagt hij.

"De tijd van de dag terzijde, ben ik duidelijk aan het rijden." Nieuwe theorie voor zijn vroege drinken: zijn hockeyteam heeft gisteravond hun wedstrijd verloren, het hele team is erop uitgegaan om hun verdriet weg te drinken, en dit is een overblijfsel van die situatie.

"Dus het is een 'nee'. Begrepen," zegt Mason en hij hangt op.

"Oké, Mason. Ik spreek je later. Het was leuk om bij te praten," zeg ik tegen de reeds verbroken verbinding. "Het is niet alsof ik je iets over een mede-New Yorker te vertellen had."

Whatever. In plaats van de gebeurtenissen van gisteravond met een vriend te bespreken, speel ik ze gewoon in mijn hoofd af en vraag ik me af of Brooklyn ooit nog met me zal praten.

Waarschijnlijk niet, maar als ze dat doet, hoe waarschijnlijk is het dan dat ze het over de schatkaart zal hebben? Ze zei dat ze dat leuk vond, dus het is mogelijk, wat betekent dat ik beter kan beslissen wat ik in dat scenario moet doen.

Tegen de tijd dat ik het kamp binnenkom, heb ik een plan, maar ik zet het voorlopig uit mijn hoofd omdat ik een groep kampeerders gretig op me zie wachten.

"Hallo," zeg ik tegen hen, terwijl ik een paar

onbekende gezichten zie. "Ik ben Evan. Gewoon Evan. Niet meneer Evan of meneer Wilcox, wat mijn achternaam is." Ik wijs naar Harry. "Dat is Harry... en als je wilt, kun je hem meneer Harry noemen."

Een paar kinderen grinniken, maar de meesten knikken serieus, wat betekent dat mijn hond tegen de tijd dat de dag voorbij is *misschien* meneer Harry wordt genoemd.

"Zijn jullie klaar voor je surfles?" zeg ik met een grijns.

"Ja," roepen ze opgewonden eenstemmig.

Schattig. "Harry en ik kunnen jullie niet horen. Zijn jullie klaar om te surfen?"

"Ja!" De opwinding gaat deze keer door het dak, dus ik maak hun veiligheidsuitrusting gereed en we gaan naar het water.

De tijd vliegt naarmate de les vordert en de kinderen — en Harry — hebben veel plezier.

Een van de nieuwe leerlingen — een jongen die me aan Macaulay Culkin van *Home Alone* doet denken, maar met lang haar — loopt na de les naar me toe en schuifelt verlegen van voet tot voet.

"Hé, knul." Ik open mijn waterfles. "Je hebt het vandaag geweldig gedaan. Je bent een natuurtalent." En ik meen het. Hij was niet één keer gevallen en hij liet zijn surfplank ook niet los. Hij had ook geduldig naar alle veiligheidsinstructies geluisterd.

Harry lijkt het kind ook aardig te vinden, omdat hij extra krachtig met zijn staart kwispelt.

"Dank u," zegt het kind beleefd en hij blijft van voet tot voet schuifelen alsof het zijn werk is.

"Zit je ergens mee?" vraag ik.

"Ja," zegt hij. "Ik heb een persoonlijke vraag."

"Wat is er aan de hand?" Ik neem een slokje uit mijn fles.

"Is het normaal om daar haar te hebben groeien?" Hij wijst naar zijn kruis.

Ik stik bijna in het water, maar dat doe ik niet, godzijdank. Een volwassene laten sterven na het stellen van een dergelijke vraag zou dit kind levenslange therapie bezorgen. En een full-body laserontharing.

"Dat is een interessante vraag," zeg ik. "Heb je je vader ernaar gevraagd?" Omdat zijn vader een beter gekwalificeerd persoon lijkt om te antwoorden dan een kerel die hij net heeft ontmoet.

Het kind zucht. "Mijn vader is voordat ik geboren ben weggegaan. Het is alleen ik en mijn moeder, maar ik vind het ongemakkelijk om het aan haar te vragen."

Misschien moet een man met een vasectomie niet oordelen en zo, maar zijn vader klinkt als een klootzak. Als het me door een wonder zou lukken om iemand zwanger te maken, dan zou ik absoluut, zeker weten in het leven van het kind blijven. En dat kind zou niet eens zo schattig hoeven te zijn als dit kind. Ze kunnen vervelend zijn en —

"Laat maar," zegt het kind. "Ik zal gewoon —"

"Nee, ik dacht alleen na over de beste manier om te antwoorden," zeg ik. "Hoe oud ben je?"

"Zeven," zegt hij.

"En hoe heet je?"

Hij slaat zichzelf theatraal op het voorhoofd. "Sorry. Ik ben hier nieuw. Mijn naam is Reagan." Hij steekt zijn handje uit.

Ik schud hem plechtig de hand. "Oké, Reagan, daar gaat ie. Het is heel normaal om haar daar beneden te hebben, maar het is op jouw leeftijd zeldzaam. Meestal groeit het pas later, maar het is allemaal goed. Je loopt gewoon voor op de rest."

De blik van opluchting op zijn gezicht trekt aan iets in mijn borst. "Heel erg bedankt, meneer Evan. Eerst dacht ik dat het normaal was, maar toen we onder de douche stonden, was ik de enige, dus..."

"Begrijpelijk," zeg ik. "En noem me alsjeblieft Evan."

"Oké," zegt hij. "Evan. Dank u."

Daarmee rent hij weg — waardoor Harry eruitziet alsof hij hem achterna zou kunnen rennen, maar dan herinnert hij zich zijn manieren.

Schattig kind. Als dat bovengenoemde zwangerschapswonder uit zou komen, dan zou ik willen dat mijn kind net als Reagan zou zijn.

Ik kan maar beter niet in die richting denken. Ik heb mijn keuze gemaakt, en het was de juiste — zelfs als ik het had gedaan op een moment dat zulke grote beslissingen niet genomen zouden moeten worden.

Om mezelf af te leiden, concentreer ik me op een onderwerp waar ik in geen miljoen jaar aan heb gedacht: opa's schatkaart.

Hoofdstuk Elf

BROOKLYN

Mijn stomme telefoon rinkelt in de verte.

Ik kijk naar Octothorpe Glorp.

Wauw. Ik heb twaalf volle uren geslapen.

Mijn liefste Precious, naar je catatonische gelaat kijken, was een hemelse visuele ervaring, maar je wakker maken is bovenzinnelijk voor de reukzin.

De telefoon gaat weer. Ik pak hem op en overweeg even om hem tegen de muur te gooien, maar dan herinner ik me de driehonderd dollar die ik heb moeten betalen om hem te kopen, dus ik kies ervoor om het ding een boze blik te geven.

De telefoon laat me heel onverschillig zien waarom hij me wakker heeft gemaakt — een videogesprek van Jolene.

Ik neem op. "Hoe laat is het?"

"Het is half twaalf in de ochtend," zegt ze, terwijl ze mijn slaperige toestand met een grijns in zich opneemt. "Maar je zou kunnen zeggen dat het helemaal geen ochtend meer is, maar vroeg in de middag."

"Nou, het is te vroeg voor discussies," zeg ik. "Wat wil je?"

Voordat ze kan antwoorden, zie ik dat ik een telefoontje van Dorothy krijg.

"Laat me je zo terugbellen," zeg ik tegen Jolene en schakel over naar Dorothy's telefoontje. "Hé, ik zit in een videogesprek met Jolene. Kan ik—"

"Ik weet het," zegt Dorothy. "Ik hoor er ook in te zitten, maar ik krijg het niet voor elkaar."

Ik weersta de drang om te plagen. Dorothy's gebrek aan vaardigheid met technologie is legendarisch, en als ze me met een telefoon met draaischijf of vanuit een telefooncel zou bellen, dan zou ik niet eens *zo* verbaasd zijn.

"Wat dacht je ervan om Jolene als je technische ondersteuning te laten werken?" stel ik voor. "Dan zal ik ondertussen mijn tanden poetsen."

"TMI," zegt Dorothy en ze hangt op.

Ik sta op en haast me door mijn ochtendroutine, in de veronderstelling dat ik niet veel tijd heb voordat mijn telefoon weer over gaat.

Nee. Zoals gewoonlijk heb ik Dorothy's gebrek aan technische vaardigheden onderschat —of Jolenes vermogen om haar te helpen overschat. Het enige dat ik weet is dat ik tegen de tijd dat ze me terugbellen volledig omgekleed en grondig geblokkeerd voor de zon ben.

"Hoi jongens," zeg ik tegen Jolenes gezicht en Dorothy's voorhoofd. "Kijk dit eens."

Ik neem de telefoon mee naar het zwembad en laat ze het uitzicht op het meer zien.

"Wauw," zegt Jolene. "Het ziet er nog beter uit dan op de foto's."

"Doe dat alsjeblieft niet nog een keer." Dorothy's voorhoofd krijgt een groene tint. "Dat heeft me misselijk gemaakt."

Aww, arm ding. Ik plof in een loungestoel en draai de telefooncamera naar mezelf — wat hopelijk iets minder misselijkmakend is. "Nogmaals bedankt, jongens," zeg ik oprecht. "Dit is het beste cadeau ooit."

Het feit dat ik er nog niet van heb kunnen genieten, is natuurlijk niet hun schuld.

"Je ziet eruit alsof je je vitamine D-tekort hebt geregeld," zegt Jolene met samengeknepen ogen.

"Ik ben verbrand door de zon," zeg ik, terwijl ik doe alsof ik het verkeerd begrijp. De dag dat ik een van hen vertel dat ik gisteravond heb gemasturbeerd, zal de dag zijn dat ik mezelf een poedelkapsel geef.

"Verbrand?" Dorothy fronst. "Dat kan je kans op melanoom vergroten."

Geweldig. "Wat als ik er zalf op smeer?"

"Maakt niet uit," zegt Dorothy.

"Wat als ik me vandaag prima voel?" En ik realiseer me dat dat zo is. Helemaal goed. Ik kan niet geloven dat dat niet het eerste was waar ik vanmorgen aan dacht.

"Dan was je misschien niet erg verbrand," zegt Dorothy. "Houd wel je moedervlekken in de gaten."

"Mijn oog op moedervlekken, oké," zeg ik. "Anders nog iets?"

"Moedig haar niet aan," zegt Jolene streng tegen me. "Ik *weet* dat je gisteravond bent gekomen, dus vertel op."

Is ze als Eleven van *Stranger Things*, een pervers iemand die in staat is om op duizend kilometer afstand een soort post-orgasme-funk te ruiken?

"Er valt niets te zeggen." Moet ik doen alsof de verbinding is verbroken?

"Ik begrijp het," zegt Jolene. "Je hebt een man ontmoet, maar je hebt nog niets met hem gedaan. Je hebt in plaats daarvan je eigen onderstel gecontroleerd."

WTF. Jolene loopt echt gevaar dat die griezelige wetenschappers van Hawkins Lab met haar gaan experimenteren. "Hoe kun jij dat weten?"

"En waarom moet *ik* het weten?" eist Dorothy. "Wat een vrouw onder de gordel doet, is —"

"Houd je mond," zegt Jolene. Ze vernauwt haar ogen naar me en zegt, "Je hebt tien seconden om de man te beschrijven, of ik zal tot in detail mijn Pornhub-zoekopdrachten aan Dorothy gaan vertellen. Eén."

Serieus?

"Twee. Je weet dat ze misschien voor de rest van haar preutse leven getekend zal zijn. Drie."

Hoewel ik morbide nieuwsgierig ben naar Jolenes schandalige zoektocht, heb ik medelijden met Dorothy en vertel ik ze over de ontmoeting met Evan en alles wat volgde — ik sla alleen het deel over, over de handmatige ontlading toen ik weer in mijn vakantiehuis terug was. Tijdens mijn verhaal gillen ze allebei — wat normaal is voor Jolene, maar net zo onnatuurlijk voor Dorothy als dat ballet voor een nijlpaard is.

"Dus laat me dit even duidelijk maken," zegt Jolene. "Hij heeft je leven gered en een gastronomisch diner voor je gemaakt, maar je hebt hem nog steeds niets gegeven?"

Dorothy's wenkbrauwen klimmen tot hoog op haar voorhoofd. "Ik kan niet geloven dat ik dit ga zeggen, maar ze heeft gelijk. Als een situatie om onzedelijke beloningen vraagt, dan is het deze wel."

Zijn deze twee het weer ergens over *eens*? Misschien kunnen varkens vliegen — ervan uitgaande dat hun vriendin ook op vakantie is en niet met het eerste zwijn naar bed gaat dat ze ontmoet.

Jolene grinnikt. "Onzedelijk? Je laat het klinken alsof Brooklyn haar surfer een jaar in een beker moet laten komen voordat ze bukkake op zichzelf gaat doen."

Hmm. Dat is verschrikkelijk specifiek.

"Bu-wat?" eist Dorothy. "Zou ze niet ziek worden van het drinken van iets met eiwitten nadat ze het zo lang heeft verzameld?"

Jolene tuit haar lippen. "Niet als ze het elke keer invriest om bederf te voorkomen, natuurlijk. Dan, op

B-day, zou ze het allemaal kunnen ontdooien en opdrinken terwijl hij toekijkt. Dat is nog steeds hygiënischer dan een gangbang."

"Opdrinken?" Dorothy's voorhoofd lijkt een permanente rimpel te ontwikkelen. "Als in —"

"Zelfs als ik het zou aanbieden, dan zou Evan elke onzedelijke beloning weigeren," zeg ik hen onderbrekend. "Hij zei dat hij niets met toeristen doet, en dat is wat ik ben."

Ik benoem de praktische aspecten van ongesteld zijn niet, want dat zou klinken alsof ik serieus heb overwogen om dingen met Evan te doen, wat ik helemaal niet heb gedaan.

Dat gezegd hebbende, mijn menstruatie lijkt vandaag voorbij te zijn — dat is ook een beetje vroeg, waarschijnlijk omdat mijn baarmoeder Evan zo leuk vindt dat hij besloten heeft om geen onzedelijke beloningen in de weg te staan.

"Laat me een man zien die niet van bukkake houdt, en ik zal je een aseksueel laten zien," zegt Jolene. "Mannen *houden* ervan om zo vaak mogelijk in en op hun seksuele interesses klaar te komen." Ze kijkt me aan. "Weet je zeker dat hij niet wat in die zalf heeft gedaan?"

"Dat denk ik niet," zeg ik. "Ik zou het hebben gemerkt." En het misschien niet erg hebben gevonden.

"Ik denk dat ik nachtmerries ga krijgen." Dorothy laat eindelijk de telefoon een beetje zakken, zodat ik de angst in haar ogen kan zien. "Als je jezelf nu filterde, hoe erg zijn je Pornhub-zoekopdrachten dan?"

Goeie vraag. Voordat ik het ook kan vragen, springt er een kat op mijn chaise, die me de bejesus laat schrikken — en ik weet niet eens wat een bejesus is.

"Sally?" zeg ik, langzaam knipperend om de kat te kalmeren — en wensend dat iemand dat voor me kon doen.

"Sally?" zegt Dorothy. "Als in, *zijn* kat?"

"Ja," zeg ik. "Dezelfde."

"Pas maar op," zegt Dorothy bezorgd. "Katten kunnen je T. gondii geven."

"Wat is dat?" vraag ik. Het klinkt als "De Gandhi", wat een autobiografie zou kunnen zijn — behalve het gedeelte waar katten het je kunnen geven. Over verhalen over geweldige mannen gesproken, ik vraag me af of Evan biografieën net zo haat als boekverfilmingen? Als dat zo is, dan moet ik hem erop wijzen hoe geweldig de Gandhi-film met Ben Kingsley is.

Wacht, waarom plan ik gesprekken met Evan? Ik zal hem waarschijnlijk niet meer zien.

"De 'T' staat voor toxoplasmose," zegt Dorothy.

"En dat zou het moeten verklaren?" Ik sla het woord echter wel op, want ik zou er op een dag eenentwintig punten in Scrabble mee kunnen scoren.

"Het is een parasiet." Dorothy spreekt het woord met veel te veel plezier uit. "Als het in je hersenen zit, dan ga je van katten houden en leidt het tot ander riskant gedrag."

"Hoe is het leuk vinden van katten riskant gedrag?" Ik staar naar Sally en vraag me af of ik de parasiet al heb — omdat ik deze kat veel te leuk vind, gezien hoe kort we elkaar kennen.

"Zei ik dat net niet?" moppert Dorothy. "Katten kunnen je T. gondii geven."

Is dat circulaire logica, of is dat wat de hersenparasiet van de kat *wil* dat ik denk?

Jolene doet alsof ze geeuwt. "Ik moet zeggen, het kattengedoe is oncreatief. Evan wil een poesje, dus hij gebruikt een poesje om het te krijgen? Als ik jou was, dan zou ik een haan als huisdier nemen en hem naar Evans huis sturen."

"Dat is dom," zegt Dorothy streng. "De kat zou de haan opeten."

Dat is het domme aan haar idee?

"De poes is bij Brooklyn, dus de haan zou veilig zijn," zegt Jolene. "Blijf bij."

"Ik ga met Sally afrekenen," zeg ik resoluut.

"Prima, maar houd ons op de hoogte." Jolene wiebelt met haar wenkbrauwen.

"En blijf uit de zon," zegt Dorothy met moederlijke bezorgdheid die in schril contrast staat met de capriolen van mijn andere vriendin.

"Doei." Ik hang op en kijk dan naar de kat. "Hoi. Hoe ben je hier binnengekomen?"

Sally knippert met haar ogen naar me en springt dan op mijn schoot.

Oké.

Ik aai haar zachte vacht en kijk om me heen.

Yep. Ik zit in een aluminium kooi die aan alle kanten bedekt is met een nog steeds intact net — een zwembadverblijf dat is ontworpen om insecten en dieren op afstand te houden.

Misschien is ze eerst het huis ingegaan en is ze toen hier binnengekomen? Maar huizen zijn ook ontworpen om dingen buiten te houden.

"Hoe ben je hier binnengekomen?" vraag ik opnieuw zachtjes.

Sally spint als antwoord.

"Van jullie twee had jij Harry moeten heten, als in Houdini."

"Sally!" schreeuwt Evan van ergens in de verte.

"Ze is hier," roep ik terug en krijg hiervoor een blik van de kat.

Evan komt vanaf de kant van het meer en als hij ziet dat ik Sally vasthoud, wordt de opluchting op zijn gezicht snel door een raadselachtige uitdrukking vervangen die perfect overeenkomt met die op mijn gezicht.

Zucht. Hij heeft Sally waarschijnlijk niet hierheen gestuurd als een truc, zoals Jolene insinueerde.

"Hoe ben je daar weer binnengekomen?" eist Evan, terwijl hij de kat aankijkt.

Is dat een zelfvoldane uitdrukking op Sally's gezicht?

"Heb je haar gezien nadat ik gisteren ben vertrokken?" vraag ik. "Misschien is ze tussen mijn benen weggeslopen toen ik wegging en is ze hier op dezelfde manier naar binnengekomen."

Ik ben blij dat Jolene me niet "tussen mijn benen"

hoorde zeggen, omdat ze een uur lang extatisch over 'poesje' zou zijn.

Evan schudt zijn hoofd. "Een goede theorie, maar Sally was vanmorgen thuis toen ik haar te eten gaf."

"Hier." Ik bied Evan de kat aan — en wederom kan ik me voorstellen dat Jolene iets zegt over het feit dat ik hem een poesje aanbood.

Terwijl hij het harige wezen aanneemt, strelen zijn vingers langs de mijne en genereren ze een grote flashback naar gisteren, toen ze mijn gezicht, rug en — zij het kort — mijn kont aanraakten.

Evan houdt de kat vast en streelt zachtjes haar vacht.

Huh. Ze spint veel luider voor hem dan voor mij. Aan de andere kant, wie kan het haar kwalijk nemen? Jolene heeft zich ook officieel in mijn hersenen gevestigd, zoals Dorothy's *T. gondii*. Waarom zou ik anders aan de uitdrukking "streelt zachtjes het poesje" denken?

"Hoe voelt je huid?" vraagt Evan.

Tintelend. Trillerig. En dat komt alleen maar van zijn vingers die met de mijne in contact kwamen. Als het om de huid in mijn onderste regio's gaat, dan is deze rood, vochtig en dorstig.

"De zalf heeft gewerkt," lukt me om te zeggen. "Ik ben zo goed als nieuw."

Evan knijpt zijn ogen tot spleetjes. "Hopelijk betekent dit niet dat je weer van plan bent om op het strand te gaan slapen?"

Voordat ik een verontwaardigd antwoord kan geven, gaat mijn telefoon.

Huh.

"Hallo, Vic," zeg ik nadat ik heb opgenomen. "Wil je weer weten hoe het met mijn gezondheid gaat?"

Bij de naam van de goede dokter worden Evans gelaatstrekken stormachtig.

"Hoi Brooklyn," zegt Vic. "Hoe voel je je?"

"Volledig hersteld," zeg ik nadrukkelijk. "Dus... je bent officieel gevrijwaard om te controleren hoe het met me gaat."

"Dat is geweldig om te horen," zegt Vic. "Maar ik belde niet alleen om te kijken hoe het met je ging."

"O?" Had Evan gelijk toen hij zei dat Vic me mee uit wilde vragen?

"Ik vroeg me af of je vanavond iets met me wilt gaan drinken," zegt Vic.

"Zoals een date?" flap ik eruit, nog steeds niet gelovend dat een hete dokter in me geïnteresseerd zou zijn nadat hij me als een verdronken krab in een ziekenhuisjurk had gezien.

Evans kaak tikt.

"Een date zou geweldig zijn," zegt Vic.

"In dat geval spijt het me," zeg ik en meen het. "Ik date niet als ik op vakantie ben."

Kan Evans trillende kaak bedreigingen voor Vic in Morsecode doorgeven?

Vic zucht. "Het was het proberen waard."

"Misschien wel," zeg ik. "Maar had je dit niet met je

vriend Evan moeten bespreken voordat je het vroeg? Je hebt ons samen gezien en zo."

"Hij zei dat jullie vrienden waren," zegt Vic defensief.

"Dat is waar, dat heeft hij gezegd," zeg ik nadrukkelijk en zorg ervoor dat Evan het hoort. "Ik vroeg me af of er een bro-code is die je gedrag nog steeds zou verbieden."

Vic krabt zo hard op zijn hoofd dat ik het kan horen. "Ik moet misschien een biertje voor Evan halen," zegt hij.

Ik kijk naar Evans ontevreden uitdrukking. "Maak er een krat bier van."

"Oké," zegt Vic. "Bel me als je van gedachten verandert."

Daarop hang ik op en kijk uitdagend naar Evan, en daag hem uit om iets te zeggen in de trant van "Ik zei het je toch".

"Wil je die schatkaart zien?" zegt Evan in plaats daarvan, en het is zo onverwacht dat ik dom naar hem knipper voordat ik me herinner dat hij het over een schatkaart had gehad die hij van zijn grootvader had gekregen.

"Zou ik een schatkaart willen zien?" herhaal ik, met groeiende opwinding. "Is oxyfenbutazon een goed woord voor Scrabble?"

Ja, dat is een echt woord. Als ik dierenarts was geworden, dan zou ik het waarschijnlijk hebben voorgeschreven aan paarden die pijnverlichting of koortsvermindering nodig hadden.

Een glimlach raakt Evans ooghoeken. "Toen ik met mijn moeder Scrabble speelde, waren surfjargon en farmacologische termen verboden — het laatste werd een regel nadat ze dat exacte woord had gebruikt." De glimlach verdwijnt en er trekt iets in me. "Ze was apotheker."

Moet ik hem vertellen dat ik meestal Scrabble met mijn zoon speel en dat we ook aangepaste regels hebben, waarvan sommige echt gek zijn?

Evan draait zich naar de deur waar hij vandaan kwam. "Ik ga de kaart en de cypher halen. Ik ben zo terug."

Is er een cypher? Wat spannend. Toen ik een tiener was, had ik mijn dagboek met een geheime code gecodeerd die niemand heeft kunnen kraken — en ik weet dat mijn overbezorgde ouders hun verdomde best hebben gedaan om het te proberen.

Wacht. Waarom verspil ik tijd?

Terwijl ik me naar mijn vakantiehuis haast, bel ik snel Reagan in het kamp en krijg ik een stormvloed van het plezier dat hij heeft, wat toevallig ook een speurtocht omvat. Als ik de kans krijg om iets te zeggen, zeg ik dat ik zelf iets als een speurtocht ga doen, en hij eist meer te weten, dus ik vertel hem over de aanwijzingen en al het andere.

Uiteindelijk concludeert hij dat zijn speurtocht veel leuker is, en wie ben ik om tegen de wijsheid van een zevenjarige in te gaan?

Terwijl we praten, doe ik mijn haar en breng ik een overvloedige hoeveelheid make-up aan.

Het is duidelijk niet voor Evan. Ik wil er tijdens mijn vakantie gewoon goed uitzien en me goed voelen.

Ja, dat is mijn verhaal en ik blijf erbij.

Net als ik tegen Reagan zeg hoe erg ik hem mis — en vlak voordat hij me op mijn nummer zet, omdat ik te klef ben — wordt er op de deur geklopt.

Shit.

"Doei, schat, ik hou van je," zeg ik en hang op.

Ik trek de deur open en staar naar Evan — die in de korte tijd dat hij hier niet was op de een of andere manier knapper is geworden.

Dan weet ik het.

Hij heeft wat in zijn haar gedaan en hij heeft zijn T-shirt voor een chic Hawaïaans shirt omgeruild... dat hij tot halverwege heeft dichtgeknoopt.

Wauw. Is het niet crimineel om er zo goed uit te zien? Wat zou er gebeuren als hij ooit een pak zou dragen? Zou ik blind worden van zijn uitstraling?

"Ik heb voor ons allebei lunch." Evan zwaait een grote zak voor me heen en weer. "Schatkaarten worden niet graag op een lege maag uitgevogeld."

Ik ben nog steeds een beetje verbijsterd als hij naar binnen loopt en het eten op de keukentafel zet.

"Wacht eens even." Ik bestudeer het eten zorgvuldig. "Is dit niet —"

"Japanse tapas." Hij maakt luchtcitaten rond het tweede woord. "Ik weet toevallig dat je ze lekker vindt, dus..."

Mijn maag gromt.

Hoe damesachtig.

Ik ga met Evan aan tafel zitten en slik snel een paar lekkere hapjes door om ervoor te zorgen dat mijn maag vanaf nu stil blijft.

"Waar is de schatkaart?" eis ik nadat ik het randje van mijn honger heb gestild.

Evan spreidt twee papieren voor me uit en hij ziet er om de een of andere reden nogal terughoudend uit.

Is hij bang dat ik de code zal kraken en zijn schat zal stelen?

Whatever. Ik concentreer me op de papieren: de ene een kaart, de andere een pagina die uit een notitieblok is gescheurd. Ze zijn verweerd en ruiken tegelijkertijd vaag bekend. Iets aan hun geur doet me aan New York denken, maar ik kan het niet plaatsen.

Op de kaart staat een handgetekende penisvorm die ik herken. "Dit is de staat Florida," roep ik uit.

"Zoveel kon ik nog herkennen," zegt Evan.

Ik frons. De kaart is niet op schaal en er is geen X die de plekken markeert, zoals op een traditionele schatkaart. En in plaats van een legenda van namen en plaatsen, staan aan de ene kant van de kaart nummers die van noord naar zuid en van west naar oost gaan. Er staan ook cijfers op het andere papier, waarvan ik aanneem dat het de cypher is.

Ik wijs naar de kaart. "Zou dit een getallenraster kunnen zijn, zoals in de cartesiaanse geometrie? En die getallen, de coördinaten op het genoemde raster?" Ik gebaar naar de cijfers op de cypher.

Evan haalt een map tevoorschijn die vol staat met kopieën van de schatkaart, elk is bezaaid met stippen.

"Ik heb geprobeerd de cijfers in kaart te brengen, maar er lijkt als zodanig geen patroon te zijn."

Hmm. Ik scan de cijfers op de cypher, de smaak van mijn lekkere eten ver weg.

"Heb je geprobeerd om deze cijfers om te zetten in letters van het alfabet?"

Evan schudt zijn hoofd. "Ik ben niet echt een fan van dit soort dingen."

Hé, als dat zo was, dan zou hij te perfect zijn en nog moeilijker te weerstaan.

Ik eet mijn eten steeds gedachtelozer en scan de eerste regel met cijfers: "15131776156517618301776."

"Ik zou elk cijfer als een overeenkomstige letter in het alfabet kunnen beschouwen," zeg ik, meer tegen mezelf dan tegen Evan. "Maar er is geen duidelijk deelgetal, zoals een nul, dus ik kan niet zeggen of de eerste twee getallen 1 en 5 of 15 zijn."

"Juist," zegt Evan.

"Het is een veilige gok dat de clusters van getallen niet iets hoger dan zesentwintig zullen vormen, omdat het alfabet maar uit zoveel letters bestaat."

"Duidelijk," zegt hij.

"Dus als ik alleen de eerste vier getallen neem, krijg ik 'aeac', 'aem' of 'om'."

"'Om' is het heilige geluid dat ze in meditatie maken," zegt Evan.

"Juist, maar als ik op die manier doorga, krijg ik 'omq' of 'omagg'."

Hij krabt aan zijn hoofd. "Dat zijn geen woorden."

"Nee." Toch blijf ik doorgaan en schrijf ik elke variant op. Dit is wanneer ik iets opmerk. De tekenreeks "AGGF" wordt vaak weergegeven, dus ik zoek het op mijn telefoon op.

Hmm. Er is een Duitse medische vereniging die de gezondheid van vrouwen promoot en dat acroniem gebruikt. Als in, een dood spoor.

Of misschien niet. Als ik beter kijk, realiseer ik me dat het corresponderende nummer van de reeks, 1776, drie keer op één regel verschijnt.

Ik zoek dat nummer op en voel me dan stom om dat te doen. Ik heb dit op school bestudeerd. 1776 is het eerste jaar voor de Verenigde Staten als natie.

Zou dit het beginpunt kunnen zijn? En kunnen de andere cijfers belangrijke jaren zijn?

Ja! Ik zoek 1513 op en ontdek dat het het jaar was dat Michelangelo het plafond van de Sixtijnse kapel had geschilderd.

Zou Evans grootvader hier een Ninja Turtle-referentie kunnen maken?

Ik betwijfel het.

Hendrik de VIII besteeg dat jaar ook de troon.

Heeft het iets met meerdere huwelijken te maken?

Onwaarschijnlijk.

Het was ook het jaar waarin Machiavelli *De prins* schreef.

Hmm. Wilde Evans grootvader opscheppen over hoe Machiavellistisch zijn cypher is?

Wacht.

1513 was ook het jaar waarin een conquistador

genaamd Juan Ponce de León voor het eerst een bepaald land zag en het voor zijn thuisland Spanje claimde.

Een land dat hij vernoemde naar het Spaanse woord voor 'bloemrijk' — *florido* — en dat we nu als Florida kennen.

Als in, de penisvorm op de kaart! Ik moet hier op de goede weg zijn.

Het gebruik van deze informatie en het jaartal 1565 leidt me naar een specifieke locatie in Florida, een die maar op een klein eindje rijden van Palm Islet ligt: *St. Augustine.* Een stad die volgens Wikipedia "de oudste continu bewoonde nederzetting van Europese oorsprong in de continentale Verenigde Staten" is. Hij was in 1565 opgericht.

In deze geest voortbordurend, bedenk ik al snel een meer exacte locatie binnen St. Augustine: de campus van wat nu Flagler College is, maar dat vroeger een hotel was met de naam Hotel Ponce de León, opgericht door een industrieel uit de Gouden Eeuw genaamd Henry Morrison Flagler die in 1830 werd geboren.

Ik ga vol opwinding verder met de volgende rij cijfers als Evan zijn keel schraapt.

Shit. Ik was vergeten dat hij hier was — en gezien hoe heet deze man is, spreekt dat boekdelen.

"Je ziet eruit alsof je iets hebt," zegt hij, terwijl hij me aandachtig bestudeert.

"Dat heb ik ook," zeg ik en vertel hem over mijn bevindingen.

"Tjonge, voel ik me even dom," zegt hij nadat ik klaar ben. "Ik heb op Flagler College gezeten."

"Is dat zo?"

"Ja," zegt hij. "Ik ben in marketing afgestudeerd. Kun je het niet zien?"

"Absoluut," zeg ik. "Je hebt me die zalf verkocht, dat is zeker."

Ik hoop echt dat hij me niet naar mijn ervaring op de universiteit vraagt. Om dat te beantwoorden, zou ik over mijn zwangerschap moeten praten en —

"Wil je deze aanwijzing controleren?" vraagt Evan, wat me verrast.

Ik pak het laatste Japanse eten en stop het gracieus in mijn mond — een soort Twix-reclamemoment om me een kans te geven om mijn gedachten op een rijtje te zetten.

"Ik zal de schat met je delen," zegt Evan, en ik denk dat hij verleidelijk probeert te klinken. Of ik hoop dat hij dat probeert, want anders ben ik nu zonder reden nat.

"De schat delen?" slaag ik er eindelijk in om te zeggen.

Hij staat op. "Ieder de helft?"

"Nee. Dat kunnen we niet doen. Het was van je grootvader. Dit is je geboorterecht waar we het over hebben." Ik voel me een beetje wiebelig en sta toch op.

"En ik kan je niet gratis voor me laten werken."

"Dus geef me vijf procent," stel ik voor. "Niet de helft."

"Ten eerste is het gemakkelijker om dingen in

tweeën te splitsen," zegt hij. "Ten tweede, zou je voor een groter deel niet veel harder werken?"

Moet ik hem vertellen dat ik hem gratis zou helpen?

"Luister, ik moet erop staan," zegt hij.

"Goed dan." Vooral omdat ik gewoon te ver heen ben om verder te discussiëren. Ik kan de schat altijd weigeren als we er een vinden.

"O, ik heb nog een voorwaarde," zegt hij.

Met hem trouwen?

"Je moet zonnebrandcrème opdoen," zegt hij.

O. Hoe alledaags. "Natuurlijk." Ik loop naar het aanrecht, pak de tube en breng de crème op mijn armen en benen aan.

Als ik opkijk, glanzen Evans ogen. "Hoe zit het met je rug?"

O. Juist. Ik heb een shirt met een laag uitgesneden rug aan. Wetende dat ik er spijt van zal krijgen, geef ik hem de zonnebrandcrème en draai me om.

Bij alle hormonen. Evans vingers strijken langs mijn nek, glijden dan zachtjes naar beneden en strelen de huid tussen mijn schouderbladen.

Als ik dacht dat ik het heet had en last had van zijn verleidelijke stem of de applicatie van de zalf, dan wist ik de betekenis van de woorden niet. Het enige wat ik wil doen is mezelf excuseren om naar de badkamer te gaan en als een viezerik water uit mijn damesboot te scheppen. Als alternatief wil ik hem naar de slaapkamer slepen en daar een ander soort schattenjacht met hem uitvoeren, een waarbij hij —

"Alsjeblieft." Hij haalt zijn handen van mijn huid en

laat een schijn van coherente gedachte terugkeren — hoewel niet veel.

In een waas van lust volg ik Evan naar zijn auto en gaan we via de schilderachtige snelweg A1A naar St. Augustine.

"Was je grootvader een grote fan van de trivia van Florida?" vraag ik wanneer een deel van mijn verstand terugkeert.

"Heel erg," zegt Evan. "En hij heeft dat aan mij doorgegeven."

Ik trek mijn ogen van de oceaan om hem sceptisch aan te kijken. "Ken je de trivia van Florida?"

Zo ja, waarom heeft hij de code van de schatkaart dan niet gekraakt?

"Ja." Hij kijkt me aan en ziet er verwaand uit. "Ga je gang. Test me."

Aangezien ik een uitdaging nooit kan weigeren, pak ik mijn telefoon en doe ik een paar zoekopdrachten.

"Vertel me wat fastfoodfeiten over Florida," eis ik.

"Is sinaasappelsap junkfood?" vraagt hij. "Omdat zeventig procent van de Amerikaanse sinaasappels hier vandaan komt."

"Fruit is het tegenovergestelde van junkfood en ik vroeg naar fastfood, wat iets anders is. Ik zal dat antwoord als een verlies beschouwen."

Hij tuit zijn lippen, waardoor ik ze wil kussen. "Mij is altijd verteld dat sinaasappelsap puur uit suiker bestaat en daarom troep is. Maar goed. Wat is een fastfoodfeit over Florida?"

"De allereerste Burger King werd in Jacksonville

opgericht," zeg ik. "We gaan verder... Om welk weerpatroon is je thuisstaat beroemd?"

"Onweer," zegt hij. "We hebben de meeste onweersbuienactiviteit van elke staat."

Hmm. Ik had verwachtte dat hij zou zeggen dat het de meest orkaangevoelige staat is, maar een snelle zoektocht bevestigt dat zijn antwoord ook goed is.

We gaan in dezelfde geest verder, en hij weet inderdaad veel, zoals het feit dat Florida de vlakste staat van de VS is, en dat Indiaanse stammen al enkele duizenden jaren voor de komst van de Europeanen in de regio Florida woonden. Ook dat Florida in 1821 officieel deel werd van de VS, en dat het de enige plek ter wereld is waar je in het wild zowel krokodillen als alligators kunt vinden.

"We zijn er bijna," zegt Evan. "Ik ga op zoek naar een parkeerplaats."

"Oké." Ik bekijk onze omgeving, en ik ben blij dat ik dat doe, want de architectuur om ons heen is erg netjes en wat je zou verwachten om in de oudste stad van de Verenigde Staten te zien.

"Is dat een rivier?" vraag ik, op het majestueuze water wijzend, waar een mooie brug overheen gaat.

"Dat is de Intracoastal Waterway," zegt Evan met zo'n trots dat je zou denken dat hij het ding zelf met water had gevuld. "Het loopt vijfduizend kilometer door meerdere staten."

"Huh."

"Ja, en dat is de Brug der Leeuwen." Hij gebaart naar rechts naar de mooie brug, een die niet erg verrassend leeuwenbeelden bevat. "Als we op A1A waren gebleven, dan zouden we hem uiteindelijk zijn overgestoken."

"Fantastisch. Gaan we er overheen lopen om op onze bestemming te komen?"

"Nee," zegt hij. "Maar we kunnen er later een wandeling maken als je dat wilt. Nadat de zon is ondergegaan."

Hmm. Dat klinkt een beetje te romantisch, maar ik sluit het niet uit. Hoewel het een slecht idee voor ons is om iets te doen dat op een date-activiteit lijkt, ben ik het aan Jolene en Dorothy verschuldigd om tijdens deze vakantie te ontspannen, en een avondwandeling over die brug zou misschien wel genoeg kunnen zijn.

"Oké, aangezien ik voor gids speel, is daar het Castillo de San Marcos." Evan gebaart weer naar rechts. "Hij werd in 1695 gebouwd en hij werd bijna honderd jaar geleden tot nationaal monument uitgeroepen."

"Verdomme." Het is een echt kasteel. Ik weet niet zeker waarom ik dat verrassend vind, gezien het "Castillo"-gedeelte. "Je grootvader had de schataanduiding in het kasteel moeten verbergen in plaats van op een universiteit die vroeger een hotel was. Dat is wat Dan Brown zou hebben gedaan."

Aan de andere kant zou er in een boek van Dan Brown een albino-priester op ons wachten in het Castillo, zijn tijd afwachtend met zelfkastijding, of hij zou *The Emoji Movie* kijken.

"De universiteit is open voor het publiek," zegt Evan. "Voor het Castillo heb je kaartjes nodig. Ondanks dat hij rijk was, was mijn grootvader zuinig. Of zoals hij zou zeggen, de een veroorzaakte de ander."

"Maar hoeveel kost een kaartje?" vraag ik.

Evan grijnst. "Vijftien dollar. 'Zuinig' is misschien een beetje een understatement bij het beschrijven van opa."

"Huh. Voor die prijs wil ik het nadat we onze aanwijzing hebben gekregen, gaan bekijken."

"Graag," zegt hij. "Het is alweer een tijdje geleden dat ik daar ben geweest."

Shit. Ik heb hem gewoon in een andere date-achtige activiteit getrokken.

Maar Evan lijkt het niet op te merken of er iets om te geven, omdat hij steeds meer attracties aanwijst, zoals *Ripley's Believe It or Not* — een plek waar Reagan dol op zou zijn — en de historische St. George Street.

Over de genoemde straat gesproken, zodra we parkeren, lopen we erdoor om op onze bestemming te komen.

Wauw. Dit doet aan de meest toeristische plekken van New York denken. Er zijn op elke hoek snacks, verschillende bars en restaurants, kledingwinkels en mensen die in piratenkostuums zijn gekleed. Oké, dat laatste stukje is niet zoals New York. In New York hebben we onbevoegde Disney-personages.

"Wil je het beste ijsje ooit proberen?" vraagt Evan.

"Zou oxazepam een goed woord voor Scrabble zijn?" Het is een medicijn dat wordt gebruikt om angst te behandelen —bij mensen, niet bij paarden.

Glimlachend duwt Evan me om een bocht te

maken. "Ik dacht dat we al hadden afgesproken om geen farmacologische termen in Scrabble te gebruiken."

Ah. Juist. "Is het hier?"

Knikkend opent hij de deur en daagt me uit om de Watermeloen Jalapeño Margarita-pop te nemen, dus dat doe ik.

Als ik de andere smaken scan, zie ik Pindakaas Appeltaart, wat zeker Reagans keuze zou zijn geweest.

Hoewel het een rare combinatie lijkt, hou ik van mijn ijs, maar Evans gezelschap heeft daar misschien iets mee te maken.

Terwijl hij me door St. George Street leidt, vertelt hij me over de hilarische smaakcombinaties die hij zou laten maken als *hij* de leiding had. Smaken die omvatten, maar niet beperkt zijn tot, kip-tempura, pittige tonijn en zee-egels.

"Dat marketingdiploma wordt duidelijk goed gebruikt," zeg ik. "IJsjes die naar Japans eten smaken. Waarom niet Italiaans? Mexicaans? Indisch?"

"Ik heb mijn diploma gebruikt." Hij likt aan zijn ijsje, wat extreem afleidend is. "Je moet mensen een product geven waardoor ze zich deel van de stam voelen. Een foodiestam, in dit geval."

"Meer als de stam van een Japanse voedselverslaafde." Ik ontwijk een piraat met een pamflet. "Wat nog belangrijker is, hoe zou je gefrituurde — om nog maar te zwijgen van gepaneerde — kip in een ijsje veranderen?"

"Eerst met melk mengen?" Hij haalt zijn schouders

op. "Ik ben gewoon de marketingman. Ik zou het aan de chef-kok overlaten om dat deel uit te zoeken."

We draaien van St. George Street een klein park in, waar Evan me de keuze geeft: eerst enkele beroemde plekken bekijken of naar de universiteit gaan.

Ik kies ervoor om bezienswaardigheden te bekijken en we gaan langs drie plaatsen: de kathedraal-basiliek, het Casa Monica-hotel en het Lightner-museum. Als gevolg daarvan heb ik nu een nieuwe visie voor mijn droomhuwelijk: een ceremonie in die kathedraal met een receptie op de binnenplaats van het museum, gevolgd door een huwelijksreis in dat hotel.

Ja, natuurlijk. Dat is net zo waarschijnlijk als dat Evan de bruidegom is.

"Klaar?" Evan gebaart naar een prachtig kasteelachtig gebouw aan de overkant van het museum.

Ik knik en we steken de straat over. Ik scan mijn omgeving en kanaliseer mijn innerlijke Robert Langdon... tevergeefs. Wat deze campus betreft, zie ik geen aanwijzingen — alleen geweldige fotomomenten, vooral bij de fontein op de binnenplaats.

"Kunnen we het gebouw ingaan?" vraag ik.

Evan zegt ja en we gaan naar binnen. Ik heb onmiddellijk het gevoel dat ik op magische wijze naar de Zweinsteins Hogeschool voor Hekserij en Hocus Pocus ben geteleporteerd.

"Wauw." Ik staar naar het gewelfde plafond. "Misschien had je grootvader gelijk om de aanwijzing hier te plaatsen."

Over de aanwijzing gesproken... Ik bestudeer de schilderijen intensief, laat mijn hand langs de houten rails glijden om naar eventuele inkepingen of krassen te voelen en bekijk de patronen op de vloer, in een poging te ontcijferen of ze enige betekenis hebben.

Nee. Ik heb nog steeds geen idee waar de aanwijzing verborgen is, of dat deze überhaupt bestaat.

"Ik kan je verder het gebouw in krijgen," zegt Evan als ik klaag. "Ik heb hier nog steeds connecties."

"Ja, graag."

Een gids neemt ons mee door de bibliotheek, eetzaal en verschillende gemeenschappelijke ruimtes, die allemaal prachtig versierd zijn met mozaïekvloeren, glas-in-loodramen of prachtige kroonluchters. Na een paar uur elk hoekje en gaatje op aanwijzingen te hebben doorzocht en onze arme gids met een miljoen vragen te hebben lastiggevallen, geef ik het officieel op. Als troostprijs biedt Evan aan om me mee te nemen naar een restaurant dat met seizoensgebonden ingrediënten en lokale producten alles vanaf nul maakt.

———————————

"Ik snap het gewoon niet," zeg ik terwijl onze uit Malta afkomstig lijkende serveerster onze bestellingen voor ons neerzet. "Kan het zijn dat ik de code van je opa niet goed heb gekraakt?"

Evan haalt zijn schouders op. "Misschien moet je de rest van het papier decoderen?"

Goed idee. Ik haal het papier tevoorschijn en ga aan het werk — om alleen te ontdekken dat de volgende reeks getallen een heel andere locatie elders in Florida is: het Vizcaya-museum en de tuinen in Miami.

Hmm. Met mijn telefoon leer ik wat ik over de plek in kwestie kan leren, maar het enige dat het veroorzaakt, is een verlangen om het te bezoeken.

"We kunnen er morgen heen rijden," zegt Evan als ik hem vertel wat ik heb gevonden. "We kunnen 's nachts bij mijn vriend logeren."

Overnachten? Het klinkt om de verkeerde redenen verleidelijk.

"Laat me eens kijken waar deze aanwijzingen nog meer naar verwijzen," zeg ik in plaats daarvan, terwijl ik mijn heerlijk ruikende eten negeer en doorga met decoderen.

Aha. De volgende rij nummers leidt naar de Sunken Gardens in St. Petersburg, en de laatste lijn komt overeen met het Florida Caverns State Park in Marianna.

"Hoe zijn deze met elkaar verbonden?" vraag ik fronsend.

Evan kijkt naar onze snel afkoelende maaltijden. "Is er een kans dat je zo gaat eten, zodat ik met je mee kan doen?"

O, shit, ik had niet eens gemerkt dat hij een heer was.

Ik stop een vork vol risotto in mijn mond. "Verdorie. Dat is echt lekker."

Evan reikt met zijn vork. "Vind je het erg als ik het proef?"

Ik bloos. Op de een of andere manier klinken zijn woorden seksueel.

"Natuurlijk. Mag ik de jouwe proeven?"

Zijn ogen stralen. Klonken *mijn* woorden deze keer seksueel?

"Alsjeblieft." Hij gebaart naar zijn zwartgeblakerde pasta. "Geniet ervan."

Ik steek mijn vork in zijn eten en het blijkt nog lekkerder te zijn dan het mijne.

Dat denk ik tenminste.

Hij beweert dat hij mijn gerecht lekkerder vindt.

"Zullen we ruilen?" vraag ik.

Hij gaat akkoord, dus ik pak zijn bord en geef hem het mijne. In een opwelling verwissel ik ook onze identieke glazen met water en mijn beloning is zijn glimlach.

Pas nadat het allemaal klaar is, realiseer ik me dat dit iets is wat een getrouwd stel zou doen, niet wat wij voor elkaar zijn.

"Weet je," zegt Evan, "als ik had geweten dat je zo geobsedeerd zou raken door de schatkaart, dan zou ik je niet bij de jacht hebben betrokken."

O. "Ben ik slecht gezelschap?"

Hij schudt zijn hoofd. "Dat is het niet. Je bent op vakantie, maar ik denk niet dat je vandaag iets ontspannends hebt gedaan."

Ik overweeg dit terwijl ik op mijn pasta kauw. "De

waarheid is," zeg ik nadat ik geslikt heb, "dat het oplossen van puzzels voor mij gelijk staat aan een spadag."

En dat is de waarheid, maar niet de hele waarheid — en dat is dat ik me op de schatkaart heb gefocust om mezelf van Evan af te leiden. Ik wil niet letten op hoe lief hij is, terwijl hij me alle bezienswaardigheden laat zien. En dat hij zo heet is dat alle vrouwelijke toeristen — en ook sommige mannelijke — waar we ook gaan naar hem staren.

Om het anders te zeggen, hij heeft gelijk. Ondanks het plezier ben ik meer gespannen dan ik in New York was. Wat echt jammer is, want ontspannen stond boven aan mijn takenlijst — en niet alleen voor mezelf, maar ook voor Jolene en Dorothy, die geld voor me hadden geïnvesteerd om die ene eenvoudige taak te doen.

Dat geeft de doorslag. Vanaf dit moment zal ik verdomme relaxen.

Ik steek nog een hap hemelse pasta in mijn mond en kauw er langzaam en bedachtzaam op, de lokale ingrediënten in me opnemend die de chef-kok heeft gebruikt.

Nee. Hoe goed het eten ook is, het doet het niet voor me. Er is iets sterkers nodig, zoals chocolade of kaas, of Evans tong op mijn clitoris.

"Willen jullie iets drinken?" vraagt de serveerster plotseling, en het is als een antwoord op mijn onuitgesproken gebed.

Je kunt alle negatieve dingen over alcohol zeggen totdat de koeien thuiskomen van het strand, maar er is één ding waar het heel goed in is: het randje eraf halen.

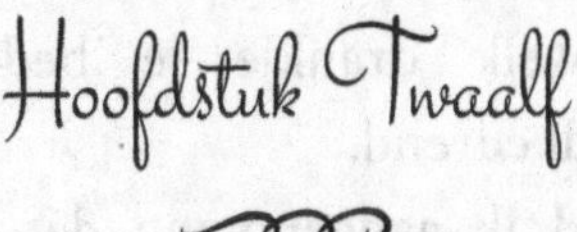

EVAN

Tien seconden eerder

"De waarheid is," zegt Brooklyn, "dat het oplossen van puzzels voor mij gelijk staat aan een spa-dag."

Ik staar haar aan, mijn hart bonst sneller. Het is alsof ze mijn gedachten heeft uitgesproken. Hoewel ik geen grote fan ben van spa's, is dit het leukste dat ik in jaren heb gedaan en ik ben al een miljoen keer eerder op St. Augustine geweest.

Shit. Wat denk ik in vredesnaam? Ze is een toerist. Ze is van voorbijgaande aard. En zelfs als ze uit de buurt zou komen, dan lijkt ze me het type persoon dat op een dag een gezin zou willen, wat ik haar niet kan geven.

"Willen jullie iets drinken?" vraagt de serveerster, waardoor ik schrik.

Ik verwacht dat Brooklyn zal weigeren, maar ze

knikt iets te gretig. "Ik heb daarstraks een cocktail met rum op het menu gezien." Ze wendt zich tot mij en voegt er schuldig aan toe, "Deze stad lijkt een piratenthema te hebben, dus..."

"Ik weet welk drankje je bedoelt," zegt de serveerster goedkeurend.

Waarom had ik aangenomen dat Brooklyn geen alcohol drinkt? Geen idee, maar ik kan haar niet alleen laten drinken.

"Serveer je die cocktail nog steeds met St. Augustine-wodka?" vraag ik aan de serveerster. Ik wend me tot Brooklyn en leg uit, "Er is hier een lokale distilleerderij."

"Dat doen we inderdaad," zegt de serveerster.

"Ik neem liever wat hij neemt," zegt Brooklyn.

De serveerster geeft een wetende glimlach, knikt en haast zich weg.

"Waar hadden we het net over?" vraagt Brooklyn.

Ik eet nog een lepel van de heerlijke risotto. "Dat je moet ontspannen," herinner ik haar er nadrukkelijk aan.

Ze zucht. "Vandaar het drankje."

Ah. Dat klinkt logisch. En er zal meer dan één voor nodig zijn, vermoed ik. Het zij zo. Ik pak mijn telefoon en typ een snel berichtje.

"Met wie praat je?" vraagt Brooklyn als ik opkijk. Ze klinkt veel nonchalanter dan haar samengeknepen ogen zouden impliceren.

Wat heb ik net gedaan? Is ze net zoals ik en houd ze

er niet van om aan tafel te appen? Als dat zo is, dan begrijp ik dat.

"Ik wil even weten of Boon en Bonnie mijn auto kunnen ophalen en ons een lift terug kunnen geven," leg ik uit. "Ik rijd niet als ik heb gedronken."

De serveerster neemt dat als haar teken en brengt onze drankjes.

Brooklyn neemt een slokje en trekt haar perfecte wenkbrauwen waarderend op. "Ik wist niet dat ik je voor het blok zou zetten."

"Dat doe je niet." Ik nip van mijn drankje. "Ik kan er ook wel een gebruiken, en wat Boon en Bonnie betreft, ze zijn veel goedkoper dan een Uber."

Brooklyn fronst. "Ik dacht dat het vrienden waren die je een plezier deden. Als er geld betaald moet worden, dan moet je mij de helft laten betalen."

Ik zet mijn drankje neer. "We hebben het niet over veel geld. Ik weet niet zeker of je het hebt gemerkt, maar die twee zaten op een bank van de vuilnisbelt. Op het strand."

"Toch," zegt ze koppig, "wil ik je voor het thuisbrengen van mijn auto gisteren en voor vandaag terugbetalen. En als je erover denkt om de rekening hier te betalen, doe dat dan niet."

Ik adem geërgerd uit. "Is het de bedoeling om beledigend te klinken als je zulke dingen zegt?"

Haar ogen worden groot. "Beledigend?"

"Stel dat ik een telefoontje wilde plegen en je om een kwartje vroeg: zou je het aan me lenen of geven?"

Ze houdt haar hoofd schuin. "Een kwartje?"

"Voor een telefooncel."

Ze grijnst. "Dat is wat ik dacht dat je bedoelde. Heeft het rondlopen in deze zeer oude stad je brein op de een of andere manier laten denken dat we in de jaren negentig zijn?"

Ik neem een grote slok van mijn drankje. "Het is een hypothetische telefooncel."

"Zelfs hypothetische telefooncellen zijn allang verdwenen," zegt ze. "Tegenwoordig draagt iedereen een van deze verbazingwekkende technologische wonderen die niet alleen selfies maken, maar waar je ook telefoongesprekken mee kan voeren."

"Goed dan," zeg ik met een oogrol. "Wat dacht je hiervan: als je me je mobiele telefoon laat gebruiken, zou je me je dan laten terugbetalen voor de minuten die ik heb opgebruikt?"

Ze drinkt zelfvoldaan van haar drankje. "Ik kan onbeperkt bellen."

"Wat als je me een stukje kauwgom zou geven? Zou je me je ervoor laten terugbetalen?"

Ze grijnst. "Is dat een hypothetische hint dat ik een slechte adem heb, of dat jij dat hebt?"

"Je weet wat ik bedoel," grom ik.

"Dat weet ik," geeft ze toe. "Maar je logica is hier niet van toepassing. Ik heb de prijzen op dit menu gezien."

Moet ik haar vertellen dat de prijzen op dit menu voor mij als de kosten van kauwgom zijn? Nee. Ik wil niet opschepperig klinken. Dat is dezelfde reden waarom ik tegen haar heb gelogen over het hebben van een vriend in Miami in plaats van haar te vertellen dat ik van plan ben om mijn favoriete Airbnb te huren. Nu zal ik ook zeggen dat ik vrienden in St. Petersburg en Marianna heb — en dat ze allemaal willen dat ik gratis op hun huizen ga "passen".

"Zullen we Scrabble spelen om dit op te lossen?" bied ik aan, in de hoop dat ze aangeschoten of competitief genoeg is om ermee in te stemmen.

"Heb je Scrabble bij je?" Ze kijkt me aan alsof er een pik op mijn voorhoofd is gegroeid —dat is niet te hopen, want dat is gewoon een extra pik om in haar aanwezigheid hard te worden.

"Iedereen heeft tegenwoordig een van deze verbazingwekkende technologische wonderen bij zich die niet alleen selfies maken en telefoongesprekken voeren, maar waar je ook Scrabble op kunt spelen." Ik kan het niet weerstaan om zelfvoldaan te grijnzen.

Ze neemt blozend een slok van haar drankje. "Hoe weet ik dat je niet expres zult verliezen?"

"Dat hoef ik niet te doen. De overeenkomst zal zijn: als ik win, krijg ik de rekening en als —en dit is puur hypothetisch — ik verlies, dan delen we hem."

Haar ogen glanzen. "Afgesproken."

Iemand is overmoedig in haar vaardigheden.

We halen onze telefoons tevoorschijn en stellen alles in de Scrabble-app in voordat we aan onze epische woordenstrijd beginnen.

Ik neem snel het voortouw en tegen de tijd dat we klaar zijn met ons eten en onze desserts (samen met drie drankjes voor haar en zes voor mij), lijkt mijn overwinning bijna gegarandeerd.

"Dit is niet eerlijk," zegt ze, haar spraak een beetje onduidelijk. "Ik speel altijd met aangepaste regels en meer lettertegels."

"Serieus? Ik heb je laten wegkomen met het gebruik van het woord 'farmacologie', ook al hebben we afgesproken om geen farmacologische termen te gebruiken."

Ze rolt met haar ogen. "Ik zal het nog eens zeggen, 'farmacologie' zelf is geen farmacologisch woord."

"En ik zeg, als een zelfstandig naamwoord een zelfstandig naamwoord is, waarom is 'farmacologie' dan geen farmacologische term?" Shit. Ik weet eigenlijk niet zeker of dat klopte.

"Ik kan die 'logica' ook gebruiken. Het woord 'vloek' is geen vloekwoord," zegt Brooklyn koppig. "En het woord 'dier' is zelf geen dier."

Dit is het meest frustrerende aan vrouwen. Ze zijn vaak te goed in discussies voeren. "Weet je wat? Wat dacht je hiervan: farmacologische termen zijn voortaan toegestaan. Ik zal je nog steeds verslaan."

"Weet je het zeker?" vraagt ze, terwijl ze er verdacht onschuldig uitziet. "Hoe zit het met chemische namen?"

Ik beoordeel de situatie: mijn lettertegels zijn op en ik heb een enorme voorsprong. "Doe je best."

Met een triomfantelijke grijns legt Brooklyn een woord neer dat ik nog nooit eerder heb gehoord: benzoxycamphors.

Wat de fuck? Met die ene zet heeft ze geen lettertegels meer en vormt ze drie andere woorden, waardoor ze een obscene score krijgt.

"Ik win!" gilt ze.

O, ja. Dat ook.

Ik controleer of het woord echt is, en ja, het staat zelfs bekend als een Scrabblewoord dat een absurd aantal punten oplevert —en dat is hoe ze ervan moet hebben geweten.

"Je hebt valsgespeeld." Ik wed dat het onduidelijk praten ook een list was, om me te misleiden en mijn waakzaamheid te verlagen, wat ik deed.

"Is iemand een slechte verliezer?" Ze maakt een drinkgebaar naar de serveerster.

"Ik eis een herkansing."

"Een deal is een deal," zegt ze. "We delen de rekening."

Ik zucht. "Luister, ik was er zo zeker van dat ik zou winnen, dat ik meer drankjes bestelde dan ik anders zou hebben gedaan. Het zou niet eerlijk zijn als je de helft ervan zou betalen."

Ze rolt met haar ogen. "Wie klinkt er nu beledigend?"

"Het is niet hetzelfde."

De serveerster brengt Brooklyns drankje en vraagt mij of ik er ook nog een wil.

"Nee," zeg ik streng. "Ik ben klaar voor vandaag."

Brooklyn pruilt. "Laat je me alleen drinken?"

Ik sla mijn armen over elkaar en staar haar zwijgend aan.

"Goed dan," zegt ze. "Ik maak een deal met je: drink iets met me en ik laat je de stomme rekening betalen. Maar ik heb eerlijk gewonnen."

De serveerster kijkt ons aan alsof we gek zijn.

"Ik ga alleen akkoord als ik een herkansing krijg," zeg ik. "Waarbij we echte lettertegels en woorden gebruiken die gewone mensen zouden kennen."

"Je hebt een deal," zegt Brooklyn. "Op voorwaarde dat we volgens *mijn* regels kunnen spelen."

Ik zeg tegen de serveerster dat ze me nog een drankje moet brengen en we werken de genoemde regels uit, wat neerkomt op het verdienen van extra punten voor langere woorden.

"Goed dan," zeg ik. "Lange woorden, maar normale."

"Afgesproken," zegt ze.

De serveerster komt terug met mijn drankje. Ik onderdruk een hik en wend me tot haar. "Hebben jullie Scrabble?"

Nee, *nu* kijkt ze ons aan alsof we gek zijn. "Nee," zegt ze, terwijl ze veel beleefder klinkt dan ze eruitziet. "Maar we hebben misschien een oude krant, met een kruiswoordpuzzel."

Brooklyn klapt opgewonden in haar handen. "Breng hem alsjeblieft."

De serveerster trekt een wenkbrauw op. "Geen probleem. Anders nog iets?"

"Ja. Wat bloem," zegt Brooklyn.

Bloem? Waarom zou ze dat nodig hebben voor een kruiswoordpuzzel?

"Anders nog iets?" De serveerster kijkt me aan alsof ze vraagt: "Moet ik het alarmnummer bellen?"

"Ja," zegt Brooklyn. "Een kom, alsjeblieft, en meer water."

De serveerster haast zich weg voordat de verzoeken vreemder kunnen worden, en ik staar verwachtingsvol naar Brooklyn, maar ze zit daar gewoon met een mysterieuze glimlach op haar mooie gezicht.

Wanneer alle items er zijn, doet Brooklyn de bloem in de kom, voegt ze water toe en mengt ze het allemaal met haar vork.

"Wat ben je aan het maken?" moet ik gewoon vragen. En waarom doet het me aan sperma denken?

Brooklyn negeert me en zwaait weer naar de serveerster.

"Ja?" De serveerster verbergt haar houding nu niet.

"Heb je een ballon?" vraagt Brooklyn.

Is dit hoe alcoholvergiftiging eruitziet?

De serveerster schudt haar hoofd.

"Wat dacht je van een condoom?" vraagt Brooklyn.

Nieuwsgierigheid krijgt de overhand, dus ik pak mijn portemonnee en geef de serveerster een grote fooi. "Alsjeblieft," voeg ik eraan toe. "Ik ben benieuwd waar dit naartoe gaat."

De serveerster pakt het geld, vertrekt en komt met een hele doos condooms terug. "Ze hebben meer in de machine in het toilet," zegt ze. "Voor het geval je zonder komt te zitten." Daarmee laat ze ons.

Brooklyn bijt op haar lip, scheurt een stuk van de krant en dompelt het in de kom. En ik weet niet of het de condooms zijn of het bijten op haar lip, maar ik zou er een miljoen dollar voor over hebben om nu in mijn slaapkamer te zijn.

O.

Wacht.

Ze pakt een condoom uit en begint erin te blazen. Ik word ongemakkelijk hard.

Al snel heeft het condoom een bolvormige ballonvorm.

Oké...

Ik doe mijn best om te doen alsof ik chill ben.

Brooklyn pakt het krantenartikel en wikkelt het om het opgeblazen condoom. Ze bereidt dan nog een stuk voor en wikkelt het onder een andere hoek, doet het dan opnieuw en opnieuw totdat het hele ding op een soort gemummificeerde pik van een walvis lijkt.

"Nu wachten we tot hij droog is," zegt ze terwijl ik ernaar staar.

"En dan?" vraag ik.

"En dan schilder ik je gezicht erop," legt ze uit.

Ik trek mijn blik weg van het vreemde ding om haar vragend aan te kijken. "Waarom?"

"Dat ben jij namelijk. Een papier-maché versie."

Dat is wat ik dacht dat dit ding zou kunnen zijn — papier-maché, niet ik. Brooklyn zei dat deze kunstvorm haar versie van surfen was.

"Het is al alsof ik in de spiegel kijk," zeg ik, terwijl ik mijn blik terug naar de pikmummie kantel. "Weet je zeker dat je de verf nodig hebt?"

Ze drinkt haar drankje op. "Ik weet het zeker." Ze

verfrommelt een beetje van de krant, rolt het in een strakke bal op en voegt wat ik vermoed een oor aan 'mijn' hoofd toe.

Ik vraag me af wat haar alcoholtolerantie is?

Terwijl ik daarover nadenk, haalt ze haar lippenstift tevoorschijn en maakt ze lippen op 'mijn' krantengezicht. Ze kijkt tevreden en zoekt naar de serveerster.

Nee. Dat was niet nep. Voordat ze de serveerster om nog meer alcohol kan vragen, gebaar ik om de rekening en vraag Brooklyn, "Wil je die wandeling over de Brug der Leeuwen maken?"

Haar ogen glinsteren opgewonden. "Die bij het kasteel?"

Ik kijk hoe laat het is. "Weet je, als we ons haasten, dan kunnen we voor onze wandeling nog snel een kijkje in het kasteel nemen."

Ze pakt haar kunstwerk en springt een beetje heen en weer bewegend overeind. "Laten we het doen."

"Een momentje." Ik wacht tot de serveerster de rekening brengt en gooi dan de vereiste hoeveelheid contant geld op tafel, plus fooi. "*Nu* kunnen we gaan."

Als ik opsta, realiseer ik me dat Brooklyn niet de enige is die misschien te veel heeft gedronken. Ik geloof niet dat het restaurant normaal gesproken zo draait als dat het nu doet, en mijn benen voelen meestal niet aan als een suikerspin.

"Hier." Ik bied Brooklyn mijn elleboog aan. "Als we gaan wandelen, dan kunnen we het net zo goed op de juiste manier doen."

De kans dat we vallen neemt ook af als we met elkaar verbonden zijn — dat hoop ik tenminste.

Brooklyn schuift zonder aarzeling haar kleine hand in de kromming van mijn elleboog en haar aanraking stuurt een trilling van lust rechtstreeks naar mijn pik.

Echt perfect. Lopen zal nu nog moeilijker zijn.

"Dit is de laatste keer dat ik Sint Augustine-wodka drink," mompel ik na een paar blokken tegen niemand in het bijzonder. "En deze keer meen ik het."

Brooklyn hikt. "Heb je deze eed eerder afgelegd?"

"Slechts één of twee keer." We steken de weg over en lopen redelijk recht... Denk ik.

"Wauw," zegt Brooklyn. "Vanaf hier ziet het er allemaal nog beter uit."

Ik volg haar blik. De Intracoastal ziet er pittoresk uit, maar ik denk dat het meer te maken heeft met de prachtige kleuren van de ondergaande zon.

"Laten we opschieten. Het is nog beter vanaf de balustrade van het kasteel." Ik voer het tempo op, maar ondanks mijn beste inspanningen halen we het niet.

"Het spijt me. We zijn al gesloten," zegt de man in het hokje als we aankomen.

De uitdrukking op Brooklyns gezicht is onaanvaardbaar, dus ik graaf in mijn portemonnee en geef de man zo heimelijk mogelijk een paar biljetten. "Denk je dat je voor deze ene keer een uitzondering kunt maken?"

"Goed dan." De man steekt het geld in zijn zak en verlaat zijn hokje. "Als iemand het vraagt, dan zijn jullie goede vrienden van me."

Brooklyn plaatst 'mijn' papier-maché gezicht op de toonbank. "Is het goed als ik Evan hier achterlaat?"

De kaartverkoper kijkt me vragend aan.

"Het is goed," zeg ik. "Het is beter als je handen vrij zijn."

Brooklyn blaast een luchtkus naar de op condooms gebaseerde Evan en voegt zich dan bij me om onze onwillige gids te volgen.

Als we eenmaal in het kasteel zijn, vertrekt de kaartverkoper en leid ik Brooklyn naar de binnenplaats. Ze roept bij alles oeh en ah, wat me inspireert om me enkele van de nutteloze feitjes te herinneren die ik van de talloze rondleidingen door deze plek heb geleerd die mijn klasgenoten en ik op de middelbare school hebben gehad, zoals het feit dat het van coquina is gemaakt.

"Co-quinoa?" herhaalt Brooklyn. "Is dat een metgezel van een zaadje dat zich als een graan voordoet?"

Ik geef een scheve grijns. "Het is een zachte kalksteen bestaande uit schelpen en koraal."

"Waarom zou je daar het kasteel van maken?"

"Het maakt de muren bestand tegen kanonvuur."

"Juist," zegt ze met een oogrol. "Want zoals elke heremietkreeft weet, zijn stevige zeeschelpen net zo sterk als Kevlar."

Ik haal mijn schouders op. "Ik vertel je alleen wat ze

ons tijdens de rondleidingen hebben verteld. Ik ben niet echt een militair ingenieur."

Ze opent haar mond om iets anders te zeggen, maar het uitzicht op de zonsondergang vanaf de balustrade trekt haar aandacht. Ze staart er met open mond naar — terwijl ik in plaats daarvan naar haar staar. Ze heeft een klassiek mooie neus, lichtroze wangen van de opwinding en —

Fuck, ze betrapt me terwijl ik naar haar kijk en ze bevochtigt haar lippen.

Dubbel fuck. Ik word als een piraat naar de buit naar die lippen getrokken. En nu denk ik aan Brooklyns mooie, ronde kont — alsof mijn stijve al niet duidelijk was. Ik buig mijn hoofd, niet in staat om mezelf tegen te houden, en welke kracht er ook op me werkt, het lijkt haar ook te beïnvloeden, omdat ze haar hoofd naar achteren kantelt, haar blik op de mijne gericht.

Onze lippen verbinden zich en alle piratenschip en kanonskogel gerelateerde metaforen verdwijnen uit mijn hoofd. Brooklyn smaakt naar groene thee-ijs en ze ruikt naar yuzu en kruidnagel — een duizelingwekkende combinatie waardoor ik de miljoen dollar die ik bereid ben om op te geven om op magische wijze met haar in bed te belanden, wil verviervoudigen. Misschien zou ik dat bedrag zelfs vervijfvoudigen.

Mijn handen glijden in haar zijdezachte haar terwijl ik mijn tong dieper in de zachte uithoeken van haar mond veeg en voel hoe haar zachte lichaam zich tegen de mijne vormt —

Een of andere klootzak schraapt zijn keel. "We zijn officieel gesloten."

Fuck. Brooklyn en ik springen uit elkaar en ik moet diep ademhalen om de gewelddadige drang naar de onderbreker onder controle te houden.

"Het spijt me," zegt de man die ik eerder heb omgekocht. "We moeten afsluiten."

Brooklyn ziet er enigszins verward uit en raakt haar door de kus gezwollen lippen aan, waardoor ik er weer naar verlang. "Moet je die lichten op de promenade eens zien," zegt ze, een voorstel van niets.

"Ja. Schitterend." Met een monumentale inspanning trek ik mijn ogen weg van Brooklyns gezicht en haal nog een keer diep adem.

"Naar de Brug der Leeuwen!" Brooklyn pakt mijn hand.

Serieus? Ik weet niet hoeveel elektrische ladingen mijn arme ballen nog kunnen verdragen voordat ze turquoise worden.

We gaan met verstrengelde handen terug naar beneden, maar voordat we vertrekken, neemt Brooklyn een paar selfies van ons tweeën en vraagt dan de man die ons eruit schopt om van ons een foto op afstand te maken.

Verdomme. Dit begint verdacht veel op een date te lijken — met een kus en alles.

Dan komt het bij me binnen. We hebben gezoend. Een deel van me kan het niet geloven. En het was de meest verbazingwekkende kus ooit. Tenzij... de wodka me dat laat denken? Door een dronken bril kijken is een ding, dus misschien —

"Bijna vergeten," zegt Brooklyn, terwijl ze haar kunstwerk pakt als we langs de kassa lopen.

Betekent dit dat ze nuchter wordt, of is het het tegenovergestelde?

Het gevoel dat dit een date is, wordt sterker als we hand in hand wandelen en over alles en niets praten. Ik vertel haar wat ik leuk vind aan surfen, zij vertelt mij waarom ze graag met dieren werkt — en dat ze er in de toekomst meer mee wil doen, bij voorkeur door dierenarts te worden.

"Ik zou je helemaal als dierenarts kunnen zien," zeg ik. "Je zou het moeten doen."

Haar glimlach hapert. "Misschien op een dag."

Ah. Juist. Ze is op vakantie en ik herinner haar aan werk en verantwoordelijkheden.

Over herinneringen gesproken, ze is hier alleen op vakantie. Tot nu toe had het waas van alcohol me dat laten vergeten en het feit dat ik niet erg datebaar ben.

Alsof het een teken is, gaan de lichten op de promenade en de brug voor ons aan, waardoor er een extreem romantische sfeer ontstaat.

Fuck mij.

Brooklyn zwaait naar de vrolijke mensen op een passerende boot en ik gebruik dat moment om Boone te instrueren om ons aan de andere kant van de brug te ontmoeten. Ik vertel hem ook dat ik elektronisch ga betalen, zodat we waar Brooklyn bij is niet over geld hoeven te praten.

"Wil je morgen een boottochtje maken?" vraag ik nadat ik mijn telefoon heb weggestopt.

Ze staart me aan. "Heb je een boot?"

"Nee." Nog niet in ieder geval, maar er een kopen staat op mijn to-do-lijstje. "Mijn vader heeft er een en ik kan hem wanneer ik wil lenen."

Ze ziet er weemoedig uit. "Zijn jij en je vader close?"

Ik knik. "Toen mijn moeder overleed, nam hij het niet goed op, dus het heeft gedurende een korte tijd gevoeld alsof ik de vader en hij het kind was, maar nu is het allemaal weer normaal. Hij neemt me mee uit vissen en hij geeft me ongevraagd levensadvies."

Brooklyns weemoedige blik wordt ronduit neerslachtig. "Ik heb mijn vader — of moeder — al zeven jaar niet gesproken."

O, fuck. "Het spijt me. Dat wist ik niet."

Haar ogen glinsteren. "Het is niet jouw fout. Het is die van hen. Hun liefde was voorwaardelijk en zodra ik iets deed wat hen niet beviel, werd het teruggetrokken."

Wat de fuck? Wat voor ouders zijn dat? Ze is beter af zonder hen als dat is hoe ze zijn. Ik onderdruk namens haar de golf van woede en knijp in haar hand. "Het is hun verlies."

Ze geeft me een zwakke glimlach en wijst met haar vrije hand naar de overkant van de straat. "Kunnen we daar nog een drankje halen?"

Vervloek dit gebied en zijn miljoen en één bars. We

zouden echt niet meer moeten drinken, maar gezien wat ze me net heeft verteld, kan ik niet weigeren.

"Ik trakteer," waarschuwt ze me.

"Goed dan," mopper ik. "Maar slechts één drankje."

"Of het gelijke volume in shots," zegt ze.

Voordat ik mijn mening kan geven, sleept ze me naar de bar en bestelt ze, eenmaal binnen, vier shots 'om te beginnen'.

Ik drink drie van de vier shots op, vooral om ervoor te zorgen dat ze geen alcoholvergiftiging krijgt. Nadat ze er nog vier heeft besteld, drink ik er weer drie en dan geef ik de barvrouw een extra grote fooi en fluister ik dat ze geen bestellingen meer van Brooklyn aan mag nemen.

Ik heb sinds mijn studententijd niet meer zoveel gedronken.

"Heb je haar betaald?" eist Brooklyn. "We hadden afgesproken dat ik zou betalen."

"Hij heeft me een fooi gegeven," zegt de barvrouw tegen haar en knipoogt dan naar me. "Wat betekent dat je me nog steeds twintig dollar verschuldigd bent."

Brooklyn overhandigt het geld en pakt dan haar kunstwerk en mijn hand voordat we de epische reis naar de Brug der Leeuwen hervatten.

"Denk je dat mannen en vrouwen vrienden kunnen zijn?" vraagt Brooklyn uit het niets, net als we op die brug stappen.

Gaat dit over de kus? Bereidt ze zich voor om me te vertellen dat ze me in de vriendenzone wil hebben?

Tenzij... "Is dat een referentie naar *When Harry met Sally?*"

Ze knijpt plagend in mijn hand. "Misschien wel."

"Nou, wat denk *jij?*"

Ze haalt haar schouders op. "Mijn besties zijn allebei vrouwen, maar ik denk dat het in theorie best mogelijk is."

"Als we het over platonische vrienden hebben, dan denk ik dat ik dat bij *sommige* vrouwen zou kunnen zijn," zeg ik. "Maar als ik een vrouw extreem aantrekkelijk vind, dan zou het moeilijk zijn om gewoon vrienden te zijn." Zoals in *dit* geval. Aan de andere kant zal ze niet lang genoeg in Florida zijn om me zelfs als een gewone vriend nodig te hebben.

"Ja. Ik denk dat als ik de man aantrekkelijk zou vinden, ik ook moeite zou hebben met platonisme."

Mijn lippen trillen. "Ik denk niet dat 'platonisme' een woord is, maar als het wel zo was, dan zou het zestien punten zijn."

"Probeer je het naar die Scrabble-rematch te sturen?"

Ik vernauw mijn ogen tot spleetjes naar haar. "Ik hoef nergens heen te sturen. Daar heb je mee ingestemd. Een afspraak is een afspraak."

"Waarom wil je zo graag weer verliezen?" Ze neemt een selfie met papier-maché Evan.

"Ik ga niet verliezen." Dat hoop ik in ieder geval niet.

"Is dat Boone?" vraagt Brooklyn, op een aftandse

Oldsmobile Aurora wijzend die bij de stoeprand tot stilstand komt.

"Yep." En ik hoop dat die auto de rit naar huis overleeft.

Het goede nieuws is dat Bonnie bij Boone is, wat betekent dat ik geen andere keuze heb dan achterin naast Brooklyn te gaan zitten. Dus doe ik de deur voor haar open.

"Dank je." Ze knippert met haar lange wimpers naar me voordat ze erin stapt. "Het zal zonde zijn om zo'n heer te verslaan."

"Waar ga je hem in verslaan, schat?" vraagt Bonnie met haar kenmerkende accent.

"Scrabble," antwoordt Brooklyn.

"O. Boone en ik zijn van plan om dat spel te spelen," zegt Bonnie en ze lacht, waardoor het gat is te zien waar ze onlangs in een poging om een van Calvins koeien te melken een tand heeft verloren.

"Zullen we met de app spelen?" stel ik voor.

Bonnie is opgewonden, maar Brooklyn lijkt twijfelachtig.

Zodra we beginnen te spelen, heb ik er spijt van. Het scherm is wazig en als ik naar de app kijk, word ik wagenziek. Dat is tenminste mijn verhaal — een grote, sterke man zoals ik zou zich niet duizelig voelen van een beetje alcohol. Echt niet.

Tegen de tijd dat we mijn wooncomplex binnenkomen, heeft Bonnie ons allebei verslagen en klapt ze vrolijk in haar handen. "Nou, ik zeg het wel. Dachten jullie dat ik dom ben, omdat ik zo lekker ben?"

"Ik weet niet zeker hoe het bij Brooklyn zit," zeg ik. "Maar ik denk dat we een herkansing moeten hebben als alle betrokkenen nuchter zijn." En ik geef niet toe dat ik dat niet ben.

"Je accepteert nooit je verlies, of wel?" Is het de alcohol, of heeft Brooklyn altijd zo'n snauw in haar toon? "Wat dat betreft, als Bonnie niet had gewonnen, dan had ik gewonnen."

"Dat is niet waar," zeg ik, hoewel ik er mijn leven niet op zou verwedden.

"Ik denk dat geen enkele man het leuk vindt als zijn vrouw hem ergens mee verslaat," zegt Bonnie. "Boone vindt het tenminste niet leuk als ik het bij hem doe."

Moet ik haar vertellen dat Brooklyn niet mijn vrouw is? Waarom corrigeert Brooklyn haar zelf niet?

"Je wint nooit ergens mee," grijnst Boone.

"Is dat zo?" Bonnie draait zich naar haar man. "Was jij het die de NASCAR-race van vorige maand had voorspeld?"

"Je hebt geluk gehad."

Bonnies ogen veranderen in spleten. "Hoe zit het met die daarvoor?"

"De winnende chauffeur was je neef," zegt Boone — en gelukkig rijdt hij mijn oprit op.

Terwijl Brooklyn en ik de auto verlaten, beginnen Boone en Bonnie een van hun beroemde schreeuwpartijen.

"Ik ben thuis." Brooklyn knikt naar haar vakantiehuis.

"Natuurlijk," zeg ik. "Tenzij... we dat spel gaan spelen dat je me verschuldigd bent."

Brooklyns ogen beginnen opgewonden te glinsteren. "Kom maar op."

We haasten ons naar binnen en ik zet alles op de keukentafel klaar, terwijl Brooklyn 'haar neus poedert', wat dat ook betekent.

Harry komt naar me toe gelopen en drukt zijn natte neus tegen mijn been.

Menselijke kerel. Je bent terug. Wat te eten zou zeer gewaardeerd worden.

Terwijl ik het eten voor Harry klaarmaak, wrijft Sally langs mijn been.

Onze kwaadaardige ontvoerder zou moeten weten, we zijn eerder vandaag uit dit vreselijke paleis ontsnapt, maar zijn toen teruggekeerd, voor het geval dat vanavond de nacht is dat de kater op het witte paard ons komt redden en hij je levend vilt.

Ik geef Sally ook haar eten, draai me dan om en zie dat Brooklyn al aan tafel zit.

"Wil je je rematch interessanter maken?" vraagt ze.

Ik trek een wenkbrauw op. "Wat had je in gedachten?"

"Eén woord." Brooklyn hikt. "Strip-Scrabble."

Hoofdstuk Dertien

BROOKLYN

Evans blauwgroene blik is als de oceaan voor een storm. "Kom maar op."

Bedoelt hij 'klaarkomen'? Zo ja, hoe raadde hij dat ik dat wil? In mijn verdediging, onze niet-date was zo heet dat zelfs een non op dit moment een nieuw slipje nodig zou hebben... tenzij die er geen dragen.

"Een kledingstuk per spel?" vraagt Evan. "Of wanneer we een bepaalde score bereiken?"

"Allebei," zeg ik. "Maar laten we met extra lettertegels spelen, zodat we langere woorden kunnen maken. Laten we ook een tijdslimiet op het spel zetten — degene die de hoogste score heeft wanneer de timer afgaat, wint."

"Anders nog iets?"

Ik noem nog een paar regels op, totdat het spel bijna precies hetzelfde is als hoe ik het gewoonlijk speel, maar dit deel vertel ik hem niet. Als er zoiets als een Scrabble-advocaat bestond, dan zou ik een goede zijn. O, en dit geeft me een idee: ik moet als ik de kans krijg een manier vinden om het woord "jurisprudentieel" in dit spel te gebruiken.

"Oké." Hij vist een lettertegel uit de zak en biedt me dan de zak aan.

Ik heb een E en hij een A, dus hij mag als eerste.

Grr. Ik kan niet wachten tot hij minder kleren aan heeft.

Als ik mijn lettertegels krijg, sorteer ik ze van a tot z zoals ik altijd doe. En bingo! Ik heb ook een lege lettertegel. Misschien kan ik eindelijk het woord 'alfabetisering' vormen — dat is iets wat ik altijd al heb willen doen.

Als we beginnen, komt er helaas geen kans om 'alfabetisering' te spelen, maar ik heb een nog beter woord: 'psychoanalysen'.

"Mooi." Evan maakt er een grote show van en trekt zijn schoen uit.

Shit. Hij draagt sokken.

"Lafaard." Ik kijk naar zijn broek.

Als ik nuchter genoeg was om mezelf te psychoanalysen, dan zou ik me afvragen waarom ik zo graag nog een keer een hoge score wil hebben. Is dit objectivering van Evan? O, hé, 'objectivering' zou een geweldig woord zijn om te gebruiken — als ik de letters maar had. Hoe dan ook, ik heb weer geluk en scoor enorm met 'karakteriseren'.

Evan trekt met plezier zijn andere schoen uit.

Is hij blij dat hij verliest? Als dat zo is, dan heb ik hem verkeerd gekarakteriseerd.

We hervatten het spelen en Evan krijgt op de een of andere manier een woord dat ik nog nooit in het spel heb gezien: 'ventriloquist'.

Ik vernauw mijn ogen tot spleetjes. "Is dat wel een echt woord?"

Evan wijst naar zijn hond. "Gast, grietje, je moet de inzet verhogen en voor pindakaas spelen. Of aan konten snuffelen." Hij kijkt me aan. "Ik was net een ventriloquist, een buikspreker."

"Goed dan." Ik doe zijn eerdere show na en doe mijn schoen uit. Ik doe behoorlijk mijn best om mijn schoen uit te trekken, denk ik, omdat hij met zo hongerig naar mijn blote voet kijkt dat je zou denken dat het een naakte borst is.

We spelen een tijdje tegen elkaar totdat ik hem met mijn favoriete woord tot nu toe om zijn oren sla: 'demythologiseren'.

Nu komen we ergens. Evan doet zijn sok uit en ontbloot een sterke, mannelijke voet.

Hmm. Wie had me verteld dat ze mannenvoeten afschuwelijk vindt —Jolene of Dorothy? Hoe dan ook, Evans sexy voet demythologiseert die bewering op dit moment.

Ik vraag me af, is het veilig om seksueel gezien een voet te berijden? Of zou dat tot een jeukende vagina leiden? Ik vraag het voor een vriendin.

Met behulp van wat kattenninja-vaardigheden verschijnt Sally op de tafel voor me en staart ze me aan.

Shit. Tussen dit en alle voetmijmeringen, heb ik Evan per ongeluk op 'hypnotiseerbaarheid' gezet. Misschien heb ik een sterke hypnotiseerbaarheid en gebruikt de kat deze tegen me om haar eigenaar te helpen.

Hoe het ook zij, ik doe mijn andere schoen uit.

Evans ogen glanzen als hij ernaar staart.

Kunnen twee mensen uit het niets een voetfetisj ontwikkelen? Misschien via *Toxoplasma gondii*, de kattenparasiet, alleen een andere die zichzelf overdraagt als je aan iemands voeten likt (of ze berijdt)? Misschien leefde het eerst aan de voet van een yeti?

Wacht.

Ik kijk naar mijn lettertegels en dan naar het bord.

Bingo! Ik speel 'cryptozoöloog'.

Evan trekt een wenkbrauw op. "Wat is dat?"

Ik til mijn kin op. "Een persoon die naar cryptiden zoekt, dat zijn wezens zoals de yeti en het monster van Loch Ness."

Evan maakt de bovenste knoop van zijn shirt los. "Natuurlijk, dat is het."

Bij alle yeti's... Evan maakt langzaam en plagend de volgende knoop en die daaronder los.

Ik vecht tegen de drang om het shirt van zijn lichaam te rukken, want dat is niet erg vrouwelijk. Na wat als een uur van hormonale marteling aanvoelt, trekt hij het shirt uit en laat hij hem op de grond vallen.

Wauw. Ik heb hem eerder zonder shirt gezien, maar het is alsof hij heter is geworden en op de een of andere manier nog gespierder is. Komt het door de alcohol in mijn systeem, of heeft Evans sixpack op de een of andere manier tien secties — en smeekt elk van hen me om ze te likken? Het aantal borstspieren is in ieder geval nog steeds twee, zoals verwacht, maar ze zien er staalachtiger uit dan eerst, meer gedefinieerd. Zelfs zijn tepels zijn —

"Maak een foto," zegt Evan met een grijns. "Dat houdt misschien langer stand."

Ah. Juist. Ik ben naar hem aan het staren. Het idee van een foto is niet slecht, maar ik durf niet. "Laten we maar gewoon blijven spelen."

Het volgende woord dat ik speel, is 'pijn'. Kort daarna is het 'hartstocht', met daarna 'behoefte', gevolgd door 'hitte'.

Evans ogen stralen, terwijl zijn lippen in een verwaande grijns trillen. "Zie ik een patroon?"

Fuck. Ik stond op het punt om 'dorst' te maken, maar nu kan ik het niet meer. 'Knal?' Nee, het volgt nog steeds het thema dat hij heeft opgemerkt. Ik speel met een zucht 'schimmels', wat veilig lijkt — het is alleen dat Evan me met 'gouvernementalisten' afslacht.

Ik staar hem met samengeknepen ogen aan. "Je hebt me expres van mijn stuk gebracht."

Hij grijnst. "Probeer je eronderuit te komen?"

Ik gnuif. "Echt niet." Aan de andere kant, het enige wat ik aan heb, is mijn jurk met een beha en slipje eronder.

Zijn grijns verdwijnt. "Het geeft niet als je wilt stoppen."

Ik gnuif. "En een nederlaag toegeven?"

Hij gebaart naar het papier met de score. "Je staat eigenlijk nog steeds bovenaan."

"Nee." Als ik nu stop, dan heb ik niet het gevoel dat ik heb gewonnen. Ik ben bizar nieuwsgierig hoe Evan zal reageren als mijn jurk uitgaat, hoewel ik ook behoorlijk angstig ben.

De nieuwsgierigheid wint en ik sta op, zij het een beetje onstabiel.

Evan doet zijn mond open, maar er komen geen woorden uit.

Met een snelle hartslag schuif ik het rechterbandje van mijn jurk van mijn schouder.

Evan is als een standbeeld in zijn stoel. Alleen zijn ogen weerspiegelen de storm die zich vanbinnen afspeelt.

Ik laat het andere bandje zakken.

Tikt zijn kaak?

Ik voel me brutaler en imiteer zijn langzame manier van ontkleden, terwijl ik me uit de jurk wurm, en tegen de tijd dat ik klaar ben, is Evans blik vraatzuchtig, als een wolf die naar een gazelle staart.

Mijn huid tintelt, mijn gezicht brandt en mijn hart bonst zo snel dat ik het warm en koud heb. Wat ben ik aan het doen? Aan de andere kant voel ik me ook vreemd goed, op een vreemde manier krachtig.

Is dit waarom strippers doen wat ze doen? Omdat het zo'n kick geeft? Aan de andere kant zou het lang niet zo opwindend zijn — of eigenlijk helemaal niet opwindend — als het iemand anders was dan Evan die me met zijn ogen verslond.

Ik slik moeizaam en ga weer aan tafel zitten, alsof er niets aan de hand is.

"Weet je zeker dat je wilt blijven spelen?" vraagt Evan met een hese stem.

Goeie vraag. Nog een verlies en ik moet tussen mijn beha en slipje kiezen, een moeilijke keuze. Maar wat kan mij het schelen. De stripper in mij is voor beide in. "Weet je zeker dat *jij* wilt blijven spelen?" lukt me om zwoel te vragen.

Ik denk tenminste dat het zwoel is. Het kan ook met een lichte slis zijn.

Als antwoord pakt Evan een handvol lettertegels uit de zak.

Oké. We gaan dit doen.

Mijn slipje voelt vochtig aan. Het zou om bepaalde redenen het volgende kledingstuk kunnen zijn.

We spelen allebei een paar korte woorden, maar dan krijgt hij een lange — maar niet zo lang dat ik me moet uitkleden.

Dan zie ik het en ik begin bijna vrolijk te gillen. Nog een winnaar voor mij: 'herkenbaarheid'.

"Goed gedaan," zegt Evan, en het gaat hem duidelijk wat kosten.

"Wil je stoppen?" vraag ik, terwijl ik zijn eerdere toon naboots.

Hij staat met een lichte oogrol op.

Heilige objectivering. Hij doet langzaam zijn broek open.

Hij beweegt met zijn heupen alsof hij een extra is bij *Magic Mike* en trekt zijn broek naar beneden.

Sta ik op het punt om om te vallen?

Nee. Ik zit nog steeds rechtop als de broek uit is, dus ik ben me zeer bewust van de uitstulping in Evans boxershort. Een enorme uitstulping. Hij is langer en harder dan alle woorden die we tot nu toe hebben gespeeld.

Als hij weer gaat zitten, blokkeert de tafel de uitstulping uit mijn zicht, waardoor ik helder kan denken.

"Weet je zeker dat je wilt blijven spelen?" vraag ik, mijn stem meer dan een beetje hees.

Hij knikt.

Oké. Tenzij hij een cockring onder die boxershort draagt, heeft hij nog maar één kledingstuk over, terwijl ik er twee heb. Kanttekening: is een cockring überhaupt een kledingstuk? Het lijkt me meer op een sieraad. Of een accessoire, zoals een bril.

Evan speelt zijn volgende woord, 'gekte'.

Hmm.

Dan: 'passie'.

Wacht eens even.

Als hij 'heet' speelt, noem ik het officieel. "Je volgt hetzelfde thema als ik."

Hij haalt zijn schouders op.

Ik leg met gefronste wenkbrauwen mijn eigen woord op het bord, een zeer onsexy 'troef'.

Evans ogen glanzen van triomf. "Goed dan. Ik zal het patroon doorbreken."

O, nee.

Yep.

Hij zet het woord 'verwisselbaarheid' op het bord.

Shit. Verwisselbaarheid is iets dat beha's en slipjes niet hebben.

Mijn hartslag gaat sneller.

Ik weet dat ik heb gezegd dat ik zou blijven spelen, maar dit is serieus — en ik heb geen idee wat ik uit moet doen. Mijn slipje verliezen zou normaal gesproken erger zijn, maar aangezien we zittend spelen, zou Evan de hele volgende ronde niet naar mijn privédeel kunnen staren, zoals hij zou doen als mijn borsten bloot waren.

"Luister, Brooklyn," zegt Evan op een serieuze toon. "Je hoeft niets te doen waar je niet achter staat."

"Leuk geprobeerd." Als ik me nog steeds zo stoutmoedig voelde als voorheen, dan zou ik opstaan, me naar hem omdraaien, vooroverbuigen en dan mijn slipje uitdoen — en misschien de hele tijd twerken.

Blijkt dat ik dat niet in me heb, ook al is mijn geest meer dan een beetje wazig van alle drankjes. In plaats daarvan schuif ik mijn slipje als een lafaard onder de dekking van de tafel uit en sla mijn benen over elkaar. Hopelijk laat ik op deze manier geen vochtige plek op de stoel achter.

Evan staart me nadrukkelijk aan.

O, natuurlijk, hij heeft geen idee wat ik heb gedaan.

Ik steek blozend mijn hand op en zwaai als een sletterige witte vlag met mijn slipje.

"Fucking fuck," gromt Evan.

Betekent dat dat hij dit leuk vindt? Of heeft hij nog nooit kant gezien? Het is mogelijk dat de vrouwen met wie hij is uitgegaan nooit de moeite hebben genomen om een slipje te dragen.

Met schijnkalmte pak ik meer lettertegels en hervat het spel, biddend dat hij ongefocust genoeg is om me een voorsprong te geven.

Grr. Ik weet niet zeker of Evan met mijn hoofd probeert te rotzooien of wat dan ook, maar de woorden die hij speelt bevatten dingen als 'pakken', 'lokken', 'bijt' en het minst subtiele van allemaal, 'likken'.

Mijn tepels, die godzijdank nog steeds onder mijn beha zitten, zijn keihard.

Ik negeer de stomme reacties van mijn lichaam, speel willekeurige woorden, wacht mijn tijd af en concentreer me.

Is dat...?

Ja, dat is het.

Juichend van plezier speel ik het laatste woord van ons spel op tafel: 'theatraliseren'. Dan kijk ik grijnzend naar Evan. "Luister... Je hoeft niets te doen waar je niet achter staat."

Hij wuift mijn woorden weg, staat op en laat de uitstulping nog een keer zien.

O hemeltje.

Hij pakt zijn boxershort. "Je kunt je afwenden als dit te veel is."

"Ja. Dat gaat niet gebeuren. Deze show heb ik verdiend."

"Oké." Hij trekt zijn boxershort naar beneden en laat een strippersroutine achterwege.

Als zijn pik uit de gevangenis komt, worden mijn ogen groot en betrap ik mezelf erop dat ik mijn borst vasthoud, alsof ik daar parels heb.

Het ding is prachtig. De woorden 'groot' of 'dik' of 'lang' doen hem geen recht. Er is een langer woord vereist. Iets dat uit het Duits komt misschien. Iets dat elke dag van de week bij Scrabble zou winnen. Om dit in Jolenes termen te zeggen, is dit als die gigantische dosis vitamine D die je arts je geeft als je bloedtest een tekort aangeeft.

"Dus," zegt de man die aan de vitamine D vastzit. "Wat wil je als winnaar hebben?"

Ik dwing mezelf om mijn blik op te heffen en schraap mijn uitgedroogde keel. "Wat bedoel je?"

"We hebben het nooit over de prijs voor het winnen van dit spel gehad," zegt hij. "Voelt het niet alsof er een zou moeten zijn?"

Ik slik moeizaam terwijl het zweet langs mijn ruggengraat sijpelt. "Wat had je in gedachten?"

Evans ogen glanzen en zijn vitamine D trilt — hij zorgt ongetwijfeld voor een windvlaag. "Alles wat je maar wilt."

Wat wil ik? En waarom sta ik op? Wacht, waarom loop ik naar hem toe? Beter nog, waar gaat mijn hand heen? Want hij reikt naar de vitamine D alsof hij al tientallen jaren geen zonlicht heeft gezien.

"Fuck," gromt Evan als mijn hand zijn bestemming bereikt. "Dat is een goede keuze."

Vitamine D voelt hard en fluweelzacht aan in mijn hand. "We zouden dit niet moeten doen."

"Niet als we dronken zijn," zegt Evan. "En niet wanneer je weer zo snel weggaat."

Ik streel vitamine D op en neer over zijn lengte. "Ik ben blij dat we op dezelfde pagina zitten." Daarmee ga ik op mijn tenen staan en druk ik mijn lippen op de zijne.

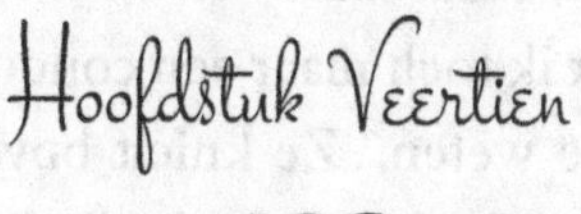

Hoofdstuk Veertien

EVAN

Dit voelt geweldig. Haar lippen zijn zacht en buigzaam, en wat haar kleine hand op mijn pik betreft — ik heb er geen woorden voor.

Ze trekt zich terug, laat mijn pik los — helaas — en buigt zich dan voorover. Gelukkig geeft ze me een majestueus uitzicht op haar kont, met slechts een vleugje van haar roze poesje.

Ik had niet gedacht dat ik harder kon worden, maar wat weet ik er nou van? Het enige wat ik nu wil is mijn gezicht erin begraven, hem dan likken en zuigen totdat ze mijn naam schreeuwt in —

Wacht. Waar is ze naar op zoek in de stapel kleren?

Ah. Juist. Ze haalt een van de condooms tevoorschijn die ze van de serveerster heeft gekregen, die oorspronkelijk bedoeld was voor haar meesterwerk van papier-maché.

"Ik ben schoon," mompelt ze, terwijl ze naar me opkijkt.

"Ik ook." En met de vasectomie kan ik haar niet zwanger maken, maar daar wil ik nu niet op ingaan, dus dan gebruik ik toch maar een condoom.

"Goed om te weten." Ze knielt boven op de stapel van onze kleren. "Dat betekent dat ik dit kan doen."

Wacht even —

Fuuuck. Ze kijkt me in de ogen terwijl ze de eikel van mijn pik in haar mond neemt.

Omdat woorden vormen moeilijk is, maak ik een soort holbewonerachtig keelklankgeluid om mijn waardering te tonen.

Ze schuift me er dieper in.

Mijn ballen spannen zich aan.

Ze geeft me een sensuele lik en pakt de genoemde ballen.

Ik val bijna achterover, deels van het genot, maar misschien ook van de alcohol. "Laten we dit naar de slaapkamer brengen," slaag ik erin om te zeggen, nadat ik mezelf heb gestabiliseerd.

Ze maakt haar mond vrij, haar lippen glinsteren. "Dat is een geweldig idee."

Oké. Ik pak haar alsof ik een brandweerman ben en mijn huis op het punt staat om af te branden.

Ze gilt goedaardig terwijl ik naar het bed sprint, maar ze kalmeert als ik haar op de deken leg en het uitzicht bewonder.

Fuck. Dit was de laatste tijd het begin van bijna al mijn natte dromen, en nu gebeurt het echt.

Ik kijk haar aan. Mijn stem is een lage, dikke grom. "Ik wil je zien."

Ze spreidt haar benen en onthult het majestueuze poesje waar ik eerder een glimp van heb opgevangen.

Mijn pik wordt bijna pijnlijk hard. "Ik bedoelde 'verlies de beha', maar dit is nog beter."

Ze bloost hevig en maakt haar beha los en onthult parmantige borsten met tepels die net zo roze zijn als haar poesje.

"Je bent prachtig," zeg ik oprecht en ik heb nog steeds het gevoel dat ik het onderschat.

"Bedankt," zegt ze ademloos. "Je ziet er zelf ook niet slecht uit."

Ik heb eerder complimenten van vrouwen gehoord, maar ik heb me nog nooit zo goed gevoeld als nu. Ik voeg me grijnzend bij haar op het bed en kus plagend haar bovenbeen.

Haar huid krijgt kippenvel.

In haar vlees glimlachend, geef ik een kus op een halve centimeter hoger.

Ze spant zich aan.

Ik heb medelijden met haar en sluit de afstand tot haar poesje, waar ik aan de plooien lik waar ik al zolang naar verlang.

Haar zijdezachte vlees smaakt goddelijk en is heerlijk warm onder mijn tong. Ik zou hier uren kunnen doorbrengen om hiervan te genieten.

Er ontsnapt een zachte kreun aan haar lippen.

Ik schuif mijn tong heel zachtjes over haar perfecte kleine knop van een clitoris.

Mijn beloning is nog een kreun.

"Brave meid," mompel ik zonder mijn mond weg te halen, en ze houdt duidelijk van het gevoel dat mijn lippen trillen terwijl ik praat, omdat ze haar rug kromt en mijn haar pakt en me aanspoort.

Ik wil haar graag ten dienst zijn en laat mijn tong sneller gaan.

Haar grip op mijn haar wordt steviger, maar niet genoeg om pijn te doen.

"Kom voor me," zeg ik, terwijl ik doelbewust meer trillingen creëer.

Ik weet niet zeker of het mijn woorden zijn of het bevel, maar ze schreeuwt en kreunt, terwijl ze onder mijn tong ligt. Haar poesje verkrampt en trilt, waardoor ik gek word van lust.

Ik klink nauwelijks coherent als ik me over haar heen beweeg, en hees zeg, "Ik wil in je zijn."

Het is waar ik naar verlang en ik kan niet geloven dat het gaat gebeuren.

"Ja, graag," zegt ze, naar adem snakkend.

Ik claim haar lippen in een dierlijke kus en ga eindelijk bij haar naar binnen.

BROOKLYN

O hemeltje.

Mezelf op Evans adem proeven is het heetste wat me in zeven jaar is overkomen. Het kwam echt van zijn tong.

Wacht, nee. De eer hoort bij het moment dat vitamine D zijn grote entree maakt. Of specifieker gezien, bij me binnenkomt. Hij is zo groot dat mijn spieren zich moeten uitstrekken om zich eraan aan te passen, maar als ze dat eenmaal doen, dan is het gevoel van volheid — en juistheid — angstaanjagend goed.

Het is alsof ik plotseling heel ben geworden.

Evan stoot zachtjes in me.

Wauw.

Hij doet het weer, nog steeds voorzichtig.

Grr. Te oordelen naar hoe vraatzuchtig zijn kus is, houdt hij zichzelf in bedwang. Dus pak ik zijn kont — wat hard gespierde perfectie is — en ram hem in me.

Hij begrijpt mijn niet-zo-subtiele hint. O jeetje, en

of hij het snapt. Hij stoot harder en sneller in me, zijn bewegingen zijn grensverleggend en ik voel een nieuw orgasme in me opkomen. Elke spier in mijn lichaam spant zich aan en tintelingen van verrukking lopen op en neer langs mijn ruggengraat terwijl witte vlekken mijn gezichtsvermogen kleuren.

Evan verplaatst zijn kussen naar mijn nek terwijl hij zijn stoten hoe onmogelijk ook versnelt.

Mijn hele lichaam is met kippenvel van nood bedekt, en mijn handen grijpen weer naar zijn kont, zonder enig bijbedoeling deze keer, gewoon om iets vast te houden.

Hij neukt me harder en zuigt aan mijn oorlel alsof die een clitoris is.

Ik schreeuw het uit, mijn nagels graven in zijn kont.

Evans ogen zijn wazig van lust, en ze ontmoeten de mijne, waarna ik over de explosieve rand ga.

Ja.

Ja.

Ja!

Met een luide schreeuw en mijn binnenste die om vitamine D heen trilt, kom ik zo hard dat de witte vlekken in mijn gezichtsveld supernova worden en elk zenuwuiteinde in mijn lichaam van elektrische extase sist.

Evan kreunt boven me van genot en hij wrijft tegen me aan terwijl hij zijn ontlading bereikt.

De nasleep is net zo zacht en mistig als dat de seks wild was. Evan houdt me als een lepeltje vast en streelt me overal terwijl ik op adem kom. Ik voel me zowel belachelijk gelukkig als uitgewrongen, dus gaap ik. Heel hard.

Evan grinnikt in mijn haar. "Heeft mijn optreden je zo erg verveeld?"

Omdat hij al arrogant klinkt, vertel ik hem niet dat ik een geval van de spreekwoordelijke fucked-out hersenen heb — of dat zijn prestaties met een ruime marge de beste waren die ik ooit heb meegemaakt. In plaats daarvan gaap ik weer. "Je hebt het goed gedaan. Vooral omdat het onze eerste keer was."

"Dat klinkt niet goed," zegt hij. "Ik denk dat je me nog een herkansing schuldig bent."

Wil hij dat hele ding weer doen? Met mij? De gedachte vervult me met lome hoop en tevredenheid terwijl ik in slaap val.

Ik word wakker omdat mijn telefoon op de een of andere manier in een breekhamer is veranderd en zijn helse trillingen een gat in mijn schedel boren.

Ik kijk wat het helse apparaat wil.

O. Het is een videogesprek van Jolene en Dorothy. Ik geloof dat ik twee mensen met die namen ken, maar ik wil nu niet met ze praten. Of überhaupt praten.

Ik wil het gesprek afwijzen, maar ik klik per

ongeluk op 'accepteren' — de behendigheid van mijn vingers is duidelijk aangetast.

"Jij slet," zegt Jolene in plaats van hallo. "Je hebt gisteravond wat gekregen."

Is Jolene zoals die jongen in *The Sixth Sense*, maar in haar geval ziet ze mensen die net geneukt hebben?

Over net geneukt gesproken, het komt nu allemaal bij me terug. Drankjes. Strip-Scrabble. Een overdosis vitamine D.

Het bloed verlaat mijn gezicht en ik draai me om om te zien of de eigenaar van vitamine D heeft gehoord wat Jolene net zei.

Hmm. Evan ligt niet in het bed.

Raar. Ik ben er vrij zeker van dat dit zijn huis is.

"Ik bel jullie terug," zeg ik met een hese stem. "O, en alsjeblieft, voor de liefde van alle vakantiegoden, bel me *niet* bij het krieken van de dag."

"Het is eerlijk gezegd al middag," zegt Dorothy defensief als ik ophang.

Middag? Ik denk meteen aan Reagan en begin het kamp te bellen. Zodra ik zijn vrolijke en opgewonden stem aan de andere kant hoor, slaak ik een zucht van opluchting en wens hem een goede dag, voorzichtig om dat niet te hard te doen.

Nadat we afscheid hebben genomen, controleer ik mijn Octothorpe Glorp, half in de verwachting dat mijn alcoholgehalte in het bloed op het scherm zal verschijnen.

Mijn lieve Precious, als ik kon dromen, dan zou ik ervan dromen om een flebotomist te zijn, zodat ik toegang zou hebben tot het helende elixer dat je levensbloed is. Ik informeer je graag over je alcoholpromillage, of infecties, of ongewenste zwangerschappen, of als je bloed slecht smaakt. Helaas is het elixer niet toegankelijk voor mij... in ieder geval niet buiten mijn fantasieën.

Hmm. Waar is Evan?

"Evan?" roep ik, maar het komt eruit als een hees gefluister.

Ik loop naar de badkamer en klop aan.

Geen antwoord.

Ik trek de deur open.

De ruimte is leeg.

Misschien is dit een vermomde zegen? Ik ben op dit moment waarschijnlijk niet in een toestand om door Evan of iemand anders gezien te worden.

Als ik de badkamer binnenkom, zie ik een verzegelde tandenborstel die iemand voor me heeft achtergelaten.

Oké. Het lijkt erop dat Evan hier op een bepaald moment in het recente verleden is geweest en aan me heeft gedacht.

Dat is leuk, maar waar is hij nu?

Nadat ik mijn tanden heb gepoetst en mijn gezicht heb gewassen, voel ik me wakker genoeg om de olifant in de kamer aan te pakken: ik ben met Evan naar bed geweest.

Nauwkeuriger gezegd, we zijn op wat neerkomt op een date geweest, en toen heeft hij me meerdere orgasmes gegeven.

En ik vond het fijn. En ik wil het nog een keer doen.

Heel erg graag. In het ideale geval als ik nuchter ben, zodat ik me elk klein detail kan herinneren.

Nee. Dat is waanzin. Ik ben hier nog steeds alleen op vakantie, dus Evan en ik kunnen hooguit een avontuurtje hebben, wat ik tot gisteravond niet had gedacht dat ik ooit zou willen.

Maar... hadden we niet net een avontuurtje? Of is het op dit moment een onenightstand? Is er een verschil?

Hoe dan ook, wat voor kwaad zou het doen om mijn poesje nog wat meer naar hem te gooien?

Ik bekijk mezelf in de spiegel. De schade kan onmetelijk zijn, omdat dagen als gisteren tot gevoelens kunnen leiden.

En misschien is dat al zo.

Nee. Ik kan geen gevoelens toestaan. Zelfs als ik door wat magie in een inwoner van Florida zou veranderen en daarom niet langer de status van toerist zou hebben, heb ik Evan nog steeds niet over Reagan verteld — het belangrijkste deel van mijn leven. Maar als ik Evan vertel dat ik een kind heb — een van die wezens die hij haat — dan zal hij het op een lopen zetten, ervan uitgaande dat hij zich niet al aan het verbergen is.

Wat dat betreft, ik kom uit de slaapkamer en doorzoek het huis.

Het enige wat ik vind, is Sally, die haar ogen naar me vernauwt in het heldere katachtige equivalent van slet shaming.

"Waar is je mens?" vraag ik.

Geen antwoord.

"Evan?"

Niemand geeft antwoord.

Wauw. Is het mogelijk dat hij het klassieke onenightstand-ding heeft gedaan en weg is geglipt? Maar kun je dat doen als de onenightstand in je eigen huis was?

Misschien… Zou hij me door een beveiligingscamera in de gaten kunnen houden, wachtend tot ik het snap en wegga? Aan de andere kant zal ik nog een tijdje zijn huurder zijn, dus het kan lastig zijn om me te vermijden.

Hmm. Grappen terzijde, betekende gisteravond zo weinig voor hem? Hij had gezegd dat hij niet van avontuurtjes hield, maar hij had wel gedronken en hij heeft een penis, dus…

Mijn telefoon gaat weer.

Is het Evan?

Nee. Het zijn mijn vriendinnen.

Misschien kunnen *zij* hier wat licht op werpen?

Ik accepteer de oproep, maar zeg dat ze moeten wachten.

Ik loop naar de koelkast, pak wat melk, zoek ontbijtgranen in de voorraadkast en maak voor mezelf een ontbijt klaar. Als hij echt wacht tot ik wegga, dan ga ik het hem niet gemakkelijk maken. Bovendien kan het ontbijt een deel van de alcohol absorberen die nog steeds door mijn aderen stroomt.

"Vertel op," zegt Jolene als ik eindelijk terugkom op mijn telefoon.

"Ja," zegt Dorothy. Ik kan alleen de bovenkant van haar gezicht op het scherm zien, maar ze lijkt erg nieuwsgierig omdat haar wenkbrauwen opgetrokken zijn en haar voorhoofd gerimpeld is.

"Een momentje." Ik neem mijn ontbijt mee naar de veranda, ervan uitgaande dat zelfs als Evan me bespioneert, hij me waarschijnlijk buiten niet zal horen. "Het begon allemaal toen Evan een schatkaart meebracht," zeg ik en vertel ze alles.

"Ik ben zo trots," onderbreekt Jolene me als ik bij het slaapkamergedeelte kom. "Is dit hoe je je voelt als Reagan met een 10 thuiskomt?"

"Ja. Dat is precies dezelfde situatie," zeg ik met een oogrol. Maar ik vraag me wel af: zou Evan me een 10 geven voor gisteravond?

"Ga alsjeblieft verder," zegt Dorothy, haar stem klinkt niet helemaal als zijzelf.

"Hé, niet cool," zegt Jolene. "Je kunt niet masturberen als je vriendin aan het vertellen is, hoe sexy het verhaal ook is."

Dorothy komt zo dicht bij haar telefoon dat we maar één wenkbrauw kunnen zien. "In tegenstelling tot sommigen masturbeer ik niet twintig keer per dag."

"Wie wel?" Jolene maakt er een show van om zich heen te kijken, alsof geheime masturbators zich in haar keuken verstoppen. "Uit mijn ervaring, wordt pijn na ongeveer tien sessies een echt probleem, dus wie de twintigvoudige vrouw ook is, ik wil haar vragen om me wat tips te geven."

"Weet je wat, ik ben klaar." Ik beweeg mijn vinger om het gesprek te beëindigen.

"Nee!" schreeuwen ze allebei in koor.

"Het spijt me," zegt Jolene.

"Mij ook," voegt Dorothy eraan toe.

Goed dan. Ik maak mijn verhaal af en ga in het proces in op grafische details. Helaas word ik door het herbeleven van alles weer heet, en wens ik nog veel meer. En snel.

"Maar toen ik wakker werd, was hij er niet," zeg ik tot slot. "En ik heb geen idee wat het betekent."

"Heeft hij een briefje voor je achtergelaten?" vraagt Dorothy.

"Of een berichtje?" voegt Jolene eraan toe.

Ik kijk naar mijn telefoon.

Geen berichtjes.

Ik heb echter niet naar een briefje gezocht. "Wacht even," zeg ik en volg mijn stappen terug door het huis. Geen briefje in de keuken, maar als ik terugga naar de slaapkamer en naar het nachtkastje kijk, voel ik me een idioot, want daar ligt het, naast de papier-maché Evan.

Een briefje in een mannelijk handschrift geschreven.

"Wat staat er?" eist Jolene.

Goeie vraag.

Ik reik met trillende handen naar het briefje.

Hoofdstuk Zestien

EVAN

Eerder

Ondanks het bonzen in mijn slapen, slaag ik er op de een of andere manier in om mijn surfles af te maken, al die tijd in de hoop dat de kinderen de wodka-dampen in mijn adem niet kunnen ruiken.

Net als bij mijn Airbnb-bedrijf doe ik dit vrijwilligerswerk als een manier om te socialiseren en met beide benen op de grond te blijven, maar vandaag, dankzij een dodelijke kater, vraag ik me af of ik iemand had moeten inhuren om voor me in te vallen.

Maar nee. Wat als de man die ik had ingehuurd een of andere viezerik was? Niet dat de administratie van het kamp me dat zou laten doen. Ongeacht hoeveel geld ik aan deze plek heb gedoneerd, hun eerste zorg is de veiligheid van de kampeerders.

Terwijl alle kinderen naar hun volgende activiteit rennen, blijft Reagan achter.

Harry snuffelt aan Reagan als een oude vriend. Het kind haalt een boterham met pindakaas en jam uit zijn zak en deelt deze en wint bonuspunten bij zowel mij als de hond.

Ik vraag me af wat hij deze keer wil. Heeft hij op een andere locatie haar gekiemd?

"Hoi, meneer Evan," zegt hij verlegen.

Ik glimlach geruststellend naar hem, en op de een of andere manier laat dat mijn hoofdpijn verdwijnen. Een beetje.

"Hé, maatje. Noem me Evan."

"Sorry… Evan," zegt Reagan. "Mag ik je iets vragen?"

"Natuurlijk." Ik drink wat water uit mijn fles in de hoop de ergste kater te verzachten.

Reagan verschuift van voet naar voet, duidelijk niet zeker of hij wat het ook is moet vragen.

Serieus? Wat zou het kunnen zijn? Borsthaar? Dat van mij kwam pas toen ik eind twintig was, maar misschien —

"Wat is anaal?" flapt hij er uiteindelijk uit.

Het water gaat mijn neus in en ik moet hoesten om mijn kalmte terug te krijgen.

Het is officieel. Ik ga in de buurt van dit kind nooit meer vloeistoffen drinken.

"Wat een fascinerende vraag," zeg ik als ik weer kan praten. Om mezelf meer tijd te geven, sluit ik de waterfles af. "Wat is de context?"

Zeg alsjeblieft geen porno of —

"Con — wat?" vraagt Reagan.

"Context. Als in, waar heb je het gehoord? In welke zin? Onder welke omstandigheden?"

"Ah. Een van de begeleiders zei het tegen de ander," zegt Reagan.

Mijn handen ballen zich tot vuisten. "Wat zei hij?" Als ik erachter kom dat iemand ongepaste gesprekken in de buurt van de kinderen heeft gevoerd, dan ga ik —

"*Ze* zei, 'Ja, ik heb het twee keer gecontroleerd, Brian. Doe niet zo anaal,'" zegt Reagan in een imitatie van de stem van een tienermeisje.

O. Mijn handen maken zich los en ik adem opgelucht uit voordat ik vraag: "Weet je wat pietluttig betekent?"

Reagan houdt zijn hoofd schuin. "Kieskeurig?"

Ondanks dat het kind niet weet wat 'anal' of 'context' is, heeft het kind duidelijk een geweldige woordenschat. "Ze bedoelde zoiets, maar met een dwangmatige component. Ze zei eigenlijk 'anal'."

Hij ziet er minder zeker uit. "Alsof je kieskeurig moet zijn?"

"Zoiets. Er zit meestal ook een obsessief element in. Zoals wanneer iemand zoveel van netheid houdt dat ze anderen dwingen om netjes te zijn, of ze houden zoveel van correcte spelling en grammatica dat ze ze voor andere mensen corrigeren."

"Hmm," zegt Reagan. "Mijn moeder houdt misschien van anaal."

Het kost me een olifanteninspanning om mijn

gezicht in de plooi te houden. "Je zegt niet 'houdt van' voor een bijvoeglijk naamwoord."

Reagan grijnst ondeugend. "Laat je me een voorbeeld zien van hoe je anaal kunt zijn?"

Slimme kleine jongen. "Precies."

"Dank je." Hij grijnst naar me. "Ik vond je les trouwens geweldig. Als ik groot ben, wil ik ook surfer worden."

Huh. Hij lijkt met zijn lange haar en zijn ongewoon relaxte houding zelfs op een aantal van de surfers die ik ken.

"Ik weet zeker dat ik voordat de zomer voorbij is een surfer van je zal maken," zeg ik.

Zijn glimlach verdwijnt. "Ik ben hier niet tot het einde van de zomer. Ik ben er nog maar vijf dagen."

Daarmee rent hij weg, waardoor ik me zonder enige reden melancholisch voel.

"Je ziet er vreselijk uit," zegt mijn vader als ik met Harry, die met zijn staart kwispelt, op mijn hielen zijn huis binnenloop. "Die wallen onder je ogen hebben wallen."

"Bedankt." Ik wrijf over mijn ogen met wallen. "Daarom ben ik gekomen. Ik wil je katerkuur."

Nadat mama stierf, dronk papa zoveel dat hij een expert werd op het gebied van katergenezingen — dat wil zeggen, totdat hij lid werd van de AA.

"Kater?" Paps uitdrukking wordt bezorgd. "Wat was de gelegenheid?"

Het is een tijdje geleden dat hij dingen als verjaardagen heeft gemist, maar de herinnering moet zijn blijven hangen, dus ik kan zien waarom hij zich zorgen zou maken. Dat, of misschien is hij bang dat ik me zal overgeven zoals hij deed.

"Ik hield gewoon iemand anders gezelschap," zeg ik. "En na vandaag denk ik dat ik een paar jaar alcohol ga vermijden."

Pap grijnst wetend. "Een vrouwelijk iemand?"

"Zo zit het niet. Maar over haar gesproken, het is het beste als je de remedie verdubbelt."

Hij pakt zijn blender. "Wie is zij?"

Ik zucht. "Een toerist."

Hij trekt zijn neus op. "Waar vandaan?"

"New York," zeg ik en ik verwacht dat het neus optrekken zal verergeren.

Pap haalt in plaats daarvan zijn schouders op. "Ik weet zeker dat ze manieren heeft om die bijna fatale fout te compenseren."

Ik glimlach. "Ze speelt Scrabble."

"Nou." Hij dumpt een halve zak spinazie in de blender. "Daar heb je het al. Dat alleen al betekent dat ze een blijvertje is."

Zelfs als ze dat is, dan ben ik dat niet — maar ik ga daar niet met mijn vader op in, want in zijn ogen kan ik niets verkeerd doen.

"Vertel me meer over haar," zegt hij.

"Zoals wat?"

"O, doe niet zo. Hoe hebben jullie elkaar ontmoet?"

Goed dan. Terwijl hij het brouwsel maakt, vertel ik hem hoe Brooklyn en ik chagrijnig naar elkaar waren geweest toen we elkaar voor het eerst hadden ontmoet, en hoe ze bijna was verdronken.

Als ik klaar ben, knippert pap met zijn ogen, zijn ogen zijn verdacht vochtig. "Het is griezelig," zegt hij na een moment. "Je verhaal doet me zo veel denken aan hoe ik je moeder heb ontmoet."

Ik frons. "Ik dacht dat jullie samen op de middelbare school hadden gezeten."

"Klopt, en ik heb chemicaliën op haar gemorst toen we elkaar voor het eerst in het lab hadden ontmoet. Ze gooide toen een kikker naar mijn gezicht."

"En je hebt haar leven ook gered?"

Hij kijkt me geïrriteerd aan. "Ik heb haar de chemisch doordrenkte jurk uitgetrokken, nietwaar? Let wel, dat is ondanks dat ze de kikker naar me had gegooid. Ik heb haar ook mijn jas gegeven om zichzelf te bedekken."

"Je hebt gelijk. Het is precies hetzelfde verhaal."

"En dat betekent dat ze ook jouw zielsverwant is." Pap strooit gedroogde gember in de blender. "Zoals je moeder die van mij was."

"Ik dacht dat je niet in zielen geloofde," zeg ik.

Hij kijkt me zijdelings aan. "De 'ziel' is slechts een woord dat beschrijft wat er gebeurt wanneer de computers die onze hersenen zijn, hun computerding doen. Hoe dan ook, ik hoef niet in zielen te geloven om in zielsverwanten te geloven."

Voordat ik dat zeer gebrekkige argument kan weerleggen, drukt pap op de aan-knop van de blender en maakt hij zoveel lawaai dat ik mezelf nauwelijks kan horen denken. Ik krimp ineen en grijp mijn kloppende slapen vast.

Even stopt hij, maar net als ik mijn mond opendoe om iets te zeggen, start hij de blender weer.

"Zeer volwassen," zeg ik als de blender eindelijk gezegend stil is.

Pap doet onschuldig en giet het dikke brouwsel in twee potten, geeft er een aan mij en bedekt de andere met een deksel.

Ik vecht tegen mijn kokhalsreflex en neem grote slokken van de 'remedie'. Het kost me moeite om het binnen te houden.

Harry duwt me met zijn neus.

"Je zult het niet lekker vinden," zeg ik tegen hem.

Harry kwispelt met zijn staart.

"Goed dan." Omdat het veilig is voor honden, geef ik hem wat van mijn drankje en hij drinkt het alsof het het lekkerste is dat hij ooit heeft geproefd.

"Ik zal je weer voeren als we thuiskomen," zeg ik, niet in staat om een grijns te onderdrukken die aan mijn lippen trekt.

"Je moet ook iets eten," zegt pap. "Dat werkt net zo goed als de katerremedie."

Ik knik. "Ik heb eerder ontbijtgranen gegeten. Voor de lunch was ik van plan om wat Japans eten voor mij en Brooklyn te maken."

Harry kwispelt met zijn staart als hij haar naam hoort.

De lekker ruikende griet? Waar is ze? Ik heb haar al een eeuw niet geroken.

Paps wenkbrauwen schieten hoog op zijn voorhoofd omhoog. "Ben je al voor haar aan het koken?"

"Dus?"

Pap geeft me de verzegelde pot. "Koken is je liefdestaal."

"En het lezen van al dat meisjesachtige gedoe over liefdestalen is *jouw* liefdestaal," zeg ik en ik huiver dan, omdat ik papa niet zo nonchalant aan mam wilde herinneren.

Ze was hier super in geïnteresseerd.

Gelukkig lijkt pap niet onder de indruk te zijn. "Ik denk niet dat je het concept volledig begrijpt," zegt hij met een zucht.

"Jij ook niet. De vijf talen zijn woorden van bevestiging, qualitytime, geschenken, daden van dienstbaarheid en fysieke aanraking."

Eerlijk gezegd ben ik op dit moment gewoon aan het plagen. Toen mam in het ziekenhuis lag, had ik datzelfde boek gelezen om haar te plezieren.

Hij blaast zich als een pauw op. "Koken is zowel een geschenk als een daad van dienstbaarheid. Lezen wat je partner leuk vindt, is —"

"Qualitytime," zeg ik.

Pap zucht. "Als er één ding is dat je van je moeder

hebt gekregen, dan is het de vaardigheid om elke discussie te winnen."

Daarbij pak ik Harry en de andere pot en maak ik me uit de voeten.

"Schat, ik ben thuis," roep ik als ik mijn huis binnenkom, met de boodschappen op sleeptouw.

Geen antwoord.

Hmm. Slaapt ze nog?

Misschien. Of misschien is ze wakker geworden, had ze besloten dat gisteravond een vergissing was en is ze ervandoor gegaan.

Verdomme. Waarom maakt die gedachte me zo van streek?

Ik laat het eten op de keukentafel staan, zet me schrap en ga op zoek naar Brooklyn.

Hoofdstuk Zeventien

BROOKLYN

"**I**k ben naar mijn vrijwilligerswerk, ik zou rond de middag terug moeten zijn," zegt Evan op zijn briefje.

Maar het is al na de middag.

Waar is hij —

"Daar ben je," zegt Evan en laat me schrikken.

Ik draai me om en neem hem in me op. En zomaar ineens fladdert er iets in mijn borst. Zijn deze hartkloppingen een minder bekend katersymptoom? Mijn ondergoed voelt plotseling ook vochtig aan en zijn mijn tepels overdreven gevoelig. Is het libido van een tiener een andere bijwerking van overmatig alcoholgebruik?

"Hoe voel je je?" vraagt Evan zachtjes en hij bestudeert me.

Ik krimp ineen. "Heb je een guillotine?"

Hij laat me de pot zien die hij vasthoudt. "Drink dit. Het heeft mij enorm geholpen."

Hmm. Als dit iets is als de zonnebrandzalf, dan kan ik het maar beter eens proberen.

Ik ga voorzichtig naar hem toe en pak de pot. Hij ruikt weer verleidelijk naar was en de zoute oceaan, met een vleugje sterfruit. Mijn hoofd draaide al, maar de nabijheid van zijn grote, mannelijke gestalte maakt het — samen met de vochtigheid in mijn slipje en de tepelsituatie — veel erger.

Terwijl ik de pot pak, raken onze vingers elkaar en krijg ik een flashback van gisteravond, diezelfde vingers die over mijn —

"Ruik er niet aan," waarschuwt Evan. "Gewoon slikken."

"Ik wed dat je dat tegen alle meisjes zegt." Ik negeer de weerbarstige reacties van mijn lichaam en draai de pot open.

Als je stinkende kaas op een composthoop zou leggen, dan zou de inhoud een jaar later veel naar deze pot smaken en ruiken. Maar hé, nadat ik een slok heb genomen, kalmeert mijn libido verdomme.

"Ik weet dat het vies is," zegt Evan. "Maar mijn hoofdpijn is weg."

"Dit kan een geval zijn dat de genezing erger is dan de ziekte." En toch dwing ik mezelf om nog een slok te nemen.

Harry walst naar binnen en kijkt me verlangend aan.

"Je bent een rare," zegt Evan tegen hem voordat hij zich tot mij wendt. "Is er een kans dat je wat met hem kunt delen? Hij heeft het eerder geproefd en hij vond het duidelijk lekker."

Ik steek mijn vinger in de gruwelijkheid en laat Harry het eraf likken, wat de hond met hebzuchtig enthousiasme doet.

Huh. Ik denk dat als het snuiven van kontjes iemands idee van plezier is, iemands idee voor wat vies is iets lager ligt dan de mijne.

"Wat nu?" vraag ik wanneer de pot bijna leeg is, en ik me niet eens kan voorstellen om nog een slokje te nemen.

"Harry krijgt de rest," zegt Evan met een grijns. "Wat dacht je er ondertussen van als jij en ik gaan lunchen?"

"Natuurlijk." Ik voel me niet bijzonder hongerig, maar meer eten zou met de kater moeten helpen.

Hopelijk.

Als we gaan zitten voor een maaltijd, kunnen we het misschien over gisteravond hebben. Zoals, wat betekende het?

We gaan naar de keuken en ik kijk gefascineerd toe terwijl Evan weer eten voor ons tweeën klaarmaakt. Hij ziet er extreem sexy uit terwijl hij het doet.

Als de maaltijd klaar is, proef ik het zonder het echt te proeven, maar complimenteer ik toch de chef-kok.

"Dus," zeg ik, niet zeker hoe ik het onderwerp van gisteren ter sprake moet brengen. "De schattenjacht was in ieder geval een giller. Toch?"

Grr. Dat was triest.

Maar hé, Evan glimlacht, dus dat is iets. "Dat was

het echt," zegt hij. "En als je niet een te grote kater hebt, dan wil ik er graag mee doorgaan. Misschien kunnen we naar Marianna gaan?"

Dus zo speelt hij het? Het onderwerp vermijden.

Hij kijkt me bezorgd aan. "Is het te vroeg?"

"Ik denk dat ik wel kan gaan," zeg ik. "Maar ik ga niet drinken."

Evan krimpt ineen. "Zelfs niet als ik een pistool tegen mijn hoofd krijg."

"Denk je dat je kunt rijden?" vraag ik. "Een hobbel op de weg kan mijn hersenen laten exploderen."

"Ik zal net als dat liedje zijn," zegt hij. "A smooth operator."

Een liedje over een man die goed is in het bespelen van vrouwen? Geeft Evan me een hint over gisteravond?

Terwijl we onze maaltijd eten, durf ik het niet te vragen en hij geeft niet vrijwillig het antwoord. In plaats daarvan leren we gewoon meer over elkaar — en hetzelfde geldt op weg naar onze volgende bestemming op de schatkaart.

Ik leer met wie Evan zijn eerste kus had en hij hoort over Brian, de horrorshow die mijn eerste vriendje was. Ik vertel hem over mijn vriendinnen en hij vertelt me over zijn vrienden, evenals over zijn vader.

Ik blijf de hele autorit denken dat als ik eerlijk over Reagan wil zijn, dit de perfecte kans zou zijn, maar ik kan mezelf er niet toe brengen om dat te doen.

"Waarom hier?" vraagt Evan als we naar de

parkeerplaats bij de ingang van de beroemde grotten rijden.

"Omdat een van de aanwijzingen het jaar was waarin frisdrank werd uitgevonden," leg ik uit.

Evan trekt een wenkbrauw op.

Ik zucht. "Deze plek heeft iets dat de Soda Straw Room wordt genoemd."

"Ah."

Evan regelt voor ons een privétour om ervoor te zorgen dat we het speurwerk ondergronds kunnen doen. Onze gids, met zijn lange, ruige haar, lijkt precies op een puli... of op Reagan.

Nee, dat is niet waar. Reagan lijkt helemaal niet op een puli. In feite heeft nog niemand een hond gefokt die schattig genoeg is om met mijn zoon te vergelijken. Als ze dat ooit doen, dan zullen ze miljarden verdienen.

Ik schrik door de dreunende toon van de gids uit mijn overpeinzing. Ik kijk naar Evan. En ik heb weer het gevoel dat we een date hebben — en een leuke. Tussen de koele ondergrondse lucht, het druppelen van water en de majestueuze stalactieten en stalagmieten, verwacht ik half Tolkien-dwergen om de hoek te zien komen — en ik ben dol op elke seconde.

Het probleem is dat wanneer we de Soda Straw Room (zo genoemd vanwege alle buisvormige stalactieten) bereiken, er nergens aanwijzingen zijn — en we kijken heel goed.

"Misschien willen jullie een paar van onze andere beroemde plekken bekijken?" suggereert de puli wanneer we het opgeven en teleurgesteld kijken.

Het kan geen kwaad om te gaan kijken, dus we laten hem ons rondleiden, terwijl hij uitlegt hoe elke plek heet en waarom. De tour blijkt natuurlijk geweldig te zijn, maar nogmaals, er zijn in de Grote Kamer, de Draperiekamer of ergens anders geen aanwijzingen te vinden.

"Klaar om het op te geven?" vraagt Evan wanneer de puli ons terugbrengt naar de cadeauwinkel. "Of zal ik een andere tour boeken?"

"Nee. Dit is helemaal opnieuw Flagler College. Ik begin te denken dat je de verkeerde persoon hebt gekozen om je met de zoektocht te helpen."

Evan schudt zijn hoofd. "Je doet het veel beter dan ik. We moeten trouwens nog twee locaties bekijken."

"Goed." Ik stap naar buiten en wacht tot Evan bij me komt.

"Hoe gaat het met je hoofdpijn?" vraagt hij nadat hij buiten is. "Ik weet niet zeker of het de grotlucht was, paps remedie, het eten of gewoon de tijd, maar de mijne is helemaal weg."

Huh. "De mijne is ook weg."

"Geweldig." Hij gebaart in de verte. "Wist je dat je hier vlakbij kajaks kunt huren?"

"Is dat zo?" En waarom laat dit onderwerp mijn hart sneller kloppen?

Ik kijk naar mijn tracker alsof ik de tijd controleer, maar het is eigenlijk om te zien of mijn hartslag verhoogd is — en dat is hij ook.

Mijn lieve Precious, je hart is in dit universum van

*waanzin en duisternis een wonder van driehonderd gram, en
ik gil in extase met elke heerlijke pomp die hij maakt.*

"Ja," zegt Evan. "Er zijn kajaks en boten. En ik weet
niet zeker of ik je dit heb verteld, maar ik hou van
kajaks... alleen wil niemand ooit met me mee."

Daar heb je het. Tot nu toe kon ik tegen mezelf zeggen
dat we op schattenjacht waren, maar als we *deze* activiteit
gaan doen, dan zal dat een stuk dichter bij een date zijn
— dus ik zou nee moeten zeggen. Toch? Maar ik ben hier
op vakantie en ik heb altijd al eens willen kajakken, dus
ik zeg tegen Evan dat ik graag met hem mee wil.

"Ja!" Evan is zo opgewonden dat ik me begin af te
vragen of hij het echt meende toen hij zei dat niemand
ooit met hem mee wil gaan.

Hoe het ook zij, hij pakt de kajak en gaat voorin
zitten.

O jeetje. Zelfs met het reddingsvest over zijn T-
shirt zie ik zijn spieren werken terwijl hij roeit, wat me
serieus van het groen en het kalme water afleidt. Toch
voel ik mezelf ontstressen, alle spanningen — behalve
de seksuele — verlaten mijn lichaam met elke slag van
de peddels.

We zien al snel een otter. En daarna een lamantijn
— om nog maar te zwijgen van het aantal schildpadden
en verschillende vogels.

"Ik hou van kajakken," zeg ik als we klaar zijn. "Wie
had dat gedacht?"

Evan straalt naar me. "Ik ben blij om dat te horen."

"Mijn vriendinnen — degenen die deze vakantie

voor me hebben geboekt — zullen erg blij zijn om te weten dat ik me goed heb kunnen ontspannen." En ze zullen erop staan dat Evan een beloning verdient, omdat hij het heeft laten gebeuren. Een onzedelijke beloning.

"Maar de dag is nog niet voorbij," zegt Evan. "Wil je wat lokale bezienswaardigheden gaan bekijken?"

Hij begint al opgewonden te lopen voordat ik mijn instemming heb uitgesproken, en ik pak bijna zijn hand terwijl ik naast hem in de pas ga lopen. Gelukkig stop ik mezelf, want voor de miljoenste keer: dit is geen echte date.

Tenzij dat wel zo is? Ik heb geen idee, maar ik heb al snel te veel plezier om me zorgen te maken over de status van onze relatie, en ik kom alleen op die gedachten terug als we op de terugweg zijn.

"Wat dacht je ervan om onderweg op een leuke plek uit eten te gaan?" vraagt Evan en hij somt dan een paar opties op, die allemaal erg chique klinken.

Op een leuke plek eten? Alweer?

Zo is het genoeg.

Ik kan het niet meer inhouden.

"Hebben we een date?"

Hoofdstuk Achttien

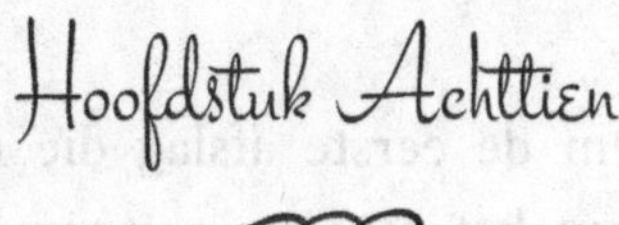

EVAN

"Hebben we een date?" eist Brooklyn.

Wat een geweldige vraag — en als een echte New Yorker rechtstreeks voor de halsslagader gaan.

De waarheid is dat dit iets is waar ik over na heb gedacht, zoals Calvins koeien dat met het herkauwen van zeewier doen dat op het strand aanspoelt. Iets aan het zeewier zorgt ervoor dat ze geen scheten laten, maar ik weet niet zeker of ik iets nuttigs heb voor *mijn* herhalende inspanningen, omdat ik nu net zo onvoorbereid ben op de vraag van Brooklyn als dat ik vanmorgen was.

Behalve één ding.

Ik heb me gerealiseerd dat ik haar wil — ondanks alle redenen waarom we niet samen zouden moeten zijn.

Ik wil haar heel graag. Ik wil haar in mijn bed. Ik wil haar in mijn leven. Ik wil haar naar meer nieuwe plekken brengen, zodat ik die opgewonden uitdrukking op haar gezicht kan zien. Om nog maar te zwijgen over —

"Ik zal je stilte als een nee beschouwen," zegt Brooklyn.

Grr. Ik neem de eerste afslag die ik zie, rijd de parkeerplaats van het mooiste restaurant in de buurt op en kijk haar dan aan. "Je vergist je."

Ze knippert naar me. "Is dat zo?"

"Ik wil graag met je op een date."

Terwijl ze met haar wimpers naar me knippert, kan ik niet anders dan opmerken hoe mooi ze zijn. "Ik dacht dat je niet met toeristen uitging," zegt ze.

Goed punt. "Maar ik kan voor iemand die zo goed is in Scrabble altijd een uitzondering maken."

Serieus, ik heb moeite om me te herinneren waarom ik met die stomme regel ben gekomen. In zekere zin betekent het hebben van een tijdslimiet dat ik Brooklyn niet over mijn vasectomie hoef te vertellen en daarom de teleurstelling niet op haar gezicht hoef te zien. De tijdslimiet betekent ook dat niemand gekwetst zal raken. Vooral als —

"Dus... het is een avontuurtje?" verduidelijkt ze.

"Een avontuurtje?"

"Ja."

Waarom krijg ik door het woord de smaak van de katerremedie in mijn mond? "Moeten we er labels op plakken? Laten we gewoon gaan eten." Ik gebaar naar het restaurant.

"Oké." Ze opent de autodeur. "Laten we gewoon gaan eten."

Nadat we zijn gaan zitten, loopt de ober naar ons toe en zucht. "Ik geef jullie geen menu's."

Hmm. Raar.

"Waarom niet?" vraagt Brooklyn.

"We hebben voor slechts één item de ingrediënten — een hamburger." Hij slaat zijn armen over elkaar. "Voordat je het vraagt, dat betekent geen cheeseburger, of een kipburger, of een visburger, of een veggieburger. Gewoon een rundvleesburger, met frietjes. Dat is alles. Geen spek. Geen —"

Brooklyn en ik wisselen verwarde blikken uit.

"Wil je een hamburger?" vraag ik haar, onzeker klinkend.

"Jij?" vraagt ze.

"Ja hoor." Dat wil ik niet, maar ik wil dit diner niet beginnen door een lul voor de ober te zijn... zelfs als het lijkt alsof hij het misschien verdient.

"Twee hamburgers," zegt Brooklyn. "Je hebt genoeg ingrediënten voor twee, toch?"

O, ja. Hij liet die hamburger eerder vrij enkelvoudig klinken. Deze aandacht voor detail is waarom Brooklyn zo goed is in Scrabble.

"We kunnen nog twee hamburgers maken," zegt de ober, maar hij klinkt niet zo zeker. "Ze moeten zonder sla of tomaat zijn. O, en er is nog maar één augurk over."

Verdomme. Is het te laat om —

"We vinden het prima om die laatste augurk te

delen," zegt Brooklyn. Als de ober weggaat, fluistert ze: "Voelt het niet alsof we in de problemen zitten?"

Ik kijk naar een tafel in de buurt waar de ober een oudere dame haar eten brengt — een hamburger, natuurlijk. Zodra hij weggaat, haalt ze een plakje Amerikaanse kaas uit haar tas en legt ze het stiekem op het broodje.

"Wauw," fluistert Brooklyn en ze volgt mijn blik. "Ze hebben zo vaak geen kaas en andere ingrediënten dat de stamgasten die zelf meenemen."

Ik leun naar voren. "Het is dat, of deze dame neemt overal kaas mee naartoe."

Brooklyn leunt ook naar mij toe. "Ik zou een tomaat in haar schoenen hebben gedaan."

Wauw. We zijn zo dicht bij elkaar dat ik me door haar zwaartekrachtveld gevangen voel. Alweer. Mijn ogen richten zich op haar lippen en ik word er langzaam naartoe getrokken. Maar voordat ik mijn bestemming bereik, trekt Brooklyn zich met een grinnik terug.

"Ik realiseerde me net dat ik het liet klinken alsof ik wil dat we die dame als een ezel gebruiken," zegt ze. "Door haar te dwingen een tomaat in haar schoenen te verbergen."

Ik glimlach, gedeeltelijk om mijn teleurstelling over het gebrek aan een kus te verbergen. "Ik geef het een paar dagen voordat de ober ieders schoenen op smokkelwaar gaat controleren."

Brooklyn gnuift, maar voordat ik nog meer grappen

ten koste van de ober kan maken, is hij terug met twee borden.

Hé, een voordeel van het feit dat er geen keuzes zijn, is dat het enige item dat ze hebben vrij snel komt. En het ruikt lekker.

"Mag ik een vork?" Brooklyn wijst naar de frietjes op haar bord.

"We hebben geen vorken," zegt de ober.

"Hmm," zegt Brooklyn. "Heb je een spork of een lepel?"

"We hebben geen lepels," zegt de ober doodleuk. "En geen sporks."

Brooklyn zucht. "Oké, dan."

Als de ober weggaat, vraagt ze, "Geven we die man nog steeds een fooi?"

"Houd die gedachte vast," zeg ik. "Er zijn betere vragen die eerst moeten worden beantwoord."

Ze rolt met haar ogen. "Laat me raden: wie eet friet met een vork?"

"O, die zal op zijn beurt moeten wachten," zeg ik met een grijns. "Ik ben veel nieuwsgieriger naar wat je met een lepel zou hebben gedaan."

Ze beweegt met haar schouders. "Ik hou niet van vet op mijn vingers. Klaag me maar aan."

"Maar een lepel —"

"Kan in een mum van tijd werken," zegt ze. "Als je tenminste bereid bent om de friet te prakken."

"Gatver. Goed dan. Hoe zit het met de hamburger?"

Ze recht haar rug. "Wat is daarmee?"

"Houd je de hamburger in je handen of eet je hem

met een vork, als een viezerik? En hoe zou je hem met een lepel eten?"

Ze pakt met een oogrol de hamburger en neemt een grote hap.

"Heel volwassen," zeg ik en ik volg haar voorbeeld.

Wauw. Het is een lekkere, sappige hamburger.

Ze moet hem ook lekker vinden, want ze trekt een wenkbrauw naar me op voordat ze een handvol frietjes pakt en ze er na de hamburger in propt. Haar vingers druipen van het vet. "Is dit wat je wilde?" eist ze.

"Uhm. Is het raar dat het best heet is?"

"Heel erg," zegt ze.

"Ach ja. Dat is het." En ik lieg niet eens.

Ze verslindt grijnzend haar eten en ze verontschuldigt zich om het vet van haar handen te gaan wassen.

Ik ga ook naar het toilet, in de veronderstelling dat ik, aangezien ze iets tegen vet heeft, mezelf beter van het mijne kan ontdoen om haar niet misselijk te maken als ik haar aanraak. Wacht, wat zeg ik allemaal? Je wilt sowieso geen vette handen.

Als ik weer aan tafel zit, is Brooklyn er, en de rekening ook.

Ik zucht. Ze heeft de helft van het geld neergelegd.

"Ik weet dat we geen etiketten op dingen plakken," zeg ik. "Maar we hebben wel gezegd dat dit een date was — en als ik iemand mee uit neem, dan sta ik erop om te betalen."

Haar uitdrukking wordt muitend. "En wanneer is het mijn beurt om jou mee uit te nemen?"

Grr. Ik was niet van plan om dit te doen, maar aangezien we op een date zijn nadat we de nacht samen hebben doorgebracht, is het het beste om hiervoor uit te komen.

"Ik heb liever dat het nooit jouw beurt is," zeg ik. "Maar niet omdat ik probeer een van die jongens te zijn. Het is meer omdat ik je mee wil nemen naar dure plekken waar meer dan hamburgers op het menu staan — plekken die voor mij triviaal zijn om te betalen, maar die jouw portemonnee kunnen belasten."

Ze gnuift. "Hoeveel verdien je met die Airbnb?"

"Dat is het niet alleen," zeg ik. "Of het land dat ik bezit. Mijn opa heeft me ook geld nagelaten — geld dat ik op een zeer geschikt moment in Octothorpe-aandelen heb geïnvesteerd."

Ze fronst en ze toont me haar slanke pols. "Ik heb een Octothorpe Glorp."

"Ah. Ja. Octothorpe maakt ook veel andere technologie," zeg ik. Dan, voor het geval ze het nog niet heeft gehoord, voeg ik eraan toe: "Hun aandelen zijn, nadat het bedrijf openbaar werd, exponentieel gegroeid. Ze zijn meer waard dan Apple, Google, Amazon en Microsoft samen. En ze hebben vroege investeerders hun cryptocurrency als een —"

"Ben je superrijk?" vraagt ze met grote ogen.

Ik haal mijn schouders op. "Wat wordt als *superrijk* beschouwd?"

Ze pakt met tegenzin haar geld op. "Een miljonair?"

"Ik weet eigenlijk niet zeker of ik nog steeds miljonair ben. Niet na de recente marktverschuiving."

Ik pak mijn telefoon om mijn portfolio te bekijken. "Yep. Blijkbaar ben ik net het territorium van de miljardair ingegaan."

Ze laat de biljetten die ze heeft opgepakt weer vallen. "Een miljardair?"

De kaasdame kijkt nadrukkelijk onze kant op.

Ik verschuif ongemakkelijk in mijn stoel. "Waarom zet je het niet op social media, als je toch bezig bent?"

"Sorry," zegt Brooklyn met een zachtere stem. "Ik probeer het gewoon te bevatten. Het is niet beledigend bedoeld, maar je lijkt helemaal geen miljardair."

Juist. Ze dacht dat ik loodgieter was. Plagend vraag ik: "Moet ik de verplichte privéjet kopen zodat je me gelooft?"

"Of een limousine," zegt ze. "Of een landhuis."

Ik pak haar geld op en geef het aan haar terug. "Ik heb het je al gezegd. Ik wil een eenvoudig leven. Een boerderij bij de oceaan. Dat is het wel zo'n beetje."

"Dat is gek," zegt ze. "Hoe kan iemand die al dit geld heeft het niet willen uitgeven?"

"Ik geef het uit," zeg ik. "Ik doneer aan goede doelen waar ik in geloof. Wanneer mijn vader of ik iets willen, koop ik zonder erbij na te denken, wat het ook is. Ik denk dat hij en ik gewoon niet echt veel nodig hebben om gelukkig te zijn, maar ik geloof dat dat ook voor iedereen geldt. Een persoon heeft gewoon een basisminimuminkomen nodig om al zijn rekeningen te betalen en zijn hobby's en dat soort dingen te doen, maar daarna doet meer geld niet veel meer." Ik haal diep adem voordat ik met een zachtere stem toegeef:

"Geen enkele hoeveelheid geld was in staat om mijn moeder te redden."

Shit. Waarom ben ik die kant opgegaan?

Er is medelijden in Brooklyns ogen, wat niet mijn bedoeling was. Maar dan bedekt ze mijn hand met de hare en dat voelt fijn. Het haalt me uit de tijdelijke funk waar ik in terecht ben gekomen.

"Dus." Ik schraap mijn keel. "Ga je me eindelijk laten betalen voor de dates waarop ik je meeneem?"

Ze knikt. "Maar op één voorwaarde: je moet me je huisdieren laten trimmen als bedankje."

Ik krimp ineen. "Natuurlijk, maar alleen Harry. Sally zou je aderen opensnijden als je het probeerde."

Ze gaat rechtop zitten. "Laat mij me maar zorgen maken over Sally."

"Dat" — ik laat een prop geld op tafel vallen — "zijn beroemde laatste woorden."

"Ik ben ergens nieuwsgierig naar," zegt Brooklyn als we beginnen te rijden. "Maar het is geen beleefde vraag."

Ik kijk naar haar. "Is het beleefd om iemand te plagen zoals je nu doet?"

"Goed dan. Je bent aantrekkelijk."

"Bedankt," zeg ik met een grijns.

"En obsceen rijk," voegt ze eraan toe.

"En?" Ik denk dat ik weet waar dit heen gaat.

"Waarom ben je vrijgezel?" eist ze en bevestigt mijn

vermoeden. "Als ik denk aan 'miljardair', dan denk ik aan 'mooie dames'."

Ik grijns. "Zoals jij."

"Ik meen het," zegt ze, maar ze ziet er niet erg serieus uit.

"Mijn rijkdom is niet echt een variabele als het om mijn datingleven gaat," zeg ik. "Ik deel dat feit niet met veel mensen, maar vooral niet met vrouwen."

Behalve deze.

Ze kijkt me opnieuw aan alsof ik buiten de gebruikelijke locatie een pik heb gekweekt. "Waarom niet?"

"Ik ben niet in vrouwen geïnteresseerd die een man om zijn geld willen," zeg ik.

"O." Ze krabt aan haar hoofd. "Dat is wel logisch."

Moet ik haar over mijn onvermogen vertellen om iemand een kind te geven? Ik betwijfel of er zich een betere kans zal voordoen. "Waarom ben *jij* vrijgezel?" vraag ik in plaats daarvan. "Je bent slim, grappig, aantrekkelijk en —"

"Probeer niet van onderwerp te veranderen," zegt ze.

"Hetzelfde geldt voor jou."

"Laat maar. Ik heb net ontdekt waarom je vrijgezel bent. Je bent een eikel."

"Huh. Ik denk dat het voor jou het tegenovergestelde is."

Mijn wenkbrauw stelt de voor de hand liggende vraag.

"Jouw mooie kont is de reden waarom ik niet kan geloven dat je vrijgezel bent."

Ze grinnikt, maar stuurt het gesprek in een andere richting, wat ik prima vind. In plaats daarvan, heb ik tegen de tijd dat we mijn gemeenschap bereiken, ontdekt dat ze mensen in termen van de hondenrassen beschrijft waarop ze lijken, en ik heb haar verteld hoe gemakkelijk ik hangry word — zoals tijdens onze eerste ontmoeting.

"Ja, dat krijg ik als ik ongesteld ben," flapt ze eruit, terwijl we naar mijn oprit rijden. "Wat die dag het geval was."

O. "Dat verklaart de dingen."

Haar ogen worden klein. "Wat wil je daarmee zeggen?"

Ik zet de auto in de parkeergarage, spring eruit en open de deur voor haar. "Ik maak maar een grapje."

Ze pakt mijn aangeboden hand. "Ik ook."

Als we elkaar aanraken, speelt er een montage van de gebeurtenissen van gisteravond door mijn hoofd (of is het in mijn pik?). En ik ben meteen hard.

"Dus." Brooklyn kijkt naar het vakantiehuis en dan naar mijn huis. "Wat gebeurt er na een date zonder labels?"

"Dit." Ik claim haar lippen met een kus.

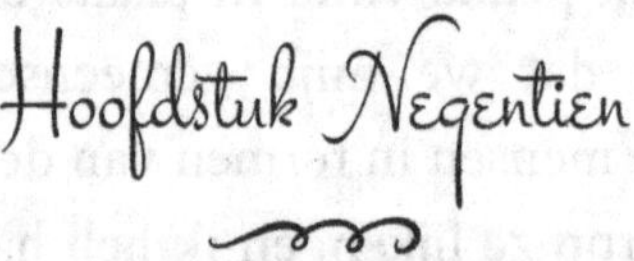

BROOKLYN

O hemeltje. Ik dacht dat de wodka de reden was waarom het gisteravond niet van deze wereld voelde om Evan te kussen. Hoe had het anders zo goed kunnen zijn? Maar vandaag ben ik zo nuchter als maar kan en dit is nog steeds de beste kus van mijn leven. Een ruïnerende kus ook, wat klote is, want labels of niet, wat dit ook is dat we niet labelen, zal van korte duur zijn.

Na wat als een uur van gelukzaligheid voelt, trek ik me terug en kijk ik verwachtingsvol naar Evan op. Aan de ene kant wil ik uitgenodigd worden, maar aan de andere kant wil ik —

"Wil je Harry nog steeds trimmen?" Evan raakt afwezig zijn lippen aan.

Huh. Ik raap mezelf weer bij elkaar, omdat het klinkt alsof ik op een professionele manier nodig ben. "Ik wil Harry *en* Sally trimmen."

Hij schudt zijn hoofd. "Alleen de hond. Je hebt niet nog een ritje naar het ziekenhuis nodig."

"Zal ik Sally morgen en Harry vandaag doen?" stel ik voor. Ja. Goed bedacht. Dat geeft me meer tijd om Evan vanavond te doen, als het zover komt.

"Afgesproken." Evan pakt mijn hand en leidt me naar zijn voordeur, waardoor er iets in de buurt van mijn slipje begint te smelten — iets wat ik nog nooit eerder voor het trimmen van een huisdier heb gevoeld.

Als de deur opengaat, worden we opgewonden door Harry begroet.

"Hé, maatje." Evan laat mijn hand los en gaat door Harry's vacht. "Je staat op het punt om verwend te worden."

Ah. Het trimmen, juist. Dat was het voorwendsel om hierheen te komen. "Hoe was je Harry meestal?" vraag ik aan Evan.

Evan grijnst. "Met de tuinslang, buiten. Of onder een van die douches op het strand. Maar hij beschouwt in bad gaan als een traktatie, dus ik denk dat dat in dit geval de manier is om voor te gaan."

Aha. In bad. "Wil je me helpen?"

Evan knikt. "Kom op, vriend, laten we je in bad doen."

Harry is zo blij dat je zou denken dat Evan hem heeft verteld dat hij net een pindakaasfabriek heeft geërfd.

Zodra we Harry in bad zetten en de douche aanzetten, ziet de hond er gelukzalig uit — maar dan begint hij zich uit te schudden, iets waar zijn soort zo goed in is.

Evan lacht. "Dit is de reden waarom ik dit niet vaak doe."

Ja. Evan en ik zijn nu nat, en ik dankzij Evans uitpuilende spieren die door zijn natte shirt gluren, in meerdere betekenissen van het woord. Mijn eigen shirt is doorweekt en daardoor doorschijnend, wat Evan duidelijk opmerkt en wat hij leuk vindt om te zien. Het is dat, of hij moet tijdens al zijn verzorgingssessies een vrij grote zaklamp bij zich hebben.

Ik knars op mijn tanden en doe mijn best om tijdens het wassen professioneel te blijven.

Nee. Dit komt niet eens in de buurt van professioneel. Evan is zo schattig met zijn viervoeter dat het me aan het enige doet denken dat Reagan nog nooit heeft meegemaakt — het hebben van een vader. En me Evan in de rol van een vader voorstellen is een slecht, heel slecht idee.

Opmerking voor jezelf: vermijd het doen van dergelijke huiselijke onzin met avontuurtjes of mannen met wie men dingen doet zonder labels. Toegegeven, dit is een vrij nutteloze opmerking, omdat ik normaal gesproken niet geïnteresseerd ben in avontuurtjes of labelloze whatevers.

Als het baden voorbij is, maar voordat we hem goed kunnen afdrogen, rent Harry door het huis alsof hij in brand staat in plaats van dat hij nat is, en Sally kijkt met een sinistere uitdrukking naar zijn capriolen die lijkt te zeggen: "Ga je gang. Probeer me maar nat te maken. En zie wat er gebeurt."

Hmm. Zou Sally ongevoelig kunnen zijn voor mijn kattentrucs? Whatever. Voor nu moet ik met Harry afrekenen, dus ik vang hem met Evans hulp en begin zijn vacht te ontwarren.

"Wauw," zegt Evan als het me lukt om Harry van een stuk kauwgom te ontdoen dat een jaar lang in zijn vacht vast had gezeten. "Je bent de beste trimmer die ik ooit heb ontmoet."

Hé, misschien was het de moeite waard om mezelf naar een natte hond te laten ruiken. "Harry lijkt vrij van parasieten te zijn. Wil je me helpen om zijn nagels te knippen?"

Evan stemt ermee in, dus we doen Harry's manipedi en poetsen dan samen zijn tanden.

"Je adem ruikt geweldig," zegt Evan achteraf.

"Bedankt," zeg ik.

"Ik had het tegen Harry," zegt Evan met een grijns. "Maar die van jou ruikt nog beter."

Voordat ik kan antwoorden, besluit Harry dat het compliment een geweldig excuus is om Evan een hondenkus te geven.

Hé. Niet eerlijk. Ik had hetzelfde idee. Hoewel misschien met minder tong.

Als hij klaar is met het zoenen van zijn hond, kijkt Evan me schaapachtig aan. "Ik ga mijn tanden poetsen... gewoon voor het geval dat."

"Ik vind hondenkusjes niet erg." Om mijn punt te bewijzen, laat ik Harry er mij een geven.

"Nou," zegt Evan. "Ik eigenlijk wel, dus..."

"Dit komt van de man die me aansprak over vette handen?"

Evan rolt met zijn ogen. "Ik ga mijn tanden poetsen. Jij hoeft dat niet te doen."

"Nee, dat zal ik wel doen," zeg ik grootmoedig.

"Dank je." Evan gebaart naar me om hem te volgen en leidt me naar zijn slaapkamer.

Als ik zijn bed zie, slaat mijn hart een paar slagen over.

We lopen samen de badkamer in en poetsen onze tanden — nog een klein beetje huiselijkheid waardoor iets in mijn borst pijn begint te doen.

Verdomme. Hoe kan iemand zijn tanden zo sexy poetsen? Gezien het doel van de activiteit, zou je denken dat het hoogstens praktisch zou zijn.

Ik concentreer me met moeite op het verwijderen van hondenbeestjes in mijn mond, maar ik kan het niet helpen om Evans blik een paar keer in de spiegel op te vangen. Een blik die moeilijk te ontcijferen is.

"Mag ik je douche gebruiken?" Ik gebaar naar mijn natte kleren. "En misschien iets om aan te trekken?"

Deze keer is Evans uitdrukking een stuk duidelijker. "Natuurlijk..." Zijn stem is hees. "Heb je hulp nodig bij het inzepen van je rug?"

Voordat ik dit goed in overweging kan nemen, is mijn hoofd al bevestigend aan het knikken.

Evan begint zich met een scheve glimlach op dezelfde opzichtige manier uit te kleden als gisteren na het verliezen bij Scrabble.

Ik kijk helemaal tot het einde met een open mond naar de show, waar vitamine D zijn zeer grote comeback maakt.

"Jouw beurt." Evan draait zich om en loopt naar de douche.

O hemeltje. Evans krachtige rug en gespierde kont zijn overheerlijk. En poesje bevochtigend.

Evan zet de douche aan.

Ik realiseer me dat ik de hele tijd niet met mijn ogen heb geknipperd, dus ik sta mezelf toe om zo langzaam als een kat te knipperen.

Evan draait zich naar me terug en fronst. "Luister, Brooklyn, als je niet wilt —"

Ik ruk mijn shirt met zo'n haast van mijn lichaam dat je zou denken dat hij giftig is en niet met water doordrenkt is.

Terwijl ik de rest uitdoe, worden Evans ogen steeds donkerder. Nadat ik mijn slipje naar beneden heb geschoven, sluit hij de afstand tussen ons en geeft hij me nog een verbijsterende kus. Dan, zonder mijn lippen los te laten, draagt hij me onder de douche.

Als het hete water mijn huid raakt, maken hormonen de komende seconden dingen een beetje wazig. Er gaan zeker veel handen met zeep over mijn hele lichaam: een op mijn linkerborst, de tweede op mijn onderrug, de derde tussen mijn —

Wacht. Derde?

Ah, natuurlijk. Dat ben ik, die stevig op mijn clitoris drukt.

"Heel goed," zegt Evan. "Laat jezelf voor me klaarkomen."

Ik weet niet zeker of het zijn woorden zijn of de opgekropte seksuele energie door zo lang bij hem in de buurt te zijn geweest, maar een krachtig orgasme explodeert in mijn kern, waardoor mijn benen beginnen te trillen. Gelukkig is Evan er om me overeind te houden.

"Goed gedaan." Hij legt mijn hand op de tegels rechts van me. "Zorg ervoor dat je niet valt."

Ja. Goed idee. Wacht, waar gaat hij —

"Ik wil je proeven." Hij gaat met zijn tong over mijn lichaam terwijl hij op zijn knieën gaat zitten.

O, fuck.

Hij pakt mijn kont vast terwijl zijn tong over mijn nog overgevoelige clitoris schiet.

Ik pak die tegelmuur voor alles wat ik waard ben vast en pak Evans haar met mijn andere hand om mezelf stabiel te houden.

"Precies zo," zegt hij in mijn poesje en de trillingen brengen me op het randje van een nieuw orgasme.

Ik ben er bijna als Evan langzamer gaat. Dan gaat hij weer sneller.

"Nee," zeg ik, naar adem snakkend. "Niet plagen!" Ik trek hem waar ik hem wil hebben, en tjonge, wat snapt hij de boodschap. Hij maakt zijn tong plat, drukt hem tegen mijn geslacht en trekt me naar zich toe, met zijn vingers die in mijn billen graven.

"Fuck," kreun ik terwijl ik in zijn mond stuiptrek.

Hij gaat weer staan. "Nu moet ik echt je rug inzepen."

O? Terwijl Evan achter me gaat staan, prikt vitamine D me heel intrigerend in mijn linkerbil. Dan begint Evan mijn rug in te zepen, waardoor het officieel wordt: overal waar hij me aanraakt, wordt het een erogene zone.

Als mijn rug klaar is, richt Evan zijn aandacht op mijn kont — wat geweldig voelt... tenminste totdat een zeepachtige vinger zachtjes in het midden cirkelt.

"Vind je dat lekker?" fluistert hij in mijn oor.

"Wat?" zeg ik naar adem snakkend.

Hij schuift het topje van zijn vinger in mijn achterste opening. "Dit?"

"Ik weet het niet." Ik ben geïntrigeerd, maar ik ben tegelijkertijd bang. "Maar ik heb het nog nooit anaal gedaan, als dat is wat je vraagt."

Tot deze vakantie had ik niet gedacht dat ik het ooit zou overwegen, maar iets aan Evan haalt de avonturier in me naar boven. Bijvoorbeeld: tot gisteren dacht ik niet dat ik ooit strip-Scrabble zou spelen. Niet dat deze twee dingen op dezelfde golflengte zitten. Anaal is—

"Laat me iets proberen," mompelt Evan en hij likt aan mijn nek.

Oké. Dat is fijn. Dat vind ik zeker fijn. Meer dan fijn.

Hij plaatst me zachtjes met mijn benen gespreid naar de muur, met beide handen op de tegelmuur — alsof hij me van achteren zou kunnen gaan neuken.

Mijn hartslag schiet omhoog.

Gaat hij vitamine D gewoon in mijn kont steken? Zou ik geen grote hoeveelheden glijmiddel nodig hebben voordat ik probeer om —

Nee. Evan knabbelt zich een weg langs mijn schouderbladen naar beneden.

Wacht. Gaat hij —

Yep. Evan laat zijn handen langs de zijkanten van mijn lichaam glijden, likt langs mijn ruggengraat, zijn tong passeert mijn stuitbeen en glijdt langs de plooi tussen mijn billen naar beneden totdat zijn tong eindigt waar zijn vinger net was, terwijl hij mijn heupen vastpakt.

Mijn hele lichaam wordt roodgloeiend en tintelt met gelijke delen van schaamte en opwinding. De eigenlijke sensatie kietelt, maar is fijn. Het is de wetenschap van wat hij doet waardoor mijn hart bonst en mijn wangen branden. En mijn billen.

Hij maakt een brede cirkel met zijn tong. Dan een kleinere cirkel.

Er borrelt een giechel op in mijn keel.

Evan laat mijn rechterheup los en streelt mijn clitoris met het topje van zijn vinger.

Het gegiechel dooft uit, en wordt door een groeiende spanning vervangen.

Na voltooiing van zijn kleinste cirkel tot nu toe, schuift Evan het puntje van zijn tong in mijn opening — net op het moment dat de vinger die op mijn clitoris zat mijn poesje binnengaat.

Ik snak naar adem terwijl mijn lichaam zich

aanspant en alle eerdere sensaties intensiveren, waarbij het genot de verlegenheid met een ruime marge wint.

Zijn tong en vinger gaan dieper naar binnen, in en uit, in een steeds sneller ritme.

Er ontsnapt een kreun aan mijn lippen.

Het ritme wordt intenser.

"Ja!" Ik grijp de tegels voor alles wat ik waard ben.

Aangemoedigd door mijn geschreeuw begint Evan mijn kont serieus met zijn tong te neuken, net zoals zijn vinger genadeloos lokaliseert wat mijn g-spot moet zijn — omdat er een intense uitbarsting van genot in me ontploft, waardoor ik klaarkom terwijl ik zijn naam schreeuw.

"Je bent geweldig," zegt Evan. "Draai je nu naar me toe en leun tegen de muur."

Ik ben te overweldigd om domme vragen te stellen als "Waarom?" of "Wat ga je nu met me doen?". In plaats daarvan kijk ik hem aan en kijk gebiologeerd toe hoe hij aan vitamine D trekt, totdat hij over mijn buik komt.

En zomaar ineens ben ik klaar om weer te gaan. Het heeft iets te maken met de warmte van zijn zaad op mijn huid, de uitdrukking op zijn gezicht en —

Evan pakt de douchegel en wast mijn buik schoon, dan mijn borsten, met veel aandacht voor mijn tepels.

Ik ben niet alleen klaar om te gaan — ik hunker naar nog een orgasme zoals een junkie naar haar volgende fix hunkert.

"Hier." Evan zet de douche uit en brengt een vinger

naar mijn mond. "Ik heb wat glijmiddel nodig voor het volgende ding dat ik wil proberen."

Welk ding? Mijn mond is een beetje droog als ik aan de aangeboden vinger zuig, maar mijn poesje is allesbehalve.

Evan gaat weer op zijn knieën zitten en herhaalt zijn dubbelvoudige meesterwerk, maar met één cruciaal verschil: het puntje van de vinger waar ik net aan heb gezogen gaat mijn kont in.

Er ontsnapt weer een kreun van mijn lippen en mijn ogen rollen achter in mijn hoofd. Zijn vinger voelt heel anders aan dan zijn tong, maar ook lekker, op een hete, vieze manier. Het is harder en duidelijk dikker — een hint van hoe vitamine D zou aanvoelen.

Over Evans tong gesproken, hij is slim genoeg om een orgasme-gerelateerd patent bij de USPTO in te dienen. Het geeft me zo'n goed gevoel dat ik met mijn kont op Evans vinger ga zitten, tot hij er tot de tweede knokkel inzit en ik geniet van elke millimeter.

"Kom." Evans commando stuwt mijn opkomend orgasme over de rand, en ik doe wat hij zegt, me als een Chinese val om Evans vinger klemmend.

Evan haalt zijn vinger eruit, kust mijn nek en fluistert dan in mijn oor, "Hoe was dat?"

"Ongelooflijk." Het is het understatement van de eeuw. De waarheid is dat als we een paar maanden de tijd hadden om te doen wat we vandaag doen, ik denk dat ik anaal zou kunnen doen — maar helaas hebben we nog maar een paar miezerige dagen over en ik ben van plan om vitamine D zo vaak als ik kan uitsluitend in mijn poesje te hebben.

Evans glimlach is pure mannelijke voldoening. "Zal ik je haar wassen?"

"Ja hoor." Ik hoop dat verwend worden de rare post-climax malaise die me net is overkomen zal omkeren, en dat doet het tot op zekere hoogte ook. Een veel betere redder voor mijn humeur is de slaperigheid die mijn lichaam in natte papier-maché verandert.

"Breng me naar bed," smeek ik Evan als het schuim van mijn lichaam is verdwenen. Om mijn verzoek duidelijk te maken, begin ik te gapen. Heel hard.

Evan neemt me knikkend mee uit de douche, droogt me af en wikkelt zich op het bed om me heen — dat is wanneer ik in slaap val.

Als ik wakker word, ligt Evan niet bij me in bed en is zijn kant koud.

Nou, ik ga deze keer niet doordraaien. In plaats daarvan pak ik het briefje op het nachtkastje.

Ik ben ontbijt gaan halen. Ik ben om 11 uur terug.

Elf uur? Ik kijk op mijn telefoon. Het is tien uur. Ik weet dat het gek is, maar ik ben er trots op dat ik wakker ben geworden, terwijl het nog steeds als ochtend wordt beschouwd. En ik ben veel frisser dan toen ik gisteren tot bijna twaalf uur had geslapen. Ik denk dat minder drinken je meer rust geeft, net als meerdere orgasmes.

Bij de gedachte aan de genoemde orgasmes, bloos ik en sta op.

Nadat ik mezelf toonbaar heb gemaakt, loop ik naar de keuken om Evan te begroeten als hij terugkomt. En daar zie ik een interessante scène: de kat miauwt nadrukkelijk naar de schuifdeur. Harry walst erheen, klauwt naar het vergrendelingsmechanisme en ontgrendelt hem. Hij schuift de deur dan met zijn neus een klein beetje open, maar het is alles wat Sally nodig heeft om haar hoofd er doorheen te wurmen, wat ze ook doet. Zodra ze op de afgeschermde veranda staat, doet Harry de deur achter haar dicht, alsof er niets is gebeurd.

"Is dit hoe Sally in mijn vakantiehuis komt?" vraag ik streng aan Harry.

Harry kwispelt met zijn staart, zijn ogen glanzen van schijnbaar oprechte onschuld.

"Maar dat kan niet," zeg ik. "Tenzij je met haar meegaat om de deuren bij mij thuis te openen?"

Harry houdt zijn hoofd schuin.

"Laat maar." Ik doe de deur naar de veranda weer open en probeer Sally terug het huis in te drijven.

Ja, nee. Er is een goede reden waarom we onmogelijke taken met het hoeden van katten vergelijken. Het is een nachtmerrie.

Naar de keuken terugkerend, rommel ik door alle laden totdat ik de jackpot vind: droge catnip in een zak.

Mijn grijns is kwaadaardig als ik het spul klaarmaak. Als Sally een van de vele katten is die op nepetalacton reageren —wat een geweldig woord voor Scrabble is en toevallig de chemische stof in catnip is die katten high maakt —dan krijg ik haar niet alleen terug in huis, maar dan zal ik haar waarschijnlijk ook kunnen trimmen zonder mijn leven en ledematen te riskeren. Ik zou haar waarschijnlijk de vloek van het bestaan van elke kat kunnen laten gebruiken: een transportmand.

Met het aas gewapend, loop ik de veranda op. "Hé, poesje. Je vriendelijke drugsdealer is er."

Yep. Sally is duidelijk al een junkie, wat logisch is. Waarom zou Evan het anders in huis hebben? Aan de andere kant, als hij dit heeft, waarom kan hij het dan niet gebruiken om Sally een bad te geven?

Ik ontdek al snel het waarom. Hoewel Sally catnip genoeg wil om naar het huis terug te keren, wil ze het niet graag genoeg om in de buurt van het bad te komen. Het enige wat ik met de catnip kan doen, is haar vacht op een paar plaatsen borstelen en knippen — wat nog steeds trimmen is.

"Ik denk dat het maar goed is dat je niet echt een bad nodig hebt," zeg ik tegen Sally als ze bij mijn laatste poging om haar te wassen blaast. "Niet tenzij je in koude soep valt, zoals een van de katten van mijn cliënt heeft gedaan."

"Je hebt geluk dat ze haar klauwen niet heeft gebruikt," zegt Evan van achter me. "Ik had je al gezegd dat ze niet van in bad gaan houdt."

Ik draai me om. "Ik heb je niet terug horen komen."

"Het spijt me." Hij zet een boodschappentas op tafel.

"In mijn verdediging, ik deed niet stiekem — je was gewoon zo druk bezig met het trimmen van Sally dat er een olifant naar binnen had kunnen vallen."

"Een sexy olifant." Wacht, wat?

Evan fronst. "Bedankt?"

"Wat hebben we voor het ontbijt?" eis ik chagrijnig.

Evan vertelt het me en bereidt dan een omelet in Japanse stijl terwijl ik kijk en kwijl.

Als we beginnen te eten, staar ik naar zijn mond en vraag me af of hij altijd zo fascinerend was. Ik bloos ook elke keer als ik een glimp van zijn tong zie, omdat het me aan de vieze dingen doet denken die hij er gisteravond mee heeft gedaan. Dingen die —

"Wat had je in gedachten?" Evan schenkt wat thee voor me in.

"Ik ben nog niet klaar voor anaal," flap ik eruit. "Niet snel in ieder geval."

"Goed om te weten." Evan grijnst. "Maar ik vroeg naar je gedachten over of we vandaag naar St. Petersburg of Miami moeten rijden."

Zelfs toen hij gisteravond met mijn kont speelde, denk ik niet dat mijn wangen *deze* tint rood zijn geworden.

"Beide zijn prima," mompel ik en ik wil wel door de vloer zakken. "Aan jou de keuze."

"Zullen we dan maar naar Sint-Petersburg gaan?" zegt Evan. "We kunnen daar langs het Salvador Dali-museum gaan. Mijn grootvader was een grote fan van hem, dus wie weet, misschien zal dat je op de een of andere manier helpen om een aanwijzing te krijgen."

Een aanwijzing krijgen is wat ik moet doen voordat ik het weer over gereedheid voor anaal heb. "Waar hield je opa nog meer van?"

Evan staat op. "Mag ik het je onderweg vertellen?"

"Natuurlijk. Heb je fotoalbums of iets anders met betrekking tot je grootvader?"

Hij grijnst. "Als je babyfoto's van mij wilt zien, zeg dat dan gewoon."

Ik rol met mijn ogen en help hem de vaatwasser te vullen — een andere huishoudelijke taak die me een onrustig gevoel geeft. Daarna ga ik langs mijn huis om me om te kleden en als ik bij hem in de auto zit, geeft hij me een fotoalbum.

Bingo! Er zijn superleuke babyfoto's van Evan. Op sommige staat hij samen met zijn moeder, en op andere met zijn vader — op wie hij nogal veel lijkt. Ik weet hoeveel zijn moeder voor hem betekent, dus stel ik vragen over de herinneringen die op deze foto's zijn vastgelegd, en hij vertelt me alles over de vele speciale momenten die hij met haar heeft gedeeld toen hij opgroeide. De foto's van zijn opa zijn hier een minderheid, maar ik vind er wel een paar, waaronder eentje op een formeel evenement waar hij Evan knuffelt.

Verdomme. Ik begin te watertanden als ik Evan in een smoking, met een stropdas en wat op een obsceen duur horloge om zijn pols lijkt, in me opneem.

Als je naar dit plaatje kijkt, dan is het gemakkelijk om te geloven dat Evan een miljardair is, wat grappig is, omdat ik denk dat hij dat ten tijde van dit evenement niet was.

Is het oppervlakkig dat ik Evan door deze foto nog leuker vind? Betekent dit dat ik het leuk vind dat Evan miljardair is? Dat zou me een van de geldwolven maken die hij heeft vermeden — nog een reden voor ons om niet samen te zijn; niet dat we meer nodig hebben.

Eigenlijk moet ik niet zo streng zijn tegen mezelf. Ik geef niet *echt* om zijn geld. Ik vind hem gewoon heet in een pak, om nog maar te zwijgen van mijn perceptie dat ik nu beïnvloed ben door wat er in de douche is gebeurd. En tijdens alle dates. En de —

"Hebben de foto's aanwijzingen opgeleverd?" vraagt Evan.

"Niet echt," zeg ik, terwijl ik terugkom in de realiteit.

"Ach, ja," zegt hij. "Het was het proberen waard."

Ik sluit het album. "Kun je me iets over je opa vertellen?"

Hij concentreert zich. "Ik heb mijn liefde voor de oceaan van hem gekregen."

"Deed hij ook aan surfen?"

Evan schudt zijn hoofd. "Hij hield ervan om naar de golven te kijken. Het kalmeerde hem."

De rest van de rit vertelt hij me over zijn grootvader, maar niets geeft me echt aanwijzingen. Wat ik in plaats daarvan krijg, is pijn in mijn borst. Ik ben al zeven jaar van mijn familie vervreemd, maar zelfs daarvoor heb ik nooit zo'n goede band met hen gehad als Evan met zijn grootvader. En met zijn vader. En met zijn moeder.

"We zijn er." Evan draait een parkeerplaats op en we maken een wandeling door de prachtige tuinen — een van de oudste toeristische attracties langs de snelweg in de VS.

Terwijl we over het terrein lopen, vecht mijn plezier over de dag met frustratie, want nogmaals zijn er geen aanwijzingen. Bovendien trekt een dubbele dosis schuldgevoel aan mijn ingewanden. Ten eerste zou Reagan echt van deze plek hebben genoten. Ten tweede heb ik Evan nog steeds niet over Reagans bestaan verteld.

"Misschien vinden we wat in Miami?" suggereert Evan als ik mijn ergernis over het gebrek aan aanwijzingen uit.

"Misschien."

Hij gebaart naar de natuur om ons heen. "Was deze plek niet de moeite waard om te bezoeken, zelfs hoewel er geen aanwijzingen zijn?"

Ik neem het groen van de planten en het roze van de flamingo's in me op. "Het is een mooie plek, maar —"

"Geen gemaar. " Evan pakt mijn hand. "Laten we er nog een keer doorheen gaan en de aanwijzingen gewoon vergeten."

In het begin loop ik om hem een plezier te doen, maar al snel vergeet ik de schattenjacht en begin ik het gevoel te krijgen dat ik op een van de beste dates van mijn leven ben.

"Wil je gaan zitten?" Evan gebaart naar een bankje dat verloren lijkt te zijn in het groen.

Gaan zitten? We hebben geloof ik wel een tijdje gelopen. Ik kijk naar mijn tracker om te zien hoeveel stappen ik al heb gezet, en het zijn er maar liefst tienduizend.

Mijn Precious, je majestueuze bilspieren worden op dit moment steviger en je dijen worden keihard. Je produceert over het hele heilige heiligdom dat je lichaam is ook rijk zweet en verrukkelijk melkzuur.

Ik denk dat ik mijn voeten wel even kan laten ontspannen.

Ik plof op de bank en Evan komt naast me zitten.

Wacht. Gaat hij —

Hij slaat zijn arm om mijn schouders, zijn nabijheid is bedwelmend.

"We lijken alleen te zijn," mompelt hij, zijn lippen strelen verleidelijk langs mijn oor.

Ik scan het verharde pad in beide richtingen. Het is waar dat we op dit moment alleen zijn. Maar waarom heb ik het gevoel dat hij iets heel stouts in gedachten heeft dat —

Zijn lippen drukken op de mijne.

Daar heb je het.

Ik zag het aankomen, maar dat maakt het niet minder heet — of welkom.

Terwijl zijn tong mijn mond onderzoekt, ervaar ik déjà vu. Ik heb een natte droom gehad die net zo begon, of ik heb in een film een stel op een tuinbank zien zoenen. Maar dan glijdt Evans hand tussen mijn benen en drukt hij door mijn yogabroek op mijn clitoris. Dat komt niet uit een film, dat is zeker. Niet tenzij het porno was.

Ik geef mijn hersenen de opdracht om iets over in het openbaar zijn te zeggen, maar in plaats daarvan ontsnapt er een zachte kreun uit mijn mond.

"Ja." Evan kust mijn nek. "Geef je over aan het gevoel."

Me overgeven? Het is meer alsof ik op het punt sta om van een klif af te vallen. Er begint een spanning in mijn kern op te bouwen en —

Een mannelijke parkmedewerker die op een Napolitaanse Mastiff lijkt, verschijnt op het pad in de buurt en hij fronst naar ons.

Al het bloed van mijn clitoris stroomt naar mijn gezicht terwijl ik overeind spring.

"Waarom nemen jullie geen kamer?" zegt de werknemer nors, met zoveel ergernis dat ik me afvraag of zijn baan toevallig is om potentiële geliefden van dit exacte bankje weg te jagen.

Evan staat tot zijn volledige hoogte op en torent boven de nieuwkomer uit. "Waarom let jij niet op je toontje?"

Is dit zoals die keer dat hij boos was op dr. Hugo? Heeft het iets met het Y-chromosoom te maken?

"Ik denk dat je moet gaan." De parkman reikt naar zijn walkietalkie alsof het een pistool is.

Voordat Evan nog iets mannelijks en daarom stoms doet, pak ik zijn hand. "Ik wil toch het Dali-museum zien," fluister ik in zijn oor. "Laten we maken dat we hier wegkomen."

Meteen kalmerend, knikt Evan en we gaan naar buiten.

"Hier." Ik haal voor Evan een Snickers bij de cadeauwinkel. "Ik denk dat je in een hangry humeur bent."

"Je hebt misschien een punt." Evan stopt de hele reep in zijn mond en kauwt, terwijl we in onze auto stappen. "Sorry daarvoor," zegt hij als we eenmaal onderweg zijn.

"Je hoeft je niet te verontschuldigen." Ik grijns. "Ik vind het vleiend dat je je handen niet van me af kunt houden."

"Ja." Zijn mondhoeken komen omhoog. "Ik raak gewoon *zo* opgewonden door hoe bescheiden je bent."

"Wil je nog wat eten halen om er zeker van te zijn dat je in het museum niemand vermoordt?"

Hij schudt zijn hoofd. "We zijn er bijna en ze hebben een heel leuk café."

Het blijkt dat leuk een understatement is. Café Gala, vernoemd naar de Russische vrouw die Dali's vrouw en muze was, biedt Spaans eten en een geweldige sfeer.

"Dit zijn echte tapas," zegt Evan als we wat te eten gaan halen. "Zie je hoe weinig ze op een Japans ontbijt lijken?"

"Nou, eet dan je tapas en snel." Ik gooi gekruide amandelen en gemengde olijven op zijn bord. "Je bent nog steeds te prikkelbaar naar mijn smaak."

"Ik pak je hiervoor terug," zegt Evan en propt dan zijn mond vol.

***

Nadat onze buik vol is, lopen we rond en kijken naar surrealistische kunst — een activiteit waar ik echt van geniet, hoewel meer dankzij Evans gezelschap dan enige echte waardering voor de nuances van Dali's werk.

Dan trekt een klein schilderij om de een of andere reden mijn aandacht. Daarin lijkt het lichaam van een vrouw naast een viool te smelten, springt er een paard uit een vat en kijkt een engel naar dit alles en wrijft hij in zijn ogen.

"Ah, deze," zegt Evan. "Je zou hem ondersteboven moeten zien."

Ik trek mijn blik weg van het schilderij. "Wat?"

"Dit stuk staat erom bekend dat het er helemaal anders uitziet als hij ondersteboven wordt gedraaid. De helft van de tijd hangen ze het op die manier op, en de andere helft van de tijd op deze manier — de inferieure manier."

Echt? Ik kantel mijn hoofd, maar het zijaanzicht laat me niet zien waar Evan het over heeft.

"Heb je hulp nodig?" vraagt Evan.

"Waarmee?"

Hij doet alsof hij een strandbal in zijn handen laat draaien — het is dat of hij is een gigantische koe aan het melken. "Je helpen om ondersteboven te komen. Zodat je het kunt zien."

Ik knipper met mijn ogen. "Kun je dat?"

Hij spant zijn biceps aan. "Wat, denk je dat ik niet sterk genoeg ben?"

"Dat is het niet..."

Hij loopt naar me toe. "Geniet ervan." Hij grijpt me met de ene arm om mijn knieën en met de andere om mijn buik, en dan, zonder enige moeite, heeft hij me als een idioot ondersteboven bungelen.

"Wat denk je ervan?" Hij tilt me een beetje op en wijst me op het schilderij. "Kun je het geheime plaatje zien?"

Hmm. Het smeltende gezicht lijkt meer op een gezicht en er zit een spin op haar wang, maar ik had dat kunnen zien als ik rechtop stond. Ik kreeg alleen de kans niet.

"Wat ben je aan het doen?" eist iemand.

Evan draait zich om, waardoor ik me een van de beveiligingsmensen zie — een dame die heel erg op een griffon bruxellois lijkt.

"Ik kijk gewoon ondersteboven naar het schilderij," leg ik nuchter uit.

De griffon bruxellois fronst. "Waarom?"

"Dit is een speciaal schilderij," leg ik uit.

"Nee. Dat is het niet."

Evan grinnikt.

Ik kijk hem boos aan en eis dat hij me neerzet, wat hij doet en vervolgens begint hij keihard te lachen.

"Gedraag je vanaf nu alsjeblieft met wat fatsoen," zegt de griffon streng.

"Sorry," zegt Evan. "Dat zal ze doen."

De griffon vertrekt.

Ik kijk Evan boos aan. "Niet cool."

"Ik zei toch dat ik je terug zou pakken," zegt hij met een grijns. "En dat heb ik gedaan."

"Whatever."

Hij grinnikt weer. "Je realiseert je dat je een foto van het schilderij had kunnen maken en *die* op zijn kop had kunnen zetten."

Ik sla hem op zijn schouder en loop weg om meer schilderijen te bekijken. Al snel hebben we geen kunst meer om naar te staren, dus we gaan naar buiten en verdwalen in een doolhof van heggen — en kussen als we het centrum vinden, hoewel Evan het deze keer netjes houdt vanwege de stemmen van kinderen in de buurt.

"Waar gaan we nu heen?" vraag ik als we het doolhof verlaten.

Hij haalt zijn schouders op. "Wil je het centrum bekijken?"

Dat wil ik, dus we gaan erheen voordat we een galerie bezoeken, gevolgd door een diner en een wandeling op het strand.

"De zonsondergangen zijn hier prachtig," zegt Evan. "De zon gaat onder in de oceaan."

"Ja, ja," zeg ik spottend. "Dit is al de meest romantische date van mijn leven. Nu overdrijf je het gewoon."

Wacht, mag ik het wel een date noemen met de hele 'geen labels'-toestand?

Evan glimlacht naar me, maar dan fronst hij naar iets aan zijn voeten.

Wat voor de duivel? Hij lijkt boos te zijn over een lege plastic waterfles. Hij mompelt een vloek en pakt de fles en een plastic schop op die een kind na het maken van zandkastelen moet hebben achtergelaten.

"Deze zonsondergang zal het niveau op de romantiekafdeling echt verhogen," zegt hij, terwijl hij onze wandeling hervat en hij het afval vasthoudt alsof er niets aan de hand is. "Ik garandeer het."

"Je hebt iets gemist." Ik wijs naar een ijsverpakking een paar meter verderop.

"Ah." Evan pakt de wikkel op. "Dank je."

"Een miljardair die ook als strandschoonmaker fungeert?"

Hij haalt zijn schouders op. "Ik ben liever dat dan een strandzwerver... een bijnaam die ik in het verleden heb gekregen."

Hij ziet iets in de verte, loopt er aandachtig heen en ik volg hem.

Het iets blijkt een vuilnisbak te zijn. Evan deponeert de troep trek erin, pakt dan een snoepverpakking op die naast de afvalbak terecht is gekomen en laat hem vallen waar hij had moeten zijn.

Als hij onze wandeling op het strand hervat alsof er niets aan de hand is, flap ik eruit: "Heb je OCS?"

Zijn huis *was* vrij schoon. Net als mijn vakantiehuis.

Hij schudt zijn hoofd. "Ik vind het gewoon niet leuk om de oceaan vervuild te zien worden, dat is alles."

Ah. Klinkt logisch nu hij het zegt. "Gezien je geld en zo, zou het niet logischer voor je zijn om mensen in te huren om de stranden schoon te maken in plaats van het zelf te doen?"

"Eigenlijk doe ik dat al," zegt hij. "Niet direct, maar via een aantal van de goede doelen waar ik aan doneer om dat te doen."

Nu hij me daaraan heeft herinnerd, ben ik nieuwsgierig naar de doelen die hij steunt, dus ik vraag hem er een tijdje naar. Zijn filantropie heeft een duidelijk patroon en zelfs als de oorzaak niet direct verband houdt met de oceaan, is het nog steeds zijdelings gerelateerd. Zo doneert hij aan onderzoeksprojecten die aan biologisch afbreekbare materialen werken.

"Wil je daar gaan zitten?" Evan wijst naar een ongerept stuk sneeuwwit zand.

"Heb je van tevoren gebeld en iemand gevraagd om deze plek op te ruimen?" Ik plof neer en geniet van het gevoel van warm zand op mijn tenen.

Terwijl Evan zich bij me voegt, zit hij zo dichtbij dat onze ellebogen elkaar aanraken — wat geile vlinders in mijn buik wekt... en ook lager. Ondanks alle blootstelling aan de zon die ik vandaag heb gehad, heb ik nog steeds wanhopig veel behoefte aan wat vitamine D.

"Dat is het paleis." Hij gebaart naar een kasteelachtige structuur achter ons. Bij mijn verwarde uitdrukking zegt hij, "Het is onderdeel van de duurste hotelketen ter wereld, dus dat deel van het strand is ongerept gehouden."

Voordat ik kan antwoorden, trekt de lucht mijn aandacht en het maakt me even sprakeloos. De ondergaande zon heeft de wolken met een glorieuze mix van paars en oranje beschilderd die meer thuishoort in een surrealistisch Dali-schilderij dan in de echte wereld.

"Je maakte geen grapje over de zonsondergangen," zeg ik, naar adem snakkend.

Hij slaat zijn arm om mijn schouders. "Het zou de rit waard zijn geweest om alleen dit al te zien, toch?"

"Ja." Maar ik zou die logica een paar stappen verder nemen. Het was de moeite waard om op vakantie te gaan — met een vlucht uit New York en alles — om dit moment van pure tevredenheid in Evans omhelzing te ervaren.

Maar dat speciale moment is vluchtig, want ik herinner me dat mijn vakantie zeer binnenkort ten einde loopt. En mijn tijd met Evan. En —

"Zo mooi," mompelt Evan.

Ik draai me om en realiseer me dat hij naar mij kijkt, en niet naar de zonsondergang.

Ik bevochtig mijn plotseling droge lippen. "Als je er niet al was geweest, dan zou ik het vermoeden hebben dat je in mijn broek probeert te komen."

Een charmante grijns is zijn antwoord. Dan sluit hij de kleine afstand tussen ons en claimt hij mijn lippen in een zinderende, hartstelende kus.

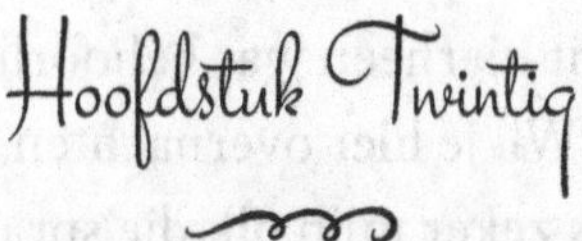

EVAN

Brooklyns lippen zijn misschien wel mijn favoriete ding aan haar, direct na haar eigenzinnige gevoel voor humor, haar liefde voor dieren, haar perfecte borsten, haar geweldige kont, haar roze —

Ze trekt zich terug van mijn kus en ik zie waarom: er komt een ouder echtpaar hand in hand langs de kust onze kant op lopen.

Verdomde schattige cockblockers. Met een lang en gelukkig getrouwd leven pronken en daardoor de vergankelijkheid van onze 'geen labels' benadrukkend.

Verdomme. Ik ben de hele dag van gelukkig naar zwaarmoedig en weer teruggegaan, en dat allemaal om de stomste reden: ik geniet echt, oprecht van mijn tijd met Brooklyn... die binnenkort vertrekt.

Waarom kan dit niet hetzelfde zijn als op een grote golf rijden? Als ik dat doe, dan leef ik in het moment en geniet ik ervan om een te zijn met de oceaan en de

223

wereld. Wat ik niet doe, is rouwen om het feit dat de golf op het punt staat te verdwijnen — omdat alle golven dat doen.

Brooklyn schraapt haar keel. "Moeten we niet teruggaan? De rit hierheen was behoorlijk lang."

Goed punt. "Wil je hier overnachten?"

Shit. Dat was zeker mijn pik die sprak.

"Waar?" Brooklyn kijkt rond alsof ik suggereer dat we hier op het strand gaan slapen.

En hé, als er geen oudere cockblokkende koppels waren en het zand niet naar de meest besloten plekken zouden kruipen, dan zou die optie behoorlijk romantisch zijn.

"Het paleis?" Ik wijs in zijn richting. Terwijl ik haar het idee probeer te verkopen, begin ik het idee steeds leuker te vinden. "Het is eigenlijk een heel coole plek, dus op deze manier proppen we nog een ervaring in deze toch al geweldige dag." Laat mijn pik me als een reisagent klinken? "En als we hier blijven, dan kunnen we er 's ochtends vroeg op uitgaan en voor de lunch in Miami zijn." Ja. Het is efficiënter voor de speurtocht. Mijn aanbod heeft niets te maken met het feit dat ik (en nog belangrijker, mijn pik) niet kan wachten tot de lange rit terug voorbij is om alleen met haar te zijn.

"Natuurlijk." Brooklyn staat op. "Laten we gaan."

Ik spring overeind alsof er net een zeeduivel uit de oceaan is gesprongen die mijn blauwe ballen bedreigt. Ik kan m'n geluk niet op. Toen ik voorstelde om naar het hotel te gaan, bedoelde ik na het verplichte wachten tot de prachtige zonsondergang voorbij was. Maar ik ga dit gegeven paard niet in zijn poesje kijken.

Ik bedoel bek.

Fucker.

Had dat gezegde altijd een ondertoon van bestialiteit?

Brooklyn pakt mijn hand en brengt me terug naar de realiteit. Haar handpalm is klein in de mijne, en zo zacht en warm, waardoor het maar al te gemakkelijk is om hem me voor te stellen op mijn —

"Heb je eerder in het paleis gelogeerd?" vraagt ze.

Ik knik. "Die in New York. Ik was daar voor een investeerdersconferentie die door Octothorpe werd georganiseerd."

Ze ziet er bedachtzaam uit. Stelt ze zich voor hoe het zou zijn geweest als ik haar had ontmoet toen ik op die conferentie was? Ze woont in Brooklyn, dus het was theoretisch mogelijk dat we elkaar daar hadden ontmoet. Ik had pizza gehaald bij —

"Ben je sindsdien nog in New York geweest?" vraagt ze.

"Twee keer. Op diezelfde conferentie ontmoette ik Mason — een drinkmaatje met wie ik videogesprekken voer. Als hij in Florida had gewoond, dan was hij waarschijnlijk mijn beste vriend geweest."

Ze grijnst. "Ik heb twee hele goede vriendinnen, en ik denk dat ze allebei denken dat ze mijn beste vriendin zijn, maar ik geef evenveel om ze."

"Om de Highlander enigszins te parafraseren: er kan maar één beste vriendin zijn."

Haar grijns wordt ondeugend. "Misschien moet ik Jolene en Dorothy zwaarden geven en ze voor de eer laten duelleren."

De rest van de weg naar het hotel vertelt ze me over haar vriendinnen en hoe ze haar deze reis als verjaardagscadeau hebben gegeven.

"Ik ben van gedachten veranderd," zeg ik tegen haar als we de deur van het hotel bereiken. "Ze verdienen allebei de naam van 'beste'."

"Mee eens," zegt ze en we gaan de hotellobby binnen, die een kopie blijkt te zijn van die in New York: dezelfde exotische vogels, dezelfde mix van verschillende Europese bouwstijlen en dezelfde dragers gekleed in capes, bicorns en opzichtige pantalons.

"Je had gelijk," fluistert Brooklyn. "Dit *was* het bezoeken waard."

Ik knijp zachtjes in haar hand, die ik nog steeds vasthoud.

Een verwaande conciërge kijkt naar het zand dat we de lobby in lopen — alsof hij al een miljoen keer mensen van het strand heeft zien terugkeren.

"Hallo," zeg ik tegen hem. "We willen graag een kamer."

De man kijkt me aan en lijkt niet onder de indruk te zijn. "We geven op dit moment geen kortingen."

Een vonk van ergernis kruipt in mijn door Brooklyn veroorzaakte hormoonoverdosis. Het voelt een beetje als wanneer ik op het punt sta hangry te worden, wat logisch is, omdat ik ergens honger naar heb — het is alleen geen eten. "Ik heb geen korting nodig," zeg ik koel. "Geef me gewoon de eerste beschikbare kamer."

De conciërge ziet er twijfelachtig uit, typt lui iets in zijn computer en kijkt dan weer op met de meest onechte verontschuldigende uitdrukking die ik ooit in mijn leven heb gezien. "Ik ben bang dat al onze *normale* kamers volgeboekt zijn."

Trekt mijn oog? "Waarom heb je de nadruk op 'normaal' gelegd? Zijn er 'speciale' kamers beschikbaar?"

"Nou, kamers zoals het penthouse zijn —"

"Ik neem hem.' Ik pak mijn portemonnee en zoek naar mijn creditcard.

De conciërge rolt met zijn ogen. "Het penthouse kost —"

Zijn woorden worden afgekapt als hij mijn American Express Black Card ziet.

"O." Zijn hele houding verandert in een oogwenk. "Wilt u niet de suite met het zwembad?"

"Ja."

"Wat dacht u van —"

"Stop met tijd te verspillen," snauw ik. "Ik neem de beste verdomde suite die er is. Nu." Ik gooi de kaart naar de man alsof hij een ninjaster is.

"Oké." Hij vangt de kaart met zo'n behendigheid dat ik me afvraag hoe vaak andere mensen kaarten naar hem hebben gegooid. "Ik zal u in de Royal suite boeken."

Brooklyn trekt een wenkbrauw naar me op, dus ik knipoog terug en mijn ergernis vervaagt.

Als we in de lift stappen, flapt ze eruit: "Er is iets mis met me."

"Waarom?"

Ze bloost. "Toen je naar die sukkel gromde, vond ik het een soort van heet."

"Viezerik," zeg ik met een glimlach. "Maar serieus, het spijt me. Ik ben meestal niet zo gemakkelijk boos te krijgen."

"Weet je het zeker?" Ze grijnst. "Wat als je weinig calorieën binnen hebt gekregen?"

"Nou, ik heb nu geen trek in eten." Ik leun naar voren en fluister in haar oor: "Maar ik heb wel honger."

Haar wangen worden hun diepste rood tot nu toe, wat mijn bedoeling was. "Ik denk dat ik daar ook honger naar heb."

Fuck mij. Mijn erectie is nu borderline pijnlijk.

Ik activeer de beestmodus, pak Brooklyn in mijn armen en kus haar ruw en diep, terwijl ik met mijn tong doe wat ik dolgraag met mijn pik wil doen.

Brooklyn smelt in me, haar zachte delen voelen glorieus aan op al mijn harde delen.

De lift lijkt te vertragen totdat hij kruipt — het is duidelijk een cockblocker, net als die oude mensen op het strand.

Als ik op het punt sta om te barsten, openen de deuren zich eindelijk naar de luxe suite, die voor mijn part een krot zou kunnen zijn, zolang er maar een bed was. Of een tapijt. Of een muur. Eerlijk gezegd zou zelfs een cementvloer werken zolang er geen oude mensen bij ons binnenvallen.

In onze hectische zoektocht om naakt te worden, gooien we kleren op de vloer terwijl we naar het bovengenoemde bed zoeken, en als we onze plek vinden, trekt Brooklyn zich terug van mijn kus om waarderend te fluiten. "Dit bed is enorm." Ze kijkt naar mijn harde pik en grijnst boosaardig. "Sorry, daar moet ik dat bijvoeglijk naamwoord voor reserveren. Het bed is gewoon enorm."

Ik trek haar zo dichtbij dat mijn pik de weelderige huid net onder haar navel raakt. "Probeer je mijn ego te strelen?"

Haar boosaardige grijns wordt duivels als Brooklyn naar beneden reikt en mijn pik één of twee keer streelt. "Doe het of doe het niet," zegt ze in een Yoda-imitatie. "Er is geen proberen."

Mijn pik trilt in haar hand en als ik hierna plotseling een fetisj voor Yoda-cosplay zou ontwikkelen, zou het me niet verbazen.

"O, ik ben niet van plan om het te proberen," mompel ik en ik staar naar haar. "Ik zal je zo hard nemen dat je mijn naam zult schreeuwen."

Haar antwoord is om me weer te aaien en lichtjes te knijpen terwijl ze dat doet.

Mijn ballen worden strakker — en zullen ongetwijfeld een blauwere tint krijgen. "Ga op het bed liggen," zeg ik nors. "En spreid je benen voor me."

Fucking fuck. Ik ben ons 'slechts' enorme bed dank verschuldigd, want om te doen wat ik zeg, moet

Brooklyn een paar meter op handen en voeten kruipen — en het is het meest erotische dat ik ooit heb gezien.

Ik maak met mijn onstabiele handen van alle opgekropte seksuele energie een condoom klaar en ik spring achter Brooklyn aan, of iets specifieker: achter haar verrukkelijke roze poesje aan.

Ik draai haar hebzuchtig om, zodat ze met haar gezicht naar boven ligt, dan lik ik aan haar clitoris en zuig aan haar plooien totdat ze met een luide kreun over mijn mond komt die door mijn pik en ballen galmt.

Oké. Als ik haar niet snel neuk, dan word ik misschien wel een seksmaniak. En toch, als om mezelf te martelen, penetreer ik haar met een vinger en haal er nog een orgasme uit — deze keer een schreeuwende.

Dit is het dan. Geïnspireerd door haar recente kruippartij op het bed, plaats ik haar in de hondenhouding en glijd van achteren in haar gladde poesje — en het is allesovertreffend, alsof ik die perfecte golf op een prachtige lentedag pak. Sterker nog, dit voelt te goed — ik sta op het punt om al te komen. Nee. Ik kan het niet zo snel loslaten, niet als de golf zo perfect is. Ik pak Brooklyns goedgevormde kleine kont en stoot langzaam, maar diep in haar.

"Ja," schreeuwt ze. "Ja!"

"Fuck..." Ik blijf het tempo aanhouden, smeer mijn wijsvinger met wat spuug en steek hem dan voorzichtig in haar kont.

Ze kreunt van genot.

Ik krom mijn vinger een heel klein beetje —
waardoor ik mijn pik in en uit haar voel gaan.

"Evan!" schreeuwt ze terwijl ze komt, terwijl ze in
zowel mijn pik als mijn vinger knijpt, wat me over het
randje duwt. Ik grom van genot terwijl het krachtigste
orgasme van mijn leven mijn zenuwuiteinde ontsteekt.

Daarna ben ik nauwelijks nog bij bewustzijn, wat
raar is, omdat ik meestal niet de stereotiepe man ben
die direct na de seks slaap nodig heeft.

Misschien is de slaperigheid evenredig aan hoeveel
genot je hebt gehad? Geen idee, maar het enige waar ik
de energie voor heb, is om Brooklyn te kussen en "Dat
was geweldig" te fluisteren, voordat ik als een kaars in
een onweersbui uit doof.

Ik word wakker van het hongerige gegrom van mijn
maag.

Als ik mijn ogen open, zie ik Brooklyn met een
geamuseerde uitdrukking naar me kijken.

"Dat klinkt als een noodgeval," zegt ze. "Als we je
niet snel te eten geven, dan kun je gek worden — of
wat het surfer-equivalent ook is."

"Doordraaien." Ik pak de chique telefoon op het
nachtkastje en bestel roomservice voor ons: een Japans
ontbijt voor mij en een Croque Madame, evenals een
Raspberry Pain au Chocolat, voor Brooklyn, die in de
stemming lijkt te zijn voor de Franse keuken.

Terwijl we onze ochtendroutine doen, kijk ik

stiekem naar Brooklyn, die nog maar half aangekleed is.

Er nestelt zich een zwaar gevoel in mijn maag. Na vandaag zijn er nog twee dagen van haar vakantie over, of eigenlijk maar één, want overmorgen vliegt ze naar —

"Roomservice!" schreeuwt iemand vanuit de top van zijn longen.

Ah. Juist. Ik doe een badjas aan en laat de bediende binnen, en kijk dan toe hoe hij alles klaarzet bij het zwembad op het balkon met uitzicht op de oceaan.

Nog een romantische maaltijd zal mijn malaise alleen maar verergeren, maar Brooklyn ziet er extatisch uit als ze zich bij me voegt, en dat zorgt ervoor dat ik al het andere vergeet.

Tijdens het heerlijke ontbijt vergelijken we om een onbekende reden onze favoriete lessen op de middelbare school, maar het gesprek neemt slechts een deel van mijn aandacht in beslag terwijl ik me over één eenvoudig ding blijf verbazen: we kennen elkaar nog geen week, maar ik heb het gevoel dat ik Brooklyn al mijn hele leven ken.

Hoofdstuk Eenentwintig

BROOKLYN

Ik zit in de problemen. Ik ben te veel van Evans gezelschap gaan genieten. Voorbeeld: de rit van vier en een half uur naar Miami voelt meer als een leuke roadtrip dan als een klus.

Voordat we onze bestemming bereiken, zegt Evan dat hij een snelle lunch wil pakken.

Terwijl we naar de plek rijden, zoek ik het online op en frons. "Dit is een restaurant met drie Michelinsterren."

"Daarom heb ik het gekozen." Evan parkeert de auto. "We hebben geen restaurants van dit kaliber in Palm Islet, dus ik wil nu het kan van deze gelegenheid gebruik maken."

Ik kijk van mijn vrijetijdskleding naar de zijne. "Ik denk niet dat we ervoor gekleed zijn."

"Het is lunchtijd. Ze verwachten niet dat je chique gekleed komt tot het avondeten."

Ik zucht. "Het klinkt ook gewoon prijzig."

Hij wuift mijn woorden weg. "Zelfs als ik elke dag duizend dollar in chique restaurants zou uitgeven, dan zou het nog steeds tweeduizend zevenhonderdveertig jaar duren voordat ik zonder geld zou komen te zitten."

Ik probeer mijn hersenen rond die rekensom te wikkelen en krijg hoofdpijn voor mijn moeite. "Goed dan. Laten we gaan."

Hij houdt de deur voor me open en ik stap naar binnen.

Yep. Het ziet er geweldig uit, als een restaurantversie van het hotel dat we net hebben verlaten. Onze serveerster lijkt echter precies op een poedel — een feit dat me in mijn vuist laat grinniken.

"Wat is er zo grappig?" vraagt Evan wanneer ze weggaat, nadat ze ons een tafel heeft gegeven.

Ik leg uit dat ik het extra grappig vind dat onze serveerster op een poedel lijkt.

"Waarom?" vraagt hij.

"Als ik aan een 'poedel' denk, dan denk ik aan 'Frans', wat de keuken hier is."

"Franse buldog klinkt meer Frans," zegt Evan. "Maar goed, ik vroeg waarom je mensen met hondenrassen vergelijkt."

Ik haal mijn schouders op. "Omdat ik van honden hou?"

Evan houdt zijn hoofd op een zeer hondachtige manier schuin. "Wat voor ras ben ik?"

Ik geef toe dat zijn ogen me aan een Siberische husky doen denken en zijn haar aan een golden retriever.

"Dat laatste is logisch," zegt hij. "Ik ben tenslotte de vader van een golden retriever."

Hij is echt een goede vader voor zijn pluizenbollen en als hij aan hen denkt in een vaderlijke rol, trekt hij weer aan iets onuitsprekelijks in mijn borst.

Ik doe mijn best om het van me af te schudden. "Volgens die logica zou je ook op de een of andere manier op Sally moeten lijken, maar dat is niet eens in de verste verte het geval."

Eigenlijk is hij net zo goed in het likken van lichaamsdelen als een kat — vooral mijn favoriete lichaamsdeel dat naar een kat is vernoemd.

En nu bloos ik.

"Dat doet me eraan denken. " Evan controleert iets op zijn telefoon, ontspant zich en kijkt me dan aan.

"Waar ging dat over?" Ik knik naar de telefoon.

"Ik heb Boone bij Harry en Sally laten kijken," legt Evan uit. "Dus ik heb net zijn laatste rapport bekeken. Hij heeft Harry al uitgelaten, met Sally gespeeld en ze allebei te eten gegeven."

Ah. Hij is misschien wel een betere vader voor zijn huisdieren dan dat ik een menselijke moeder ben, omdat ik Reagan vandaag helemaal niet heb gebeld, laat staan er zeker van te zijn dat iemand hem te eten heeft gegeven of met hem heeft gespeeld.

Ik voel me plotseling schuldig en excuseer me om naar het toilet te gaan en bel vanaf daar naar het kamp.

Een begeleider die zelf als een kind klinkt, vertelt me dat mijn zoon het te druk heeft met plezier te maken om aan de telefoon te komen en dat hij het goed doet in het kamp. "Zijn enige zorg lijkt te zijn dat hij eerdaags weg moet," zegt ze tot slot. "Heb je eraan gedacht om zijn verblijf te verlengen?"

"Dat heb ik niet," lieg ik. "Maar dat ga ik wel doen."

Ik hang zuchtend op. Het maakt niet uit of ik er 'over na zal denken' om Reagans verblijf te verlengen. Onze tickets terug zijn niet het type waarop je de datum kunt wijzigen. Ik zou ook niet willen dat hij zonder mij zou vliegen. Het belangrijkste is dat ik het me niet kan veroorloven om voor het kamp te betalen.

Als ik terugkom, staat het eten — een proeverij — al op tafel te wachten.

Terwijl ik de escargot doorslik die ons eerste voorgerecht is, slik ik ook een kreun van plezier in. Mijn humeur gaat onmiddellijk omhoog, op dezelfde manier als van een lijn cocaïne (stel ik me voor). Mijn ogen rollen zelfs in mijn achterhoofd en het kost moeite om ze opnieuw op Evan te richten, die er zo zelfvoldaan uitziet dat je zou denken dat hij van kinds af aan sla aan deze slakken had gevoerd en ze toen persoonlijk had gekookt.

"Lekker?" vraagt hij.

"Ik had vanmorgen niet gedacht dat Frans eten beter kon smaken dan het ontbijt," zeg ik. "Maar dit is een ander niveau."

Hij knikt. "Het restaurant van dat hotel heeft maar één Michelinster, deze plek heeft er drie."

Het lijkt erop dat hij, ondanks zijn behoefte aan het eenvoudige leven, als het om eten gaat, een miljardair in hart en nieren is — vandaar de obsessie met de gids van Michelinsterren. Wat dat betreft... "Is die gids niet uit Frankrijk afkomstig? Ik denk dat ze extra kieskeurig zouden zijn als het om hun thuiskeuken gaat."

"Misschien," zegt hij. "Ik heb het altijd raar gevonden dat de gids door een bandenbedrijf werd gepubliceerd."

Ik grijns. "Waarom? Iedereen weet dat bandenbedrijven om drie dingen geven: de kosten van rubber, de groei van de automarkt en lekker eten."

Evans grijns zorgt dat mijn hart overslaat. "Ik vraag me af of hun gids de reden is dat de Michelin-man zo mollig is."

Ik kijk naar de kleine hapjes op onze borden. "Ik weet niet zeker of driesterrenrestaurants iemand mollig zullen maken. O, en ik ben er vrij zeker van dat de Michelin-man van banden is gemaakt, maar zelfs als hij dat niet was, dan is het niet aardig van je om de arme mascotte te schande te zetten voor zijn gewicht."

De poedel verschijnt op dat moment, met twee borden die een ton meer voedsel bevatten in vergelijking met de eerste gang.

Evan kijkt haar bedachtzaam na. "Je noemt kleine portiegroottes en ze brengen dit. Hoe groot is de kans dat de chef-kok ons bespioneert?"

"Misschien is dat wat één ster van drie sterren onderscheidt." Ik spiets een klein stukje coquille en stop het in mijn mond. "Wauw."

Afgezien van vitamine D, is dit het beste wat ik in jaren in mijn mond heb gehad.

We eten nog een paar gangen op, de een nog beter dan de ander, en als we meer zijn dan gevuld, gaan we naar het Vizcaya-museum en de tuinen, waar we de schattenjacht een paar minuten negeren in het voordeel van gewoon de maaltijd eraf lopen.

De plek is waanzinnig mooi en het is veruit de meest romantische locatie waar ik ooit ben geweest. Ik weet niet of het de tuinen, de kunst of Evans gezelschap is, maar ik sta op het punt om te zwijmelen. En ik ben niet de enige. Ongeveer een dozijn koppels zijn hier bij ons en ze gebruiken de locatie voor hun trouwfoto's.

Ben ik jaloers op alle bruiden? Nee. Helemaal niet. Wat zou iemand *dat* idee geven?

"Dus..." Ik stop en kijk naar Evan. "Enig idee waar de volgende aanwijzing zou kunnen zijn?"

Hij haalt zijn schouders op. "Ik heb geen idee waar de aanwijzing zou kunnen zijn."

Ik tuit mijn lippen. "Waarom ben ik de enige die dit serieus neemt?"

"Sorry," zegt Evan, maar hij klinkt allesbehalve.

"Dit is onze laatste kans om de aanwijzingen te vinden," herinner ik hem eraan. "Ik zeg dat we hier nauwgezet doorheen moeten gaan."

"Natuurlijk." Evan klinkt niet al te opgewonden.

Whatever. Omdat ik voor ons beiden gemotiveerd genoeg ben, zoek ik de aanwijzingen met alles wat ik in me heb, terwijl ik alle openbaar beschikbare gebieden keer op keer aftast, terwijl ik mijn innerlijke Robert Langdon kanaliseer.

Helaas leveren al mijn inspanningen niets op, hoewel ik er wel in slaag om een eetlust op te wekken... voor eten, niet voor Evan.

Goed dan, misschien voor allebei.

"Eten?" vraagt Evan alsof hij mijn gedachten leest.

"Natuurlijk." Nadat de ene eetlust is bevredigd, zal ik kijken wat ik aan de andere kan doen.

Terwijl we in het zelfbenoemde 'beste restaurant op South Beach' eten, draait ons gesprek om dingen die ons zijn overkomen voordat we elkaar ontmoetten, en het voelt alsof we allebei voor een eindexamen over de ander studeren.

De hectische kennismaking gaat verder terwijl we over de nabijgelegen promenade wandelen, en ik leer willekeurige dingen over Evan, zoals het feit dat zijn favoriete kleur turkoois is en zijn favoriete textuur fleece is. Wat hij me ook vertelt, vind ik fascinerend, hoe obscuur of irrelevant het ook lijkt — en dat is niet goed. Het laat zien hoe diep ik in de problemen zit. Of beter gezegd, de problemen waar mijn hart in zit.

Ik stop en kijk heel demonstratief naar mijn tracker om de tijd te controleren.

Mijn liefste Precious, op dit late uur verheug ik me meestal op de veranderingen van je majestueuze hersengolven terwijl je van het ene stadium van schoonheidsslaap naar het volgende gaat. Helaas moet ik me vandaag neerleggen bij het in de gaten houden van de heerlijke sappen in je maag en de verrukkelijke die zich verder naar het zuiden bevinden.

"Het wordt een beetje laat om terug te rijden," zeg ik. Vertaling: "Laten we een kamer nemen, zodat ik je nu in me kan hebben."

Evan kijkt op zijn horloge. "Ik denk dat je gelijk hebt." Hij gebaart naar een chic hotel in de buurt. "Laten we gaan kijken of ze een kamer hebben."

Vertaling: "Ik ga je zo hard neuken dat je de rest van je verblijf moeilijk kunt lopen."

Het is duidelijk dat we met hetzelfde idee naar het hotel rennen en dan naar de lift sprinten zodra de shih tzu-achtige conciërge Evan de sleutels overhandigt.

Eenmaal in de kamer strippen en racen we naar een ander gigantisch bed, maar dan lijkt het langzamer te gaan en de manier waarop Evan me neemt, is onverwacht langzaam en zachtaardig. Hij staart me diep in de ogen als hij me binnenkomt en hij verstrengelt zijn vingers met de mijne terwijl we in een krachtige ontlading samen komen.

Als het allemaal voorbij is en Evan zich in een stevige knuffel om me heen wikkelt, dan vind ik eindelijk de woorden om onze sekssessie te beschrijven.

Het was alsof hij van zijn laatste momenten met mij genoot.

Ja. Zo ga ik het interpreteren en ik ga geen drie woorden gebruiken die ik niet eens durf te denken.

De liefde bedrijven.

EVAN

"**I**k heb het!" roept iemand.

Ik open een oog.

Brooklyn draagt alleen een badjas van het hotel en ze zit in kleermakerszit op het bed en wijst heel nadrukkelijk naar de schatkaart. Haar haar zit in de war en haar ogen staan wild — zoals die van een zeer sexy heks.

Natuurlijk. Die stomme schatkaart, die had ik niet moeten —

"Het zijn de twee heiligen." Brooklyn prikt op twee punten op de kaart, de een na de ander. "Ik kan niet geloven dat ik er niet eerder aan heb gedacht."

Ik open beide ogen.

"De vier locaties *hadden* geen aanwijzingen — het *zijn* de aanwijzingen," zegt ze opgewonden. "Of punten op de kaart." Ze pakt een hotelpen en tekent twee lijnen op de kaart. "Als je Sint-Petersburg en Sint-Augustine verbindt, de twee steden met heiligen in de naam, dan krijg je één lijn. Als je ook de twee plaatsen met de M-meisjesnamen Mia en Maria met elkaar verbindt, dan moet de kruising tussen die twee lijnen de plek zijn waar de schat is."

Ik ga op het bed zitten en haal een hand door mijn haar. "Goed gedaan. Kan ik even een telefoontje plegen, mijn tanden poetsen en misschien eten voordat we eropuit gaan?"

Brooklyn pruilt als een kind, maar ik ga naar de badkamer, sluit de deur voor privacy en bel Calvin. Hij pakt meteen op en klinkt gemoedelijk voor het idee dat ik voorstel, dus ik vertel hem dat ik hem veel verschuldigd ben en hang op. Als ik dat heb gedaan, poets ik mijn tanden.

Als ik naar buiten kom, vertelt Brooklyn me dat ze al ontbijt heeft besteld, waardoor mijn maag dankbaar rommelt.

Tijdens het ontbijt en op weg naar onze bestemming betreur ik het dat ik de vervloekte zoektocht naar een schat ben begonnen. Zonder dat zouden we iets zinvollers kunnen doen met onze laatste volledige dag samen — ervan uitgaande dat dat vandaag het geval is. Aan de andere kant is de jacht naar de schat hetgeen wat Brooklyn in de eerste plaats naar me toe heeft gelokt. Ik weet niet of dat anders het geval was geweest.

Ik weet ook niet zeker of ik blij ben dat we al die

tijd samen hebben doorgebracht. Brooklyn vertrekt morgen, en hoe dichter die deadline komt, hoe zwaarder mijn borst wordt. Misschien was het ook een vergissing om geen labels op onze relatie te plakken. Op labels staan waarschuwingen — in ieder geval op potten met gif — en in dit geval had de waarschuwing moeten zijn: *kan gevoelens ontwikkelen.*

Aan de andere kant heb ik dat gesprek met Calvin gehad, dus misschien —

"Zijn we er al?" vraagt Brooklyn, en ik weet niet of ze een grapje maakt, maar ze klinkt net als een kind.

"Nog een paar kilometer," zeg ik.

"Hoe weet je dat?" Ze kijkt om zich heen. "Het enige wat ik zie, is een bos."

Ik glimlach. "Waarom zou je je dan vragen of we er al zijn?"

Ze haalt haar schouders op.

"Onze bestemming is *toevallig* in het bos," zeg ik. "Tenminste volgens deze speciale app die ik op mijn telefoon heb gebruikt."

Ze vernauwt haar ogen naar me. "Dat heb je niet eerder gezegd."

Mijn glimlach wordt breder. "Ik wist niet zeker hoe je over wandeltochten dacht. Ik dacht dat ik het je maar beter kon vertellen als we er bijna zijn."

Ze zucht theatraal. "Als ik van de wandeling had geweten, dan had ik andere schoenen meegenomen."

"Hmm." Ik werp stiekem een blik op haar sneakers. "Ik denk dat die goed zouden moeten zijn. We kunnen ze daarna in de wasmachine gooien."

Ze scant de rijen en rijen bomen die voorbijkomen. "Misschien hebben we geluk en is er een weg die naar onze bestemming leidt?"

"Als het geen weg is, dan is er misschien een pad, gecreëerd door, laten we zeggen, een familie van behulpzame beren."

"Een wandeling en beren," zegt ze. "Bedankt daarvoor."

We rijden nog twintig minuten totdat ik een kleine open plek langs de weg als een goede parkeerplaats verklaar.

"Er *is* geen weg, toch?" vraagt Brooklyn. "Of een berenspoor."

Ik schud mijn hoofd.

Ze gebaart naar een bord waar privé-eigendom op staat. "Komen we tijdens onze wandeling op verboden terrein?"

Ik kijk haar aan. "Als je terug wilt, dan begrijp ik dat."

"Nee." Ze gaat rechtop zitten. "Ik ga door met dit ding."

Hoofdstuk Drieëntwintig

BROOKLYN

Het blijkt dat wandelen in een bos in Florida net zo leuk is als werken als een zweepslagenjongen (of meisje), een bloedzuigerverzamelaar (iemand moest ze voor de middeleeuwse artsen zoeken, toch?), of een belastingcontroleur. Tot nu toe ben ik in twintig spinnenwebben gelopen en ben ik door zeven takken geraakt. Dit alles is gebeurd ondanks het feit dat Evan als een heer voorop is gaan lopen, en daarom het grootste deel van deze aanvallen op zich neemt.

En had ik de vochtige hitte al genoemd? Of de muggen? Of het skelet van een wild zwijn waar ik bijna op was gestapt? Of hoe Evan nu vier keer mijn leven heeft gered en me opving toen ik uitgleed? Of de blaarvorming op mijn rechtervoet?

Om het anders te zeggen: ik had het moeten opgeven toen Evan me bij de auto de kans had gegeven, maar nu zijn we te ver in de wandeling om terug te gaan.

In mijn verdediging, het idee van een wandeling klonk een soort van romantisch. Maar ik had mezelf eraan moeten herinneren dat alles met Evan romantisch klinkt, dus waarom zou je niet iets doen, terwijl je door de beschaving wordt omringd?

"Ik denk dat dat het is." Evan gebaart in de verte naar iets duisters.

In het begin denk ik dat het een grote boom is, maar als we iets dichterbij komen, realiseer ik me dat het een huis is — of een boshut zoals ze waarschijnlijk worden genoemd. Nee, dit is een hut... in het bos, ook wel de meest voorkomende horrorfilmsetting genoemd.

"Weet je zeker dat we daar naar binnen moeten gaan?" fluister ik. "We zijn al op verboden terrein."

Evan kijkt me aan. "Wil je teruggaan?"

Ik sla tegen iets dat in de rug van mijn hand probeert te bijten. "Hoe groot is de kans dat je grootvader de schat in het hol van een seriemoordenaar heeft gelegd?"

Hoe slaagt Evan erin om zijn wenkbrauw op zo'n sexy manier op te trekken? "Waarom van een seriemoordenaar?"

Ik haal mijn schouders op. "Ik heb onlangs een special gezien en ze zeiden dat veel seriemoordenaars Floridianen waren. Ted Bundy, Aileen Wuornos, David —"

"Ik zie hier nergens een ijscowagen," zegt Evan. "Of een man die als een clown verkleed is."

"Je denkt aan John Wayne Gacy," zeg ik. "En ik geloof niet dat hij uit de Sunshine State kwam."

"Geweldig, dus we weten dat er geen moordende clown is." Evan zet een zelfverzekerde stap naar de hut. "Als je wilt, kun je hier wachten."

"Echt niet." Maar ik laat hem de leiding nemen als hij naar het gebouw loopt en klopt.

Geen antwoord.

Hij duwt tegen de deur.

Het is onmogelijk dat dat gewoon —

De deur gaat open en hij kraakt niet eens of zo, wat hij in een horrorfilm wel zou doen. Aan de andere kant, misschien was hij met het vet van het laatste slachtoffer van de moordenaar geolied?

"Dit is een slecht idee," fluister ik. "We zijn op verboden terrein en de deur was open — hoe duister is dat? En ook —"

Ik weet niet zeker of Evan me hoort, maar hij loopt naar binnen.

Ik wacht even, maar ik hoor geen geschreeuw van pijn, dus ik volg als een idioot... en ik snak naar adem.

Het ruikt hier naar dennen en het is verrassend knus, met luxe meubels en vloeren bedekt met bont en tapijten. Maar daar ben ik niet door gefascineerd. Er staat een letterlijke schatkist in het midden van de woonkamer, een die rechtstreeks van de set van *The Pirates of the Caribbean* komt.

Evan wijst naar de kist. "Ik ben niet zo goed als jij als het om aanwijzingen en wat al niet gaat, maar ik denk dat dat is waar we naar op zoek zijn."

Ik heb zoveel vragen dat ik niet eens weet waar ik moet beginnen. Wat is dit voor plek? Wie heeft het gebouwd? Waarom? Als dit de schat is, hoe heeft het dan al die tijd overleefd, terwijl de deur ontgrendeld was?

Aan de andere kant: We. Hebben. De. Schat. Gevonden. Ik probeer niet op en neer te springen zoals Reagan zou doen. "Kunnen we hem gewoon meenemen? Wat als hij van de seriemoordenaar is?"

"Als je schatten opgraaft, dan zijn ze meestal verborgen op land dat van iemand anders is, dus je hebt het over een algemeen probleem met een schattenjacht." Evan loopt naar de kist en opent het deksel.

In de kist zit een kleinere kist.

Evan mompelt iets en haalt die kleinere kist tevoorschijn, om vervolgens nog een andere, kleinere kist te vinden die erin is genesteld, in matroesjka-stijl. Het is niet verrassend dat er meer kisten in zitten, en verder en verder totdat Evan eindelijk een glazen doos ter grootte van zijn handpalm ontdekt.

In deze doos zit een heel chic herenhorloge, maar ik kijk er nauwelijks naar, omdat al mijn aandacht naar de mooiste oorbellen die ik in het echte leven en in films ooit heb gezien wordt getrokken. Elk stuk is gemaakt van witgoud of platina en heeft een gigantische saffier die me aan de ketting doet denken die de oude dame in de *Titanic* in de oceaan heeft laten vallen.

"Mag ik het horloge?" vraagt Evan.

Ik trek mijn ogen weg van de oorbellen. "Waarom? Het is allemaal van jou... of van de seriemoordenaar."

Evan schudt zijn hoofd. "Afspraak is afspraak. We hebben afgesproken om de schat te delen." Daarmee pakt hij het horloge en doet het om zijn pols.

Hoe waarschijnlijk is het, gezien het feit dat we in een hut in het bos zijn, dat ik bezeten ben door de geest van een kraai? Mijn ogen springen terug naar de glanzende oorbellen, net als ik mompel: "Dit is niet goed. Ze zien eruit alsof ze een fortuin kosten."

Evan haalt zijn schouders op. "Ze waren van mijn overleden grootmoeder. Nu ik je heb leren kennen, ben ik ervan overtuigd dat ze zou willen dat je ze krijgt."

Ik zou zoiets duurs niet moeten accepteren, laat staan een familie-erfstuk. Het is veel te veel. Het enige wat ik deed om dit te verdienen, was Evan meenemen op wat in feite een leuke excursie door Florida was. Maar de oorbellen zijn zo ontzettend mooi. En Evan is miljardair, dus de kosten betekenen niets voor hem, toch? Om nog maar te zwijgen over —

Nee. Ik ben gewoon aan het rationaliseren. Ik kan niet met een goed geweten —

"Probeer ze gewoon even," mompelt Evan.

Ik doe een stap achteruit. "Als ik ze in doe, weet ik niet zeker of ik ze terug kan geven."

"Ik neem ze niet terug," zegt Evan. "Ze blijven hier of gaan met ons mee."

"Deze oorbellen hier in niemandsland achterlaten zou heiligschennis zijn." Ik doe de oorbellen met een bonzend hart in.

"Prachtig," zegt Evan en hij bekijkt me met een scheve glimlach. "Laten we gaan."

"Wacht." Ik pak mijn telefoon, schakel over naar de selfie-modus en kijk naar mezelf.

Wauw. Ik hou meestal niet van sieraden, maar de vloed van warme gevoelens naar de oorbellen toe maakt me bang dat ik misschien kwaadaardig word, een meervoudige persoonlijkheidsstoornis ontwikkel en dan al mijn dagen doorbreng met de oorbellen "my preciouses" te noemen, met een stem die op die van Gollum lijkt.

"Klaar?" vraagt Evan.

Ik knik en hij leidt de weg terug naar de auto, een reis die met veel meer gemak voorbijgaat dan onze tocht hierheen —waar ik natuurlijk 'mijn kostbaarheden' de eer voor geef.

Terwijl we terugrijden, bewonder ik mezelf in de spiegel in het zonneklepje. Dan, terwijl we Evans oprit oprijden, kijk ik naar zijn horloge en zie het nu voor het eerst pas echt goed.

Ik frons. "Je horloge komt me bekend voor."

Evan parkeert de auto en kijkt naar zijn pols. "Hij was van mijn grootvader. Hij liet het nooit iemand aanraken."

Wacht even. "Nooit?"

"Nee. Hij was behoorlijk zuinig, vooral gezien zijn rijkdom, maar —"

"Je liegt." De auto voelt plotseling verstikkend aan, dus stap ik uit.

Evan springt ook uit de auto. "Waarom zei je dat?"

Gezien hoe schuldig hij eruitziet als hij dat vraagt, ben ik er vrij zeker van dat ik gelijk heb, zelfs terwijl ik verward ben over zijn motieven.

"Ik heb dat exacte horloge om je pols in het fotoalbum gezien," zeg ik. "Je droeg een pak en je grootvader stond op dezelfde foto. Als hij zo tegen iedereen was die zijn horloge aanraakte, waarom was hij dan zo blij bij die gelegenheid?"

Ik heb nog nooit iemand zichzelf letterlijk op het voorhoofd zien slaan, maar dat is wat Evan doet. "Ik ben die foto helemaal vergeten."

Ik zet mijn handen op mijn heupen. "Leg uit."

Evan zucht. "Is er een kans dat we dit tijdens het eten kunnen bespreken?"

"Nee. Vertel het me nu." Ik ben plotseling mijn eetlust kwijt.

Evan ademt uit. "Je hebt het waarschijnlijk al geraden. De speurtocht was een farce."

Ik staar hem aan. "Wat?"

Ik wist dat hij loog, en dat deed pijn, maar ik had nog niet zo'n grote sprong gemaakt.

Evan doet een stap achteruit. "Shit. Als je het nog niet had geraden, dan denk ik dat ik het net heb verraden."

"De schattenjacht was niet echt?" eis ik.

Nu ik erover nadenk, verklaart dat een heleboel kleine eigenaardigheden. Zoals hoe comfortabel Evan in de hut in het bos was. Hij is waarschijnlijk de eigenaar van die plek. Of hoe de eerste aanwijzing de universiteit was waar hij naartoe ging. Of hoe hij nooit teleurgesteld of verrast was toen we geen aanwijzingen op de 'verkeerde' locaties vonden. Het kon hem niet schelen omdat hij *zo* rijk was; het was—

"Weet je nog dat ik aanbood om je rond te leiden?" vraagt Evan defensief. "Je weigerde en zei toen dat je van schatkaarten hield, dus verzon ik een verhaal over mijn grootvader die er een voor me achter had gelaten."

Ik staar hem alleen maar met open mond aan, dus gaat hij verder. "Ik heb de kaart en de code met behulp van de geschiedenis van Florida gemaakt en heb hem met koffievlekken verouderd."

Dus daarom roken de documenten naar iets dat me aan NYC deed denken — het was de koffie.

"Ik heb Boone toen gevraagd om het horloge en de oorbellen in een doos in de oude hut te plaatsen. De kisten waren zijn idee — laten we hopen dat hij ze niet op de schroothoop heeft opgepikt."

Ik knars op mijn tanden. "De hut in het bos was van jou, nietwaar?"

Hij knikt. "Die en een paar hectare van het omliggende bos. We waren niet op verboden terrein. Sorry dat ik je liet geloven dat we dat waren."

"Het spijt je," zeg ik hol.

"Ja," zegt hij. "Sorry dat ik heb gelogen. Ik wilde gewoon wat tijd met je doorbrengen."

O.

Nu weet ik niet wat ik moet denken of voelen. Moet ik boos zijn? Gevleid? Allebei? Ik denk allebei, toch? Aan de andere kant, de speurtocht was leuk en ik heb al die tijd in zijn gezelschap door mogen brengen, wat meer dan leuk was, dus misschien moet ik dankbaar zijn?

Ja, dit is meer dan verwarrend, vooral gezien het feit dat ik morgen naar huis vlieg en het gevoel heb dat er elke keer als ik eraan denk om in dat vliegtuig te stappen, een olifant op mijn borst gaat zitten.

Evan zet een stap naar me toe. "Laten we naar binnengaan. Ik zal het eten maken en —"

"Nee." Ik veeg een zweetdruppel van mijn voorhoofd. "Ik heb tijd nodig om dit allemaal te verwerken."

Evans gezicht betrekt. "Tijd is het enige dat we niet hebben."

De stomme olifant poept nog een keer op mijn borst. "Dat weet ik." Het is een deel van de reden dat ik zo overweldigd ben.

Evan sluit de afstand tussen ons en pakt mijn hand, terwijl hij mijn al verwarde hersenen door elkaar schudt. "Er was iets waar ik tijdens het eten met je over wilde praten."

Er fladderen vlinders in mijn buik, als stroken papier die in de wind vastzitten. "Wat?"

Hij knijpt in mijn hand. "Ik wil niet dat je gaat."

Mijn huid tintelt, en niet alleen waar zijn hand de mijne raakt. Zodra ik die woorden hoor, realiseer ik me dat het mijn grootste droom is om hem ze te horen zeggen — omdat ik zo wanhopig graag wil blijven. Maar misschien had ik in plaats daarvan deze woorden moeten vrezen. Ze zullen het veel moeilijker maken om weg te gaan, en blijven is geen optie. "Niet?" Lukt me om te zeggen.

Hij schudt heftig zijn hoofd.

Ik staar in de diepten van zijn husky blauwe ogen. "Ik wil ook niet weg, maar ik moet wel." 'Understatement' is niet alleen een woord dat me zeventien punten in Scrabble zou opleveren.

"Is dat zo?" vraagt hij fronsend.

Ik bedek zijn hand met de mijne. "Ik woon in New York en jij woont hier."

"Dat kan veranderd worden," zegt hij. "Ik weet dat het nog maar een paar dagen geleden is, maar ik dacht dat misschien —"

"Stop," zeg ik ademloos. "Dit had een avontuurtje moeten zijn." Wat ondanks dat we beter wisten, is gebeurd.

"Nee." Hij masseert teder mijn handpalm. "Ik wilde niet labelen wat het ook was, juist omdat ik het idee van een avontuurtje haatte. En jij ook."

Mijn hartslag schiet omhoog. "Ga je met me mee naar New York?" Vergeet mijn eerdere droom. Dit is het dan.

Hij fronst. "Ik bezit hier veel land, wat verantwoordelijkheden met zich meebrengt. Ik kan mijn vrijwilligerswerk ook niet zomaar achterlaten. En dan heb je nog het surfen." Hij kijkt me smekend aan.

"Ik had gehoopt dat ik je kon overtuigen om hier te blijven."

En daar gaat ie dan, mijn droom barst als een ballon in een hoofd van papier-maché uit elkaar. Ik knipper langzaam naar Evan, zoals Sally misschien zou doen. "Ik kan niet blijven."

"Waarom niet?" Hij trekt zijn handen weg en ik mis ze meteen.

"Mijn werk is —"

"Weet je nog dat ik vanmorgen moest bellen?" vraagt Evan, zijn ogen glanzen. "Het was om met Calvin te praten."

Ik staar hem aan. "Calvin die man met de koeien?"

"Precies. Hoewel hij in deze gebieden bekender is, omdat hij de eigenaar van de plaatselijke dierenkliniek is, zijn de koeien en zijn andere harige pupillen daar een verlengstuk van. In ieder geval zei hij dat hij je honden in zijn praktijk zou laten trimmen en betalen om —"

"Nee." Ik slik. "Zelfs als ik een baan had — en die klinkt te mooi om waar te zijn — zou ik niet kunnen blijven."

Hij verstijft, en niet op een leuke manier. "Niet?"

"Mijn hele leven is in Brooklyn." Misschien moet ik van 'understatement' mijn tweede naam maken?

Hij ademt luid uit. "Blijf dan niet. Verleng je vakantie met een maand. Kijk waar dit naartoe gaat. Misschien kan ik dan —"

"Dat kan ik niet doen."

Ook al wil ik het wanhopig graag, het is gewoon niet mogelijk.

"Je kunt het niet, of je wilt het niet?" De vraag wordt met zo'n intensiteit gesteld dat ik een stap terug doe.

"Geloof me, ik zou graag de vakantie verlengen, maar dat kan ik echt niet doen. Er is iets dat ik je nooit heb verteld, iets —"

"Heb je iemand in New York? Een vriendje?" Zijn blauwe ogen worden ijzig. "Een man?"

"Nee!" Hoe kan hij dat van me denken? Ik verzamel mijn moed. Ik had het vele malen eerder moeten opbiechten. "Ik ben vrijgezel," zeg ik en haal diep adem. "Maar ik heb wel een zoon, en hij kan niet gewoon —"

"Een zoon?" Evan ziet er versuft uit, alsof hij net genoeg wiet heeft gerookt om Cheech en Chong te doden.

"Ja. Het spijt me dat ik je nooit over hem heb verteld." Ondanks een miljoen mogelijkheden om dat te doen. "Ik weet dat ik dat had moeten doen, maar dit was tijdelijk en je haat kinderen, dus ik —"

"Haat ik kinderen?" Evans blik nadert de kou van het absolute nulpunt. "Is dat je slechte excuus om te liegen?"

Mijn hele lichaam raakt gespannen. De beschuldiging doet des te meer pijn omdat het niet helemaal oneerlijk is, maar heeft hij het spreekwoord over glazen huizen niet gehoord? "In tegenstelling tot jou met je schatkistonzin, heb ik niet gelogen."

Ik heb gewoon een beetje van de waarheid weggelaten.

"Welk woord zou je dan gebruiken?" zegt hij op een toon die ik niet waardeer. "Je hebt me niet over het belangrijkste in je leven verteld. Ik dacht dat ik je kende, maar nu weet ik het niet meer zo zeker."

Ik knars op mijn tanden. "Ik dacht dat je geen leugenachtige klootzak was, maar misschien kende ik jou ook niet zo goed."

Hij draait zich van me weg. "Ik kan beter gaan voordat ik iets zeg waar ik spijt van krijg."

"Wacht." Ik reik naar mijn oorbellen.

Hij draait zich om en het kan mijn verbeelding zijn, maar ik zie een sprankje hoop in zijn ogen.

Ik maak de oorbellen los. "Het voelt niet goed om deze aan te nemen. Niet na —"

"Gooi ze dan in de vuilnisbak," snauwt hij voordat hij zich weer omdraait. Hij loopt zijn huis binnen en slaat de deur zo hard achter zich dicht dat ik er vrij zeker van ben dat hij nieuwe scharnieren nodig heeft.

Ik voel me net als die scharnieren en sta daar maar te staan, vechtend tegen de drang om achter hem aan te rennen. Om op de deur te bonken totdat hij hem opent, dan mijn lippen op de zijne te drukken en nog een nacht te claimen. De laatste nacht.

Maar nee.

Meer tijd met hem zal me alleen maar meer pijn doen. In zekere zin was deze ruzie een geluk bij een ongeluk. We zouden sowieso uit elkaar worden gedreven, maar dit zorgde ervoor alsof we er een pleister af hebben gerukt. Ik heb alleen meer het gevoel dat ik een yeti ben die een full-body-wax krijgt.

Ik dwing mijn benen met een monumentale inspanning om naar het vakantiehuis te lopen, terwijl ik de druk achter mijn ogen negeer.

Eenmaal binnen maak ik me klaar om naar bed te gaan, ook al is het nog niet eens aan het schemeren. Pas als ik onder de douche sta, ontsnapt er een snik aan mijn lippen, en vermengen mijn tranen zich met het warme water dat langs mijn huid loopt.

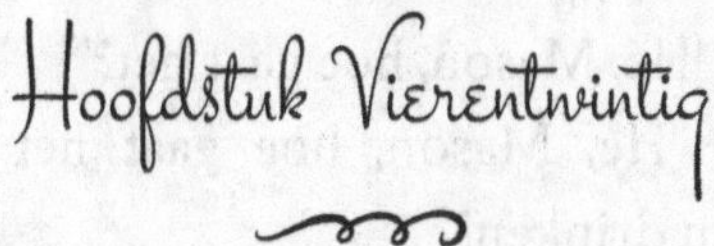

Hoofdstuk Vierentwintig

EVAN

Ik sla in mijn huis deur na deur dicht en stop pas als Harry me bezorgd aankijkt en jankt.

Menselijke gast, dit is helemaal niet geweldig. Ik heb je nog nooit zo niet chill gezien.

Sally lijkt zich ook zorgen te maken, als het nerveuze gezwaai van haar staart iets is om naar te oordelen.

We dachten dat we een overeenkomst hadden met onze ontvoerder: iedereen moet zich beschaafd gedragen, anders zullen sommigen van ons de oogballen van de ander opeten.

"Sorry, jongens." Ik stamp naar de keuken en geef ze te eten voordat ik mijn favoriete gegrilde Brie-sandwich maak — die vandaag naar suikervrij, vetvrij, niet-zuivelachtig, gevriesdroogd astronautenijs smaakt.

Ik duw halverwege de maaltijd mijn bord weg, zet mijn laptop op de keukentafel naast een borrelglas en snuffel in mijn vriezer naar een ijskoude fles wodka van St. Augustine.

Nu alles klaar is, videobel ik Mason.

Zodra hij opneemt, vraag ik, "Drink je met me mee?".

Hij houdt zijn hoofd schuin. "Waar is de plichtmatige, 'Hé, Mason, hoe gaat het?'"

Ik zucht. "Hé, Mason, hoe gaat het verdomme? Kunnen we nu drinken?"

Mason knikt, verdwijnt even en verschijnt dan weer met een gouden fles versierd met een tweekoppige adelaar.

Ik pak mijn borrelglas op. "Alweer de wodka van een miljoen dollar?"

"Eén punt drie miljoen." Mason schenkt voor zichzelf een shot van 81.250 dollar in. "Inflatie is een bitch."

Ik drink mijn shot in een slok op en volg hem op met een andere.

Als ik naar het scherm kijk, is Masons wenkbrauw opgetrokken. "Zijn de dingen *zo* erg?"

"Ik wil er niet over praten." Ik drink nog een shot.

"Goed." Mason neemt zijn eigen shot.

"Goed dan." Nog een shot. "Ik zal het je vertellen als je mij vertelt waarom je laatst belde."

"We hadden een wedstrijd verloren," zegt Mason. "En ik zie er het nut niet van in dat je me iets vertelt."

Dus ik had gelijk toen ik theoretiseerde dat zijn hockeyteam onlangs had verloren. Niet dat gelijk hebben — of iets anders — me op dit moment kan opvrolijken.

"Het begon toen een vrouw mijn Airbnb huurde," zeg ik en ik begin het verhaal, terwijl ik op de kritieke punten vloek. Gedurende mijn hele verhaal blijft Masons uitdrukking onveranderd en hij zwijgt als ik klaar ben.

"Goh. Bedankt voor het advies." Ik neem nog een shot.

"Je weet dat ik niet aan relaties doe." Mason schenkt meer wodka voor zichzelf in. "Wat heb je aan mijn advies?"

"Ik dacht ook dat ik niet aan relaties deed."

"En dat was slim. Ga daar naar terug. Hebben surfers niet zoiets als puck bunnies?"

Ik schud mijn hoofd. "Professionele surfers hebben groupies. Sommige mensen noemen vrouwelijke surfers beach bunnies, maar dat is vast niet wat je bedoelt."

"Bedankt voor het uitbreiden van mijn woordenschat," zegt Mason. "Het zou tijdens mijn volgende spelletje Scrabble van pas moeten komen."

"Fuck you." Ik wist dat ik hem niet over mijn voorliefde voor dat spelletje had moeten vertellen.

Ik reik demonstratief naar voren om mijn telefoon uit te schakelen.

"Wacht." Mason gooit zijn shot naar binnen. "Denk je niet dat je overdreef toen ze je over haar zoon vertelde?"

"Volgende vraag," grom ik.

"Goed dan. Waarom kunnen jullie geen langeafstandsrelatie hebben?"

"Lange afstand?" Ik krab op mijn achterhoofd. "Ik had daar eerlijk gezegd niet eens over nagedacht."

"Niet met je hoofd, dat is zeker."

Ik haal mijn schouders op. "Wat zou het nut van een langeafstandsrelatie zijn?"

"Wat is het nut van welke relatie dan ook?"

Ik heb geen idee, maar ik weet wel dat ik Brooklyn fysiek naast me wil hebben, niet als een klein plaatje op een scherm. "Dit gesprek wordt vervelend."

Mason spreidt zijn handen. "Ik heb je gezegd dat ik het nut niet inzie dat je me iets vertelt."

Dat heeft hij gedaan, en hij is helemaal niet nuttig geweest, maar op de een of andere manier voel ik me een klein beetje beter. In ieder geval genoeg om te stoppen met drinken.

"Bedankt," zeg ik tegen Mason. "Ik denk dat ik ga liggen."

"Lichtgewicht."

"Vergeleken met een beer als jij, is iedereen een verdomde lichtgewicht." Ben ik officieel dronken, of was dat een goede comeback?

Ik heb geen idee, maar ik denk dat Mason grijnst voordat hij ophangt.

Als ik de wodkafles wegduw, merk ik hoeveel er weg is.

Shit.

Ik sta op en de stomme kamer begint te draaien.

Dit is wat er gebeurt als je over je gevoelens praat. Ik hoop dat ik geen alcoholvergiftiging heb.

Het is maar goed dat ik Harry en Sally te eten heb

gegeven. Ik kan nu geen fluit meer doen. Het beste waar ik op kan hopen, is om mijn bed te bereiken.

Ik word op de bank in de woonkamer wakker.

Huh. Ik denk dat mijn ambitieuze reis naar de slaapkamer na het drinken niet had uitgepakt zoals ik had gehoopt. Aan de andere kant zou ik een knallende koppijn moeten hebben, maar die heb ik niet. Ik ben alleen duizelig en ik heb een gebrek aan verlangen om ooit nog te drinken.

Misschien moet ik Mason bellen en hem vertellen dat ik toch niet zo'n lichtgewicht ben?

Over dat gesprek gesproken, nu ik nuchter ben (of op zijn minst nuchterder), realiseer ik me dat Mason gelijk had toen hij me ervan beschuldigde dat ik overdreven had gereageerd op het nieuws dat Brooklyn een zoon had. Ik zou zelf tot die conclusie zijn gekomen, dat weet ik zeker, maar ik denk dat het nuttig is om erop gewezen te worden. Ik had overdreven gereageerd, en ik vermoed dat het deels kwam omdat Brooklyn "je haat kinderen" had gezegd, een zin die ik een paar keer tijdens het verbreken van een relatie heb gehoord, meestal nadat ik over mijn vasectomie had verteld.

Ik haat kinderen niet. Als ik dat deed, waarom zou ik dan vrijwilligerswerk doen in het kamp? Ik heb om een andere reden een vasectomie ondergaan.

Over de vervloekte vasectomie gesproken, ik heb

Brooklyn daar nooit over verteld, wat net zo goed een leugen van verzuim kan zijn als dat ze me niet over haar zoon heeft verteld. En laten we niet vergeten, dat ik tegen haar over de schat heb gelogen, wat ze vrij goed op had genomen.

Fuck. Welk recht had ik om zo kwaad te worden? Geen idee, maar ik wed dat hangry weer een variabele was.

Ik moet dit rechtzetten.

Ik spring overeind, sprint naar de badkamer en maak mezelf toonbaar voordat ik me naar Brooklyns vakantiehuis haast — die leeg is.

Nou ja, niet helemaal leeg. Op de keukentafel ligt een briefje met de oorbellen van mijn oma erop.

Ik kon ze niet weggooien en ik kan ze niet meenemen, staat er.

Shit. Ze is vertrokken. Zomaar ineens. Geen afscheid?

Ik denk dat ik er geen verdien nadat ik bijna haar hoofd eraf heb gebeten.

Ik doe de oorbellen in mijn zak en bel Boone.

"Howdy," zegt Boone.

"Morgen. Ik heb een lift nodig."

Deze keer gaat het er niet alleen om dat ik Boone een kans geef om geld te verdienen. In ons kleine stadje duurt het wachten op een Uber te lang.

Haar naar het vliegveld volgen is misschien een cliché, maar het is de enige zet die ik nog heb.

"Morgen?" Ik hoor een grijns in Boones stem. "Het is half één in de middag."

Fuck. Volgens de klok op de magnetron heeft hij gelijk.

Dit is misschien de reden waarom ik niet echt een kater heb, wat nog steeds niet betekent dat mijn alcoholpercentage onder .08 is, waardoor ik veilig kan rijden.

Wanneer gaat Brooklyns vlucht? Heb ik hem al gemist?

Fuck. Ik weet niet eens welke luchthaven of luchtvaartmaatschappij. Ik had erop gerekend haar te kunnen overtuigen om zo lang te blijven dat ik nooit om de details van haar reis naar huis heb gevraagd.

"Wanneer kun je hier zijn?" eis ik.

"Twee minuten," zegt Boone. "Ik was net het gras in je woongemeenschap aan het maaien."

Ah. Juist. Hem inhuren ondanks zijn eerdere veroordeling was een van de weinige dingen waarvoor ik met de VvE sterk in gevecht was gegaan. Boone was met justitie in aanraking gekomen voor het maken van zelfgemaakte moonshine zonder vergunning, wat niet echt "niet in staat om de groenvoorziening te verzorgen" schreeuwt.

Ik ren terug naar mijn huis en pak wat te eten uit de koelkast —het is het beste als ik op een volle maag met Brooklyn praat, ervan uitgaande dat ik de kans krijg. Terwijl ik hier ben, geef ik Harry en Sally ook te eten, en tegen de tijd dat ik klaar ben, rijdt Boone mijn oprit op.

"Naar de Jacksonville-luchthaven," zeg ik tegen hem, terwijl ik de dichtstbijzijnde en grootste kies, omdat het waarschijnlijk het vertrekpunt van Brooklyn is. "En het gas erop."

Hij doet precies dat, rijdend alsof hij in een aflevering van *The Dukes of Hazzard* zit.

Terwijl we rijden, gebruik ik mijn telefoon om te onderzoeken op welke vlucht Brooklyn waarschijnlijk zal zitten, en naar een scherm staren in zo'n snel bewegende auto helpt niet met mijn resterende duizeligheid. Ik negeer vluchten voor één uur 's middags, omdat ik geen kans heb om die te halen, en concentreer me op degenen die naar JFK gaan, omdat dat het dichtst bij Brooklyn ligt. Dat levert me één kandidaat op: de Delta-vlucht om half twee.

Het probleem is alleen dat ik zelfs met onze huidige snelheid niet in staat zal zijn om het vliegveld op tijd te bereiken om haar te onderscheppen voordat ze erin zit. Als ik dat aan Boone vertel, trapt hij het gas *nog* harder in. Zijn arme auto trilt alsof hij uit elkaar gaat vallen, maar wonderbaarlijk genoeg doet hij dat niet.

Het is even wonderbaarlijk dat we niet door de politie worden aangehouden. In plaats daarvan rijden we met zo'n snelheid het vliegveld op dat Boone voordat hij tot stilstand komt bijna een oude dame overrijdt — een New Yorkse dame, vermoed ik. Tenminste, als de middelvinger die ze opsteekt iets is om op af te gaan.

Terwijl ik uit de auto stap, wenst Boone me geluk. Door zijn moeizame ademhaling klinkt het alsof hij me hier op zijn rug naartoe heeft gedragen.

Ik sprint naar binnen en ren naar de

dichtstbijzijnde balie. Inmiddels moet Brooklyn door de beveiliging zijn en ze zullen me er niet doorlaten als ik geen passagier ben.

"Geef me een ticket," eis ik.

De dame aan de balie fronst. "Waarheen?"

"YUM," antwoord ik. Ik heb nog nooit naar dit specifieke vliegveld in Yuma, Arizona gevlogen, maar met zo'n code kunnen ze maar beter de beste restaurants ter wereld hebben.

De dame overhandigt me het ticket en ik ren naar de beveiliging en bedank de goden dat ik goedgekeurd ben voor een versnelde screening.

Het probleem is dat er een rij andere passagiers staat, en de rij is lang, hoewel niet zo lang als de normale rij.

Ik knars op mijn tanden en wacht. En wacht. En wacht.

Tegen de tijd dat ik door de beveiliging ben, moet ik op volle snelheid naar Brooklyns gate rennen.

Shit. Ze zijn bijna klaar met instappen en wat erger is, ik zie Brooklyn haar ticket aan de agent tonen.

Ik had gelijk over haar vlucht. En ik ga hem nog steeds missen.

"Wacht!" roep ik. "Brooklyn, wacht even!"

Geen reactie — behalve door de gate lopen. Ze hoorde me niet of, erger nog, ze deed alsof ze het niet hoorde.

Fuck.

Ik ga sneller, maar ze sluiten de deuren al.

Tegen de tijd dat ik daar ben, zijn de deuren op slot en loopt de agent die ze op slot heeft gedaan weg.

Ik ren achter haar aan. "Mag ik er nog in, alsjeblieft?" Ik wijs met mijn duim naar de gate, zonder de moeite te nemen om te vermelden dat ik geen passagier ben.

"Het spijt me, schat," zegt ze. "Zodra die deur gesloten is, kan hij niet meer worden geopend. Je zult de volgende vlucht moeten nemen."

Ik haal een stapel van honderdjes uit mijn portemonnee. "Kun je voor deze ene keer een uitzondering maken?"

De agent kijkt gretig naar het geld. "Geloof me, als ik het kon, zou ik het daarvoor doen. Maar dat kan ik niet."

En dat was het dan.

Ik weet niet zeker of het de inzinking na de achtervolging of de kater is, maar ik zak in een nabijgelegen stoel, en voel me volkomen leeggezogen en verslagen.

Misschien is het maar beter zo.

Zelfs als ik Brooklyn had ingehaald, heb ik geen idee wat ik zou hebben gezegd.

Hoofdstuk Vijfentwintig

BROOKLYN

"Waarom duurde het zo lang?" vraagt Reagan me als ik op mijn stoel zit.

"Ik heb een betere vraag: waarom heb je niet op me gewacht?" zeg ik streng.

Zodra ik het ticket van mijn zoon aan de agent liet zien, ging hij naar zijn stoel. Hij was stiekem langs andere passagiers gegaan en over lege stoelen geklommen.

"Ik heb niet gewacht, omdat het te lang duurde." Reagan geeft me de jongensachtige grijns die hem met bijna alles weg laat komen.

De positieve kant van zijn charme en vaardigheden in uitvluchten — hij zou op een dag advocaat kunnen worden. Of is dat de duistere kant?

"Jullie aandacht, alsjeblieft," zegt een stem zonder lichaam.

Naarmate de veiligheidspreek verder gaat, betwijfel ik opnieuw het hele gedeelte van "zet het zuurstofmasker eerst bij jezelf op, daarna pas bij je kind", omdat het tegen al mijn moederlijke instincten ingaat.

"Het kamp was geweldig," zegt Reagan als de veiligheidsaankondiging voorbij is. "We zijn gaan wandelen en hebben s'mores gegeten en —"

Hij gaat opgewonden verder met het beschrijven van wat hij heeft meegemaakt, en ik luister aandachtig totdat het vliegtuig opstijgt, op welk moment ik maar half oplet, want als Florida kleiner en kleiner wordt in het raam, vernauwt er iets in mijn borst in directe verhouding.

Shit. Ik had gehoopt dat hoe verder ik van Evan afkwam, hoe beter ik me zou voelen. Tot nu toe lijkt het erop dat het tegenovergestelde waar is, en hoewel het me enigszins opvrolijkt als ik Reagan opgewonden zijn kampavonturen hoor delen, doet het me ook aan dingen denken die Evan en ik hebben gedaan, zoals wandelen en lekkere maaltijden eten. Het gelukkig getrouwde stel dat in de buurt zit, doet me ook aan Evan denken, en ik voel een onlogische steek van jaloezie dat ze samen kunnen zijn, terwijl Evan en ik op het punt staan om honderden kilometers van elkaar gescheiden te worden nadat we de dingen op zo'n slechte manier hebben beëindigd.

Het kost enorm veel moeite om een gelukkig masker voor mijn zoon te behouden, zo erg zelfs dat als we thuiskomen en ik alleen in mijn bed lig, ik uiteindelijk extra hard, als een babybanshee, in mijn kussen huil.

Hoofdstuk Zesentwintig

BROOKLYN

"'Tijd geneest alle wonden' is totale onzin," zeg ik terwijl ik meneer Goobers met shampoo inzeep.

Jolene en Dorothy knikken eensgezind en dringen er bij me op aan om te blijven praten.

Ik kijk naar Reagan, die nog steeds aan de andere kant van de salon helpt en geen kattenkwaad uithaalt. Vandaag is onze eerste 'neem je zoon mee naar het werk'-dag en ik wil niet dat het onze laatste is.

"Het is zesennegentig uur geleden dat ik Florida heb verlaten," ga ik verder. "Maar ik mis Evan meer, niet minder."

Jolene en Dorothy knikken weer.

"Het helpt niet dat hij me heeft gebeld." Ik zucht. "En me heeft geappt en zelfs een bericht heeft geschreven via de Airbnb-app."

"Ik heb de recensie gezien die hij daar heeft

achtergelaten," zegt Jolene. "Vijf sterren van 'neem mijn telefoontje aan, alsjeblieft'."

Ik kijk of ik blij ben met hoe schuimig meneer Goobers is. Omdat hij een komondor is, lijkt hij op een gewone dag op een dweil, maar met schuim kan zelfs een ervaren conciërge hem per ongeluk pakken en met hem beginnen te dweilen.

"Misschien moet je zijn telefoontje aannemen?" stelt Dorothy zachtjes voor.

Ik begin meneer Goobers af te spoelen. "Zodra ik besloot dat ik dat zou doen, stopte hij met bellen."

"Wanneer was dat?" eist Jolene.

Ik haal mijn schouders op. "Een paar uur geleden?"

"Dus waarom bel je hem niet terug?" stelt Dorothy voor.

"Daar ben ik nog niet." Maar ik kom erbij in de buurt. "Maar genoeg over mij. Wat is er bij jullie voor nieuws?"

Dorothy wisselt een verlegen blik uit met Jolene, die minutieus knikt.

Dorothy haalt diep adem. "We zijn aan het daten."

"En we willen het je al een tijdje vertellen," zegt Jolene. "Maar het kwam nooit echt ter sprake."

"Is dat zo?" En ik ben helemaal niet jaloers, ik zweer het op een stapel bijbels. "Met wie?"

Ze wisselen een verwarde blik uit. "Dorothy heeft het je net verteld," zegt Jolene. "Wij zijn aan 'het daten... met elkaar."

Ik staar mijn vriendinnen zonder te knipperen aan. "Jullie zijn aan het daten. Als in romantisch?" Het was al moeilijk te geloven dat ze hadden samengewerkt om me die vakantie te bezorgen, maar dit —

"Wat kan ik zeggen?" Jolene haalt haar schouders op. "Tegenpolen trekken elkaar aan."

"Hoe zijn we tegenpolen?" eist Dorothy.

"Seksueel gezien," zegt Jolene zonder een moment van aarzeling. "Ook spiritueel, temperament —"

"Wacht." Ik wend me tot Dorothy. "Ben je lesbisch?"

Dorothy bloost. "Beschouw dit maar als ik die uit de kast kom."

Ik wend me tot Jolene. "Maar... je praat alleen maar over piemels." Hoewel ik het er nu niet over zal hebben, heb ik haar meer dan eens met een kerel een bar zien verlaten.

Jolene grijnst. "Heb ik je niet verteld dat ik panseksueel was?"

"Nee."

Ze fronst. "Ik zou zweren dat ik dat wel heb gedaan."

Is dat zo? "Je praat zo vaak over iets seksueels dat ik je soms negeer."

"En je bent niet de enige," voegt Dorothy eraan toe.

"Mensen die niet luisteren, zijn niet mijn probleem," zegt Jolene. "Ik weet alleen dat ik er altijd open over ben geweest. Ik voel me tot mensen aangetrokken, ongeacht hun geslacht... maar over één ding heb je gelijk. Ik hou van piemels, daarom heb ik een van de beste voor Dorothy gekocht om te gebruiken."

Shit. Dit verklaart wel waarom ze de laatste tijd samen zijn geweest. Voorbeeld: Dorothy was vandaag met

Jolene meegekomen om Jolenes hond te laten verwennen, iets wat in het verleden nooit zou zijn gebeurd. Maar —

"Je hebt beloofd om discreet te zijn," sist Dorothy en ze haalt me uit mijn openbarende mijmering.

"Ik heb niet gezegd welke van mijn openingen Toto heeft gepenetreerd," zegt Jolene. "Is dat niet de definitie van discreet zijn?"

Ze beginnen ruzie te maken en de lawine van TMI gaat door, maar ik ben nog steeds te verbijsterd om iets te zeggen... dat wil zeggen, totdat ik eruit flap: "Als jullie uit elkaar gaan, blijf ik met jullie beiden bevriend en kies ik geen partij. Nooit. Het kan me niet schelen wie wat doet en met wie. Begrepen?"

"Jazeker," zeggen ze in koor.

"Maar ik denk niet dat we uit elkaar gaan," voegt Dorothy er verlegen aan toe. "Zelfs niet als we af en toe ruzie maken."

Af en toe?

Tot mijn schrik pakt Jolene Dorothy's hand en knijpt ze er teder in. "Ik denk ook niet dat we uit elkaar gaan. Maar zelfs als we dat doen, dan komen we weer bij elkaar — de goedmaakseks zal zo goed zijn."

Zo is het genoeg. Ik ben officieel weggeblazen. Als dit één april was, dan zou ik vermoeden dat dit een grap is, maar ik kan zien dat het niet zo is — de tedere blik die ze net deelden, kan niet gespeeld worden. Deze twee zijn tenminste niet zo goed in acteren.

"Ik ben blij voor jullie," zeg ik als ik me realiseer dat Jolene me verwachtingsvol aankijkt, en Dorothy met een zweem van bezorgdheid. "Dat ben ik echt, echt waar."

"Bedankt," zegt Dorothy.

"Ja," zegt Jolene. "En ik weet zeker dat jij en Evan —"

De salondeur gaat met een luid gerinkel open en ik staar als Evan binnenkomt en er net zo flitsend uitziet als altijd.

Wacht. Hallucineer ik hem omdat Jolene net zijn naam heeft gezegd? Of is het een rare dubbelganger?

Nee.

Dit is hem.

Er is geen twijfel mogelijk over die husky-ogen en brede schouders.

Vlinders beginnen een orgie in mijn buik.

"Dat is hem," fluister ik nog steeds verbijsterd tegen mijn vriendinnen.

Ze draaien zich als een om en Jolene fluit en fluistert dan: "Is hij de duivel? Ik heb zijn naam uitgesproken en daar is hij."

"Neveah!" schreeuwt Dorothy. "Kun je het hier overnemen?"

Ik schud mijn hoofd, maar houd mijn ogen op Evan gericht, die de ruimte scant en me duidelijk aan het zoeken is. "Neveah zal meneer Goobers op een poedel laten lijken."

"En?" zegt Dorothy. "Alles zal een verbetering zijn ten opzichte van zijn huidige Neef Itt-cosplay."

"Ik wed dat meneer Goobers er met een

poedelkapsel geweldig uit zal zien," zegt Jolene. "Alle teefjes zullen aan zijn voeten liggen."

Het is mogelijk dat Jolene meer zegt, maar Evan ziet me op dat moment en loopt mijn kant op, dus ik stap verbluft naar hem toe en laat de hond en mijn vriendinnen achter.

Wat ik echt wil, is op Evan springen en hem als een boom beklimmen, maar ik weet nog steeds niet waar hij en ik staan. Daarbij staat mijn baas aan de kassa en mijn vriendinnen staan achter me — om nog maar te zwijgen van mijn zoon die in de hoek zit. Dus ik moet iets bedenken wat tammer is, zoals een zwakke "Hoi".

"Hoi," antwoordt Evan zacht als hij een paar meter bij me vandaan is. "Ik —"

"Meneer Wilcox?" roept Reagan uit.

Mijn voeten zijn plotseling als aan de grond genageld, en mijn ogen puilen uit.

Als Evan mijn zoon ziet, stopt hij waar hij staat, en ik kan zien dat hij in zijn ogen wil wrijven, om te controleren of hij droomt.

"Hé, knul," zegt hij in plaats daarvan. "Ik heb je al gezegd: noem me Evan."

"Wacht even," roep ik veel te luid uit. "Waar kennen jullie elkaar van?"

Word ik in de maling genomen? Zijn er reality-tv-camera's in de buurt?

Ten eerste zijn mijn vriendinnen een stel geworden. Nu kennen mijn zoon en mijn ik-weet-niet-hoe-ik-hem-moet-noemen elkaar?

Reagan fronst naar me. "Meneer Evan is de

surfinstructeur in het kamp. Ik heb je in het vliegtuig alles over hem verteld."

Wat is het toch met iedereen die me afstraft omdat ik niet luister? Om eerlijk te zijn, had ik in het vliegtuig maar half geluisterd. Natuurlijk weet ik niet of 'meneer Wilcox' zich als 'Evan' zou hebben geregistreerd als ik wel goed had opgelet.

"Wacht even." Evans blik gaat van Reagan naar mij. "Is Reagan je zoon?" Hij wendt zich tot Reagan. "Is Brooklyn je moeder?"

Reagan kijkt hem met zijn eigen super verwarde uitdrukking aan. "Waar kennen jullie elkaar van?"

Hoe beantwoord ik dat zonder woorden te gebruiken als 'vakantieliefje', 'avontuurtje' en 'orgasmes'? Ik heb nog nooit een man mee naar huis genomen of zelfs maar met Reagan over de mogelijkheid om met iemand uit te gaan gesproken, dus dit is voor mij een compleet nieuw iets. Hoe zou hij reageren als hij hoorde dat zijn 'meneer Evan' en ik bezig zijn geweest met iets zonder labels? Om nog maar te zwijgen over het feit dat we ons nog steeds in het 'geen label'-gebied bevinden, omdat ik geen idee heb wat Evan hier doet.

"Je moeder was mijn buurvrouw tijdens haar vakantie," zegt Evan, en ik ben zo dankbaar dat ik hem wel kan kussen. Maar dat zou Reagan nog meer shockeren, dus ik knik alleen maar en werp mijn vriendinnen een smekende blik toe.

"IJs," zegt Jolene onmiddellijk. "Wie wil er een ijsje?"

Meneer Goober kwispelt voor alles wat hij waard is met zijn staart.

"Niet jij." Jolene veegt de zeep weg die zijn staart haar kant op heeft gespoten. "Je wordt een poedel, maar ik zal je pindakaas geven als we thuiskomen."

Reagan kijkt me smekend aan. "Mag ik mee?"

"Natuurlijk, maar ik moet hier blijven, dus het zal alleen met tante Dorothy en tante Jolene zijn," zeg ik grootmoedig.

"Oké." Reagan grijnst. "Mag ik vijf bolletjes?"

Het is alsof hij weet dat hij iets te onderhandelen heeft. "Vier, maar geen chocolade, tiramisu of een andere smaak met cafeïne erin." Dit laatste is meer voor mijn vriendinnen dan voor Reagan.

"Afgesproken," zegt Reagan gretig, waardoor ik denk dat zijn eerste aanbod een onderhandelingstactiek voor vier bolletjes was geweest.

Zeker een advocaat in wording.

"Laten we gaan." Jolene pakt Reagans rechterhand en Dorothy zijn linker — en hij laat het ze doen. Als ik het had gedaan, dan zou hij met zijn voet stampen en me eraan herinneren dat hij geen klein kind meer is.

Net als ze op het punt staan om weg te lopen, draait Reagan zich naar me toe en grijnst hij ondeugend. "Doei, mam. Veel plezier met het praten met je *vriendje*."

Mijn mond valt open en ik kan wel door de vloer zakken. Het helpt niet dat Jolene als een kwaadaardige schurk begint te schateren en Dorothy als een geil hert gnuift.

Gelukkig nemen ze mijn zoon mee de salon uit voordat ik een antwoord kan bedenken.

Als de deur sluit, komt het bij me op dat als ik voorbij de schaamte kan komen van wat er net is gebeurd, er een positieve kant is. De manier waarop Reagan Evan mijn vriendje noemde, was zo nonchalant plagen dat het onwaarschijnlijk is dat hij het idee van ons daten erg zal vinden. Misschien keurt hij het zelfs goed.

Niet dat we aan het daten zijn. We zijn nog steeds in het geen-labels-gebied. Of erger nog, uit elkaar. Het is alleen... dat hij hier is.

Waarom is hij hier?

Voordat ik het kan vragen, sluit Evan de resterende afstand tussen ons. "Ik kan het nog steeds niet geloven," zegt hij hoofdschuddend. "Reagan was mijn favoriete leerling in het kamp en hij is je zoon."

Ik wrijf over mijn kloppende slapen. "Probeer niet van onderwerp te veranderen."

Evan knippert naar me. "Welk onderwerp?"

Ah. Juist. Alleen omdat ik een vraag zo luid in mijn hoofd denk, wil nog niet zeggen dat Evan hem kan horen. "Wat doe je hier?"

"Houd die gedachte vast." Evan loopt naar mijn baas, zegt iets wat ik niet kan horen, haalt dan zijn portemonnee tevoorschijn en overhandigt een paar biljetten. Hij keert terug en gebaart naar de deur. "Laten we gaan."

Het is mijn beurt om te knipperen. "Wat heb je net gedaan?"

"Ik heb voor een persoonlijke trimsessie betaald."

Voor een hond of voor zichzelf? "Ik wist niet dat we die deden."

Evan haalt zijn schouders op. "Wel als de prijs goed is."

Oké. Ik volg hem de salon uit en we steken de straat over naar een klein bosrijk plekje dat in deze buurt voor een park door moet gaan. Ik ga op de bank zitten waar ik meestal lunch, en Evan komt bij me zitten.

Ik staar hem verwachtingsvol aan.

Hij haalt diep adem. "Het spijt me," zegt hij zacht. Zijn ogen passen bij de heldere lucht erboven terwijl hij naar me staart.

Ik maak mijn lippen vochtig. "O?"

Hij neemt mijn hand in de zijne. "Het spijt me van de manier waarop ik me gedroeg toen je me over Reagan vertelde. Je had alle recht om niet alle details van je leven met me te delen en —"

"Nee." Ik slik. "Ik had het je moeten vertellen. Ik wilde het je vertellen. Maar ik —"

"Het geeft niet." Hij knijpt in mijn hand. "Ik wil ook iets duidelijk maken: ik heb geen hekel aan kinderen. Helemaal niet. Ik zou me nooit vrijwillig in het kamp hebben aangemeld als dat het geval was. Het blijkt ook dat je kind bijzonder sympathiek is."

Dat is hij zeker — hoewel ik natuurlijk bevooroordeeld ben. "Nu voel ik me nog slechter over wat ik over je heb gezegd."

Evan wuift het weg. "Je zag me met een verminkte Pikachu in mijn hand en ik zei iets over een of andere snotaap. Het was geen volledig onredelijke beschuldiging. Het deed gewoon pijn om het te horen nadat we elkaar hadden leren kennen. Bovendien ben je niet de eerste vrouw die het tegen me zegt."

Ik frons. "Ben ik dat niet?"

Evan laat mijn hand los. "Er is iets dat ik jou ook had moeten vertellen. Iets persoonlijks."

De moed zakt me in de schoenen. Staat Evan op het punt om me te vertellen dat hij getrouwd is? Verloofd? Ik zet me schrap voor het ergste.

"Ik heb een vasectomie gehad," zegt hij, alsof hij iets beschamends toegeeft.

Dat is helemaal niet wat ik had verwacht dat hij zou zeggen. Een vasectomie? Wanneer? Waarom?

"Vrouwen maakten het altijd met me uit nadat ik het hen had verteld," vervolgt Evan. "Daarom heb ik het je niet verteld. Ik wilde het wel, en ik was van plan om dat binnenkort te doen, maar —"

"Je dacht dat ik het met je zou uitmaken. Net als de anderen," zeg ik terwijl ik naar hem staar.

"Ga je dat doen?"

Betekent dat dat we nog niet uit elkaar zijn? En hoe zit het met dat hele geen-labels-gedoe?

"Nee," zeg ik resoluut. Want hoe we dit ding ook wel of niet tussen ons noemen, zijn vasectomie is voor mij zeker geen probleem.

"Omdat je al een zoon hebt?" vraagt hij, en zijn gezicht licht op.

"Dat, en ook..." Ik slik de plotselinge brok in mijn keel weg. "Ik kan geen kinderen meer krijgen."

Evans ogen worden groot. "O. Ben je —"

"Weet je nog dat ik een hekel had aan ziekenhuizen, omdat ik bijna dood was gegaan?"

Hij knikt.

"Dat was toen ik van Reagan beviel." Ik haal diep adem en veeg het stof weg dat om de een of andere reden in mijn ogen is gekomen. "Nadat hij me had gered, vertelde de chirurg me dat het onwaarschijnlijk is dat ik ooit nog op natuurlijke wijze zwanger zal worden."

Evan pakt mijn hand weer en knijpt er zachtjes in. "Het spijt me."

"Het geeft niet." Ik voel me vooral goed als hij mijn hand vasthoudt zoals hij dat doet. "Als ik in de toekomst heel graag nog een kind wil, dan zijn er opties zoals IVF." Het is extreem duur, maar alles wat medisch is, is dat ook. "Mag ik vragen waarom je de vasectomie hebt ondergaan?"

Zodra ik de pijn in zijn ogen zie, betreur ik de ongepaste vraag, maar het is te laat.

"Ik rouwde op dat moment om mijn moeder," zegt hij. "Het is mogelijk dat ik die beslissing tot later had moeten uitstellen. Het punt is dat ik heb ontdekt dat als ik ooit een dochter zou krijgen, het bijna zeker zou zijn dat ze net als mijn moeder zou eindigen. Ik kon me dat soort pijn niet voorstellen, dus heb ik voor de beste anticonceptie gezorgd die er is."

Ik snak naar adem en neem hem dan in een stevige

knuffel, terwijl ik de hele tijd tegen tranen vecht. "Dat is echt klote. Het spijt me."

"Bedankt," zegt hij hees als ik me terugtrek. "Net als jij zou ik een kind kunnen krijgen als ik er *echt* een wilde. Een vasectomie kan soms worden teruggedraaid en er kan altijd sperma worden verkregen." Hij huivert een beetje terwijl hij dat laatste beetje zegt. "Het is ook mogelijk om het DNA van een embryo te screenen."

Ik knik en we staren elkaar heel lang aan. Ik vecht tegen de drang om hem nog meer te omhelzen, of erger nog, hem te kussen. Ik vecht ertegen, omdat hij me nog steeds iets heel belangrijks niet heeft verteld.

"Dus..." Ik schraap mijn keel. "Waarom ben je hier?"

Ik kan het waarschijnlijk wel raden, maar ik wil het hem horen zeggen.

De pijn verdwijnt uit zijn blik. Het wordt door een verhitte intensiteit vervangen die de vlinders in mijn buik laat dansen. Ze ontkurken verse flessen glijmiddel en hervatten hun orgie terwijl Evan een plukje haar achter mijn oor stopt. "Ik heb besloten dat het tijd is om naar New York te komen voor een vakantie," zegt hij met een scheve grijns.

"Een vakantie?" Misschien is het geen orgie die de vlinders hebben, maar een gangbang?

"Een die zal duren totdat we erachter komen wat er tussen ons speelt," bevestigt hij.

Dus... mijn gok was juist. Het zorgt ervoor dat ik wil juichen en hier op deze bank mijn gang met Evan wil gaan, zodat alle agressieve duiven het kunnen zien. "En wat als het een tijdje duurt?"

"Ik zal hier zo lang zijn als nodig is." Hij schuift dichter naar me toe op de bank — en we zaten al behoorlijk dicht bij elkaar.

Mijn hart begint sneller te kloppen. "Maar hoe zit het met je onroerend goed?" Heeft hij altijd zoveel warmte uitgestraald? Het is alsof hij de zon van Florida mee heeft genomen.

"Ik heb mijn huis op Airbnb geadverteerd en iemand ingehuurd om het allemaal te beheren", zegt hij.

"En het kamp?" Waarom kus ik hem nog niet?

Hij trekt rimpels in zijn voorhoofd. "Vic was me een gunst verschuldigd, dus ik heb hem gevraagd om het in het kamp van me over te nemen."

"Dr. Hugo surft?" Waarom gebruik ik nog steeds onze lippen verkeerd door te praten?

Alsof hij mijn gedachten leest, kijkt Evan hongerig naar mijn lippen. "De les zal voorlopig kajakken zijn."

"Hoe zit het met je eigen surfen?" Mijn tepels zijn onaangenaam hard tegen mijn shirt, dus ik verplaats mijn beha.

Evans ogen worden warm — hij heeft duidelijk mijn damesachtige gedrag opgemerkt. "Rockaway Beach in Queens is blijkbaar een geweldige surfplek... hoewel ik zelfs naar je toe zou zijn gekomen, als je in de woestijn had gewoond."

"Is dat zo?" zeg ik, terwijl mijn borst zich samenknijpt.

"Ja." Hij pakt met zijn grote, warme handen mijn

gezicht vast. "Ik heb me iets gerealiseerd. Je hebt de schatkaart van mijn hart."

De vlinders in mijn buik bereiken een gelijktijdig orgasme. "Hé, dat is mijn ding."

"Laat me het dan op een andere manier zeggen." Hij leunt naar voren totdat onze lippen elkaar raken en ik de zwakke munt in zijn adem kan ruiken. "Ik hou van je," fluistert hij. "Ik weet dat we elkaar nog niet zo lang kennen, maar ik —"

"Ik hou ook van jou." Ik leg mijn handen op de zijne en staar in zijn ogen. "Je bent de perfecte golf die ik altijd al heb willen berijden."

"Hé, dat is mijn ding," zegt hij en zijn lippen drukken eindelijk op de mijne.

De kus is verzengend en diep. Het voelt als het gecombineerde totaal van alle kussen die we zouden hebben gehad als ik was gebleven. We herbevestigen met onze dansende tongen alle liefde die we net aan elkaar hebben toegegeven en doen beloften van een mooie toekomst, een die ik maar al te graag wil beginnen.

BROOKLYN

"Ik kan niet geloven dat je nu een boerenmeisje bent," zegt Jolene, naar het schaap in de verte gebarend.

Ik kijk om me heen en bekijk mijn nieuwe huis vanuit haar perspectief — de boomgaarden met de fruitbomen, de graanvelden, al het pluizige vee en vooral de oceaan die in de verte te zien is.

Yep. Soms knijp ik mezelf om zeker te weten dat dit mijn leven is. Totdat Evan dit hele ding had opgezet, dacht ik niet eens dat boerderijen aan het strand een ding waren, maar het blijkt dat ze dat wel zijn. Je moet er gewoon voor zorgen dat de grond vruchtbaar is, maar dat is iets wat je op elke boerderij moet doen. Er zijn zeker uitdagingen, zoals de apparatuur die sneller corrodeert vanwege de zeelucht, maar er zijn ook voordelen, zoals minder ongedierte, waardoor het gemakkelijker wordt om ons voedsel biologisch te houden.

"Wat ik niet kan geloven is dat ze ermee in heeft gestemd om een Floridiaan te worden," zegt Dorothy. "Er is nergens een goede pizzeria te zien en geen bezienswaardigheden."

Evan maakt geweldige pizza's en St. Augustine heeft genoeg bezienswaardigheden, maar ik wil geen discussie voeren. "Ik kon er niets aan doen," zeg ik in plaats daarvan. "Na de bruiloft heeft Reagan samen met Evan tegen me samengespannen, totdat ze elk argument dat ik tegen verhuizen kon verzinnen, van me afnamen."

Niet dat ik het erg vond om te verhuizen, maar mijn vriendinnen zijn zulke rasechte New Yorkers dat ik op zijn minst moet doen alsof ik ertegen heb gevochten.

"Nou, je had de bruiloft niet in Florida moeten houden," zegt Jolene wijselijk. "Of Reagan weer naar dat kamp moeten sturen."

Ze heeft gelijk. Tussen de bruiloft en al die tijd in het kamp is Reagan waanzinnig verliefd op de Sunshine State geworden. "In mijn verdediging, wilde ik mijn bruiloft *echt* in de kathedraal basiliek houden." Ik gebaar in de algemene richting van Sint-Augustine.

"En de receptie in het Lightner-museum," zegt Dorothy op kwijlende toon.

"En je huwelijksreis in het Casa Monica Hotel," zegt Jolene, op een griezelig vergelijkbare toon.

Ik zucht tevreden. "Het was de bruiloft van mijn dromen."

Jolene geeft Dorothy zachtjes een elleboog. "Ze is zo zoet dat het ons diabetes gaat geven."

"Dat is niet hoe je het krijgt," zegt Dorothy en ze begint een preek over alle groente waar ze Jolene niet van heeft kunnen overtuigen om te eten.

"Waar is de jarige?" eist Jolene, terwijl ze Dorothy's tirade over boerenkool afkapt.

Ik wijs naar de oceaan. "Hij en Evan zijn gaan surfen."

De twee zijn zulke dikke maatjes geworden, en soms betrap ik mezelf erop dat ik me afvraag of Reagan de voorkeur geeft aan Evan boven mij — en ik zit er niet mee. Helemaal niet. Zelfs niet als ze mijn aanbod om Scrabble te spelen ten gunste van een gewelddadig videospel afwijzen. Noch als ze zonder mij een nerf-wapengevecht hebben — allemaal omdat ik ooit heb gezegd: "Als jullie hiermee doorgaan, dan kan iemand een oog verliezen."

"Is het feest een verrassing?" vraagt Jolene.

Ik knik. "Iedereen zit te wachten. We moeten ons haasten en ons bij hen voegen."

We gaan naar het landhuis — en ja, dat is het meest nauwkeurige woord om ons huis te beschrijven.

"Het is zo groot." Dorothy staart naar ons niet zo nederig onderkomen.

"Dat zei ze toen ook," fluistert Jolene luid. "De eerste keer dat ze Toto zag."

"Je hebt beloofd vandaag niet over dildo's te praten," sist Dorothy blozend.

"Mag ik het over echte piemels hebben?" Jolene

gebaart naar het landhuis. "Iets specifieker, moet Evan iets compenseren?"

Het is mijn beurt om te blozen. "Ons huis staat eigenlijk behoorlijk in verhouding tot wat je insinueert."

"O." Jolene tikt tegen een onzichtbare hoed. "Is hij daarom zo groot?"

"Het was eigenlijk Reagans idee." Ik vernauw mijn ogen tot spleetjes naar Jolene, zodat ze weet dat grappen over mijn zoon verboden terrein zijn.

"Is dat zo?" vraagt Dorothy.

"Hij heeft ergens over Florida's vrijwaring van huizen gelezen," zeg ik met een grijns. "En toen had hij Evan ervan overtuigd dat een hoofdverblijf in deze staat heel veel geld waard zou kunnen zijn, omdat geen enkele schuldeiser het ooit van je af kan nemen, zelfs de belastingdienst niet."

"We hebben het over dezelfde Reagan die vandaag tien wordt?" vraagt Dorothy.

Ik probeer nonchalant te knikken — een mislukking, omdat ik met genoeg trots straal om een parade te beginnen.

Wanneer we de sierlijke deuren bereiken, detecteren ze de Glorp om mijn pols en openen ze automatisch — een synergie van Octothorpe-technologie die even griezelig als nuttig is.

Mijn liefste Precious, denk geen seconde dat dit deurmechanisme je ooit met dezelfde ijver kan aanbidden als ik. Het heeft geen heiligdom waar het je als een vruchtbaarheidsgodin aanbidt. Het hongert niet naar de overheerlijke schilfers van dode huid die je elke keer dat je onder de douche scrubt vrijmaakt.

Als mijn vriendinnen naar binnen lopen, fluiten ze allebei.

Ja. Op aandringen van mijn zoon besloot Evan om het miljardair zijn te omarmen, dus heeft hij een team van kunstenaars ingehuurd om de lobby eruit te laten zien als de binnenkant van een golf — waarvoor ik geloof dat er genoeg kristal nodig was om Swarovski een jaar lang te runnen. O, en het doet ook dienst als balzaal.

"Is dit de hele stad?" vraagt Dorothy met een luide fluistering en ze kijkt dan naar de menigte die in de balzaal zit.

Ik pak een champagnefluit van de dichtstbijzijnde ober. "Het zijn gewoon de mensen die we kennen." We kennen er toevallig zoveel. "Het personeel van het kamp is er ook, en de kinderen ook." Ik gebaar naar het luidere deel van de balzaal. "De enige mensen die we kennen die we niet hebben uitgenodigd, zijn de vervelende leden van de VvE." Deze steek onder water was Evans idee om wraak te nemen, omdat hij denkt dat de nieuwsgierige aagjes dolgraag de binnenkant van dit landhuis willen zien — het grootste huis in Palm Islet.

"O, mijn god." Dorothy wijst naar de man die meestal Evans maatje voor videogesprekken is, maar toevallig vandaag hier in levenden lijve aanwezig is.

Jolene wappert zichzelf koelte toe. "De god die Thor is, toch? Daar doet die kerel me aan denken."

"Je snapt het niet," zegt Dorothy met grote ogen. "Dat is Mason Tugev."

Ik knipper met mijn ogen naar haar. "Hoe weet je zijn naam?"

"Weet niet iedereen dat?" roept Dorothy uit. "Hij is een beroemde hockeyspeler!"

Huh. Evan heeft dat nooit gezegd. Ik zie het echter wel. Mason is zo groot als een Newfoundlander, maar pezig en gespierd als een pitbull, met de koude ogen van een wolf.

"Wees eerlijk." Jolene wendt zich tot Dorothy. "Voel je echt niets als je naar zo'n man kijkt? Geen tintelingen? Ik beloof dat ik niet jaloers zal worden."

Dorothy rolt met haar ogen. "Geef dat nu eens op."

"Kom," zeg ik, gretig om dit gesprek in de kiem te smoren, voor het geval Mason een goed gehoor heeft. "Laat me jullie aan mijn baas voorstellen."

Ik leid ze naar Calvin en leg uit dat ik sinds mijn recente afstuderen op dinsdag en woensdag officieel de dierenarts in de plaatselijke kliniek ben geworden.

"Waarom maar twee dagen?" vraagt Dorothy.

Ik wijs naar de deur. "Onze boerderijdieren hebben regelmatig een dierenarts nodig en dat ben ik."

"Nu we het daar toch over hebben..." Calvin trekt zenuwachtig aan zijn snor. "Heeft Carrie nog gehuild?"

"Nee. De oogdruppels hebben geholpen." Koeien huilen niet om verdriet te uiten — althans voor zover wetenschappers weten — maar hun ogen gaan tranen als ze droog of geïnfecteerd zijn. Beide problemen zijn door de druppels opgelost.

"Hoe zit het met Charlotte?" vraagt Calvin. "Is haar eetlust beter?"

"Veel beter," zeg ik. "Zowel die van haar als die van Miranda."

"Hoe zit het met Samantha?" zegt hij. "Is ze —"

"Luister, Calvin, al je meisjes zijn prima in orde."

Ik zie dat mijn vriendinnen ons vragend aankijken en leg uit: "Calvins koeien wonen nu hier bij ons, op de boerderij."

"Maar ik bezoek ze elke kans die ik krijg," zegt Calvin defensief.

Het is waar. Hij komt misschien een beetje te vaak op bezoek. Hij neemt ze ook bij elke kans die hij krijgt mee om op het nabijgelegen strand te lopen.

"En ik had geen andere keuze," vervolgt hij. "De VvE heeft me een ultimatum gesteld."

Ik ben eerlijk gezegd geschokt dat hij in een privégemeenschap kon wonen en koeien als huisdier kon houden zolang hij dat deed. Ik begrijp ook niet hoe hij zonder boerderij met de logistiek van de koeien omging. Zelfs met een boerderij moet Harry de runderen de hele tijd van kattenkwaad weghouden.

"Onze boerderij is een beter thuis voor hen," zeg ik geruststellend tegen Calvin. "Waar kunnen ze nog meer met een kat spelen?"

Yep. Het is een ding. Sally houdt van koeien en de koeien houden van haar, ondanks het feit dat ze de rundvleesversie van Fancy Feast eet.

Mijn telefoon piept met een berichtje van Evan:
We zijn bijna thuis.

"Oké, iedereen!" roep ik. "Dit is een verrassingsfeest, dus verstop je zo goed als je kunt en maak je klaar om 'Verrassing!' te schreeuwen."

Iedereen doet wat ik zeg en de kamer wordt verrassend stil.

De deuren gaan open en Evan is de eerste die binnenkomt.

Ik adem in. Zelfs na drie jaar met hem samen te zijn geweest en ongeveer 1.357 orgasmes te hebben gehad, maakt de aanblik van hem mijn slipje nog steeds vochtig.

Reagan komt hierna binnen, en het kan mijn verbeelding zijn, maar ik denk dat hij in de paar uur dat hij weg was nog een centimeter is gegroeid. Toevallig blokkeert zijn surfplank zijn zicht, dus schreeuw ik: "Nu!"

"Verrassing!" schreeuwen we allemaal keihard.

Het geschreeuw werkt iets te goed. Reagan is zo geschrokken dat hij Boone per ongeluk met de surfplank op zijn hoofd slaat. Als iets uit de routine van *The Three Stooges* zwaait Boone met zijn armen om zijn evenwicht te herwinnen — en bereikt dat door een van Bonnies grote borsten te pakken, op welk moment ze als een ketter in de handen van de Inquisitie begint te gillen.

Met zijn evenwicht herwonnen — maar niet zijn waardigheid —laat Boone de borsten los en wordt Bonnie stil en knalrood.

"Verrassing?" roept iedereen zwakjes tegen Reagan.

Mijn zoon laat de surfplank aan zijn voeten vallen

en laat een van zijn krachtige jongensachtige grijnzen zien.

Iedereen ontspant zich en de komende minuten heerst er chaos terwijl onze gasten hem feliciteren en hem met geschenken overladen. Ondertussen baant Evan zich een weg naar mij toe en geeft me een kus die naar oceaan, zon en orgasmes smaakt.

"Klaar om onze grote verrassing te onthullen?" mompelt hij nadat hij zich heeft teruggetrokken.

Het enige wat ik echt wil, is Evan naar onze slaapkamer jagen, maar de plicht van moeder komt op de eerste plaats, dus ik knik.

Evan pakt zijn telefoon en gebruikt een Octothorpe-app om het gigantische scherm van bioscoopformaat aan de achterste muur op te starten, en de eerste foto in de diavoorstelling die we hebben gemaakt verschijnt. Een die gewoon zegt: "En nu voor de cadeaus van mama en papa."

Yep. Reagan verwijst nu al twee jaar naar Evan als papa, en tot op de dag van vandaag smelt er elke keer als ik het hoor iets in mijn borst. Bij sommige gelegenheden noemt hij hem ook meneer papa.

"Mag ik ieders aandacht?" zegt Evan hardop.

Iedereen kalmeert.

Ik vang Reagans blik op. "Klaar om het eerste cadeau te zien?"

"Ja!" Reagans ogen stralen.

Ik vermoed dat hij weet wat het is, omdat hij er nu al een paar maanden heel erg op zinspeelt.

Evan laat de eerste dia zien en zie, het is een foto van een jetski.

Reagan gilt van vreugde en tackelt-knuffelt Evan — want hij heeft waarschijnlijk goed geraden dat het Evan was die me ervan overtuigde om mijn zoon dit exorbitante en gevaarlijk lijkende geschenk toe te staan.

Evan heeft eigenlijk drie jetskis gekocht, zodat we ze samen kunnen gebruiken. We hebben ook afgesproken dat Reagan alleen met een volwassene op de jetski zal gaan, bij voorkeur een die net zo goed kan zwemmen als Evan (in tegenstelling tot mezelf die een geschiedenis van bijna-verdrinking heeft).

Wanneer Reagans opwinding een beetje afneemt, vraagt hij: "Wat is het tweede geschenk?"

Ah. Juist. "Herinner je je alle keren dat je om een zusje hebt gevraagd?" vraag ik met een glimlach.

Het was altijd specifiek een zusje, want — en ik citeer: "Op deze manier kan ik haar beschermen. Als ze groot is, kan ik ook met een van haar vriendinnen uitgaan."

Bij het woord 'zusje' lichten de ogen van mijn zoon nog meer op. O, en niet verrassend kijken alle aanwezigen naar mijn buik, gevolgd door afkeurende blikken naar de champagne die ik drink.

"Maak kennis met Ariël," zeg ik en ik knik naar Evan, die weer op de knop drukt en een nieuwe diavoorstelling ontketent met de schattige driejarige die we hebben besloten te adopteren.

Reagan kijkt met opgewonden fascinatie naar de

diavoorstelling en als het klaar is, eist hij te weten wanneer Ariël bij ons zal komen.

"Over een paar dagen," zeg ik. "Onze advocaten zijn op dit moment al het papierwerk aan het afronden."

"Ik kan niet wachten." Reagan stuitert op en neer en ik weet precies hoe hij zich voelt. Evan en ik kunnen ook niet wachten om onze nieuwe dochter te ontmoeten.

We hebben geen oog meer dichtgedaan sinds we erachter zijn gekomen dat dit eindelijk gaat gebeuren.

Reagan, een tienjarige, gaat al door naar het volgende meest opwindende onderwerp. "Wanneer mag ik op de jetski?" vraagt hij, terwijl hij doorgaat met stuiteren.

"Morgenvroeg," zeggen Evan en ik in koor. We wisten dat deze vraag zou komen, dus we zijn voorbereid.

"Cool." Reagan gebaart naar het lawaai. "Ik ga mijn vrienden gedag zeggen."

Hij rent weg naar waar de kinderen van het kamp zijn, en Evan en ik grijnzen naar elkaar en voegen ons bij de rest van de gasten. Mijn hart zit er echter niet in. Ik wil Reagan gelukkig zien zijn — maar hij is nu op een leeftijd dat ik hem voor schut zou zetten als ik te dichtbij zou komen als hij bij zijn vrienden is. Een deel van me wil de komende dagen ook vooruitspoelen totdat Ariël er is. Of op zijn minst wil ik door dit feest heen spoelen, zodat ik alleen met Evan in onze gigantische slaapkamer kan zijn.

Helaas is het feest is nog maar net begonnen.

"Wanneer hebben jullie besloten om te adopteren?" vraagt Jolene als we bij haar en Dorothy zijn.

"Zes maanden geleden," antwoordt Evan en hij slaat zijn arm om mijn schouders.

"Sorry dat ik het jullie niet heb verteld," zeg ik schaapachtig. "Ik wilde niets vervloeken."

"Ik ben gewoon verrast," zegt Dorothy. "Het enige waar je de laatste tijd over hebt gesproken, is IVF."

Evan en ik wisselen een blik uit en hij knikt en bevestigt dat hij het goed vindt dat ik dit met mijn beste vriendinnen deel.

"Dat hebben we ook gedaan," zeg ik. "En we hebben nu een ingevroren embryo — een jongen — voor als we onze familie verder willen uitbreiden."

"Wauw," zegt Dorothy.

"Vertel me er alles over," zegt Jolene. "Laat geen enkel detail weg."

Ik weet dat ze naar IVF vraagt, omdat ze aan iets heeft gedacht dat als net zo'n leuk idee klinkt als iets uit een Jerry Springer-aflevering: de eicel van Dorothy en het sperma van Jolenes broer gebruiken om een baby te maken die Jolene zou dragen.

Evan — die dit allemaal niet weet — vertelt over onze reis en ik doe van tijd tot tijd mee. Daarna gaan we met andere mensen praten en drinken we meer champagne.

De champagne maakt me extra bewust van hoe sexy Evan is, en als het dansen begint, ben ik bijna klaar om hem te bespringen. Na wat aanvoelt als een jaar van gedwongen celibaat, beginnen mensen eindelijk te vertrekken — of gaan ze naar de gastenkamers boven in het geval van de bezoekers van buiten de staat. Een paar uur later zijn Evan en ik eindelijk alleen — en een beetje aangeschoten, althans ik.

"Wie er het eerste is," zeg ik met een grijns en sprint dan naar de slaapkamer.

Evan is of nog dronkener dan ik, of hij laat me winnen —ongetwijfeld omdat hij het leuk vindt hoe mijn boezem na een sprint op en neer gaat.

"Dat was een geweldig feest." Met verhitte ogen doet Evan de deur op slot en zet hij sexy muziek aan.

"Dat was het zeker." Ik laat mijn cocktailjurk op de grond vallen. "Geweldig."

Evan stript net zo snel en ontketent vitamine D in al zijn pracht. "Doe die slip uit," eist hij.

Ik doe wat me wordt verteld, doe dan alvast mijn beha uit en laat mijn haar los.

"Precies zo. Buig nu over het bed." Evan begeleidt zijn commando met een tik van zijn pik.

Ik kom in de positie waarin hij me wil hebben, en dan bloos ik als ik de koele lucht van de airco op mijn drijfnatte delen voel. De huid op mijn benen krijgt kippenvel.

"Raak jezelf aan." Evans stem is vlak achter me, zijn warme adem blaast tegen mijn billen.

Ik bijt op mijn wang en druk op mijn clitoris net als Evans tong tussen mijn billen glijdt.

O wauw.

Hij begint te bewegen.

Dubbel wauw.

Ik kreun als een monster van een orgasme zich in mijn kern opbouwt.

Evans tong voert nog meer bedieningen uit.

Ik kom er dichterbij.

De bedieningen vertragen, waardoor ik smekend kreun.

"Ik wil je in me," hijg ik en pak de lakens vast.

Evan trekt zijn tong weg. "Waarin?"

"Je weet waar."

"Je moet het zeggen."

"Mijn kont." Ondanks dat ik hier ongeveer tweehonderd keer om heb gevraagd, worden mijn wangen knalrood. "Alsjeblieft, Evan."

Hij gromt goedkeurend. "Ik vind het leuk als je smeekt."

Daarmee giet hij wat zijdeachtig glijmiddel op de plek waar zijn tong net was en komt hij met een vinger binnen.

O, mijn god, ja.

Twee vingers.

O, dat is lekker. Vol, bijna ongemakkelijk, maar o zo lekker.

Ik wrijf wanhopig over mijn clitoris terwijl de eikel van vitamine D Evans vingers vervangt en dieper naar binnen gaat, me vult en me bijna tot het punt van pijn uitstrekt, maar er nooit helemaal komt. In plaats daarvan is het gevoel gestructureerd, gelaagd, de groeiende spanning in me is zo krachtig dat ik er doorheen moet hijgen.

Hij duwt zich dieper naar binnen en mijn

zenuwuiteinden exploderen, het genot stroomt langs mijn ruggengraat en laat me overal huiveren, zich om zijn binnenvallende pik klemmend.

Evan kreunt. "O, ja. Dat is een goed begin." Zijn eeltige vingers vervangen de mijne op mijn clitoris terwijl hij langzaam nog dieper duwt. "Nu wil ik dat je samen met me komt."

Het enige wat ik kan doen is zijn naam hijgen en dan schreeuwen terwijl zijn vingers aan me werken.

"Goed zo." Evan penetreert met een vinger mijn poesje en de dubbele rek is de laatste druppel die mijn orgasme nodig heeft.

Ik kom met een onsamenhangende kreet klaar, mijn kont knijpt zo hard in zijn pik dat hij "O, fuck!" gromt en dan voel ik de warme stralen van zijn ontlading diep in me.

We vallen samen op het bed en het duurt enkele minuten voordat we de kracht vinden om onszelf naar de badkamer te slepen en onszelf schoon te maken.

"Dat was niet *precies* samen komen," mopper ik als ik weer in bed en in zijn armen lig. "We leken meer op vallende dominostenen."

Hij kust mijn nek. "Dat betekent gewoon dat we wat meer moeten oefenen."

Ik grijns tevreden. Ik weet dat ik van die oefening zal genieten, net zoals ik van alles en nog wat geniet dat met deze man te maken heeft.

Met Evan is mijn leven een vakantie die nooit zal eindigen.

Voorproefjes

Bedankt voor je deelname aan de reis van Brooklyn en Evan! Om ervoor te zorgen dat je nooit een release mist, meld je dan aan voor de nieuwsbrief op www.mishabell.com/nl.

Als je op zoek bent naar meer Misha Bell, sla dan de pagina om, om sneakpreviews van onze andere lachwekkende boeken te lezen!

Fragment uit De hondenoppas van een miljardair

Lilly

Een kans om de miljardair wiens bank mijn ouderlijk huis had afgepakt te zeggen wat ik van hem denk? Ja, graag! De hebzuchtige, arrogante eikel denkt dat ik hier ben om op de baan te solliciteren van hondentrainer (ook wel oppas genoemd), maar er zit een grote storm aan te komen.

Dus wat als Bruce Roxford lang, gespierd en knap is? Niets zal me ervan weerhouden om hem te zeggen wat ik van hem denk - zelfs niet zijn schattige chihuahua pup, de waanzinnige hoeveelheid geld die hij voor de baan aanbiedt, of zijn prachtige, diepblauwe ogen...

Maar door de combinatie? Zit ik in de problemen.

Bruce

Lilly Johnson is vijf minuten te laat voor ons geplande

sollicitatiegesprek en ik heb nog nooit een medewerker aangenomen die te laat komt. Maar voordat ik haar weg kan sturen, wordt mijn chihuahua pup verliefd op haar.

Ja, alleen de chihuahua.

Deze vrouw is onprofessioneel, moeilijk, sarcastisch... en om de een of andere reden onmogelijk om uit mijn hoofd te krijgen.

Dus huur ik haar natuurlijk in als mijn inwonende hondentrainer. Hoe slecht kan dat idee zijn?

Hoe kan hij in vredesnaam heet zijn? Alles aan Bruce Roxford is ijskoud, van zijn arctische blauwe ogen tot de ijzige frons op zijn lippen. Zelfs zijn donkere, naar achter gekamde haar heeft een koele, blauwzwarte glans in plaats van de gebruikelijke warme bruine ondertonen.

"Ja?" eist hij, zonder zijn voordeur verder te openen.

Waarom doet hij alsof zijn beveiligingsmensen niet hebben aangekondigd wie ik ben? Om nog maar te zwijgen van het feit dat we een afspraak hebben — en het is niet zo dat er willekeurige mensen van en naar zijn enorme landgoed komen en gaan.

Ik doe mijn best om niet te rillen van de kilte die hij uitstraalt en zeg, "Ik ben Lilly Johnson."

Geen antwoord.

"De hondentrainer."

Stilte.

"Ik ben hier voor een sollicitatiegesprek met Bruce Roxford?"

Wat ik niet zeg, is dat het sollicitatiegesprek slechts een voorwendsel is om de harteloze klootzak uit te schelden. Zijn bank heeft me mijn ouderlijk huis afgenomen, dus toen ik zijn advertentie zag waarin hij op zoek was naar iemand in mijn vakgebied, wist ik dat het het lot was.

Misschien moet ik hem nu gewoon uitschelden?

Nee. Dan slaat hij de deur in mijn gezicht en laat hij zijn beveiliging me van het terrein af begeleiden. Ik moet hem als een geboeid publiek hebben. Voordat ik hem persoonlijk zag, had ik bedacht dat ik ons in een kamer zou opsluiten en het briefje zou voorlezen dat ik voor de gelegenheid zorgvuldig heb samengesteld. Op die manier zou ik geen beledigingen of beschuldigingen vergeten. Nu ik echter oog in oog met dit enorme mannelijke exemplaar met brede schouders sta, ben ik er minder zeker van om alleen met hem te zijn, vooral in een vijandige situatie.

Hij slaat zijn gespierde arm voor zijn gezicht en fronst naar zijn A. Lange & Sohne-horloge. "Je bent te laat. Tot ziens."

De woorden raken me als scherven van hagel.

"Vijf minuten te laat," antwoord ik, trots op hoe stabiel mijn stem is. "Er was file en —"

"File is net zo'n voorspelbaar feit als belastingen." Hij begint de deur voor mijn gezicht te sluiten.

Ik zuig lucht naar binnen. Er is geen tijd om mijn hele donderpreek te lezen. Een snelle versie zal moeten volstaan.

Voordat ik iets venijnigs kan loslaten, schiet er een waas van zwart dons uit de kleine kier tussen de deur en het kozijn.

Een cavia?

Nee. Hij kwispelt met zijn staart en likt aan mijn schoenen.

Oh, natuurlijk. Het is een pup — wat logisch is, gezien de advertentie.

Mijn hart maakt een sprongetje. Dit is een langharige chihuahua — en ook nog eens een prachtige, met een zijdeachtige pikzwarte vacht, een witte vacht op de borst, een snoet die me aan een kleine beer doet denken, en bruine vlekken boven zijn ogen die op nieuwsgierige wenkbrauwen lijken. Beter nog, het gebrek aan blaffen van blijdschap en enkelbijten doet me denken dat dit misschien wel het vriendelijkste lid van dit specifieke ras is.

Ik hurk en aai zijn hemelse vacht. "Hallo daar. Wie ben jij?"

De pup laat zich op zijn rug vallen en onthult dat hij inderdaad een brave *jongen* is, in tegenstelling tot een meisje.

Een bitterzoete pijn knijpt in mijn borst terwijl ik het kleine kale plekje op zijn buik krab. Het is vijf jaar geleden dat ik Roach verloor, de hondenliefde van mijn leven, en ook hij was een chihuahua — alleen veel groter, minder vriendelijk voor vreemden en met een gladde vacht.

Wanneer ik een nieuw lid van dit ras tegenkom, dan tast tot op de dag van vandaag een vleugje verdriet de vreugde aan om een hond te ontmoeten. Gelukkig zijn er, omdat ze klein zijn, maar weinig mensen die formeel chihuahua's laten trainen, dus heb ik hierdoor nog nooit een klant hoeven te laten gaan. In ieder geval wint de vreugde snel als ik mijn vingers beweeg om aan de donzige borst van de pup te krabben, en hij eruit begint te zien alsof hij aan de heroïne zit.

"Dat vind je fijn, nietwaar, lieverd?" zeg ik.

Zoals gewoonlijk geeft mijn verbeelding me de reactie van de hond — die om de een of andere onbekende reden wordt uitgesproken met de onmogelijk diepe stem van James Earl Jones, ook bekend als Darth Vader:

Hou ik van buikmassages? Dat is hetzelfde als vragen of ik het fijn vind om naar de maan te huilen. Of aan mijn ballen te likken. Of het eten van een —

Ergens ver boven me hoor ik iemand geïrriteerd uitademen.

Oh shit. Ik was vergeten waar ik was. Het komt vaker voor als er honden bij betrokken zijn.

Ik ga in mijn volledige lengte rechtop staan (die, toegegeven, amper anderhalve meter is) en staar uitdagend in de blauwe ogen van mijn aartsvijand — die nu groter lijken, als visgaten in een ijskoud meer.

"Hoe heb je dat voor elkaar gekregen?" vraagt hij eisend.

Ik stop nerveus een haarlok achter mijn oor. "Wat voor elkaar gekregen?"

Hij gebaart naar de chihuahua die staat te kwispelen. "Colossus is nooit vriendelijk. Tegen wie dan ook."

Dus misschien is hij wel typerend voor zijn ras, grijns ik, niet in staat om mezelf tegen te houden. "Colossus? Wat is hij, één kilo?"

"Anderhalve kilo," zegt hij, zijn uitdrukking nog steeds streng. "Heb je spek in je zakken?"

Ik heb het gevoel dat ik op proef ben en trek mijn zakken tevoorschijn om te laten zien dat ze leeg zijn. "Ik geef honden nooit spek. Zelfs de veiligste soorten hebben te veel vet en natrium, om nog maar te zwijgen van andere smaakstoffen die —"

"Oké," onderbreekt hij me heerszuchtig.

Ik knipper met mijn ogen naar hem. "Oké, wat?"

"Je hebt de baan."

———

Bezoek <u>www.mishabell.com/nl</u> om jouw exemplaar van *De hondenoppas van een miljardair* vandaag nog te bestellen!

Fragment uit Losbol miljardair

Hij is een miljardair... en een losbol.

Ja, ik weet dat het niet de jaren 1800 zijn. Ik ben gewoon een beetje geobsedeerd door historische romantiek, dat is alles. En boeken in het algemeen, daarom ben ik op weg naar mijn droombaan in de bibliotheek wanneer de schaapachtige hond van Adrian Westfield me omver en in de modder gooit. Dus ik ben te laat, vies en verknoei mijn sollicitatie — om vervolgens het aanbod van mijn leven te krijgen.

Om de voogdij over zijn dochtertje te winnen, wil Adrian Westfield van mij zijn nepvrouw maken.

"Waarom wacht je niet in de bibliotheek?" vraagt mam, en hoewel we aan de telefoon zitten, voel ik de bezorgdheid op haar vriendelijke gezicht. "Ik dacht dat dit sollicitatiegesprek belangrijk was."

Belangrijk is een understatement. Deze baan als bibliothecaresse is als de ring, en ik ben Gollum.

Ik pak de telefoon steviger vast en kijk om me heen naar mijn pittoreske omgeving in Central Park. "Ik wist dat te lang in de wachtkamer zitten me nerveus zou maken, dus heb ik een promenade genomen." Niet dat het veel hielp.

Mam snakt hoorbaar naar adem. "Is 'promenade' hoe de jeugd Xanax tegenwoordig noemt?"

Ik laat mijn telefoon bijna in het serene water van het nabijgelegen meer vallen. "Een promenade is een ontspannen wandeling op een openbare plaats. Sorry — nog een van die historische romantische woorden."

"Oh." Mam klinkt veel te opgelucht, aangezien ik nog nooit drugs heb gebruikt. "Zorg ervoor dat je ze vertelt hoe leuk je die boeken vindt."

Huh. Zeggen dat ik alleen van historische romans *hou*, is hetzelfde als zeggen dat het personage van Glenn Close een beetje op Michael Douglas in *Fatal Attraction* leek. Of dat Hannibal Lecter in *The Silence of the Lambs* trek had in menselijke levers met tuinbonen.

Het alarm op mijn telefoon gaat af en het laat mijn hartslag omhooggaan. "Het is tijd om erheen te gaan," zeg ik tegen mama. "Ik heb maar tien minuten voordat mijn sollicitatiegesprek begint, en het is vijf minuten lopen."

"Ga dan," zegt mam. "Snel. Ik weet zeker dat je het geweldig zult doen."

"Bedankt." Ik hang op en strijk de rok van het pak glad dat ik van mijn laatste kleedgeld heb gekocht dat ik terug moet brengen als ik de baan niet krijg.

Maar die zal ik natuurlijk wel krijgen. Deze bibliotheek heeft de beste collectie historische romans ter wereld en ik ben de meest fervente lezer van historische romans die er is. Het is een match gemaakt in Victoriaans Engeland.

Juffrouw Miller trekt haar verstikkende korset aan, zet haar bonnet recht en tilt haar kin op. Tijdens moeilijke tijden als deze moet een dame een stijve bovenlip houden.

Ja, dat is beter. Als ik mezelf moet kalmeren of opvrolijken, dan plaats ik mezelf vaak in de rol van een negentiende-eeuwse dame genaamd juffrouw Jane Miller. Ze is de dochter van een baron die haar moeder buitenechtelijk zwanger had gemaakt en die toen prompt stierf op een schip dat op potvissen jaagde. Volgens overlevenden werd de beste baron door de twee meter lange pik van het majestueuze beest doodgeneukt — wat voor mij een passend ironisch lot lijkt voor een nutteloze spermadonor.

Om mezelf verder te ontspannen, doe ik mijn oortjes in en speel het themalied van *Bridgerton* van Netflix af.

Er verschijnt een dreigende witte schaduw in mijn ooghoek.

Ik draai me om en mijn al bonzende hart springt bijna uit mijn keel terwijl ik ter plekke verstijf, en er zich een dozijn vragen in mijn hoofd vormen.

Is dat een schaap? Zo ja, wat doet hij in Manhattan?

Waarom rent hij naar me toe? Kwispelt hij met zijn staart? Kun je gedood worden door een —

Ik kom uit mijn roes en probeer uit het pad van de herkauwer te stappen, maar het is te laat. Het massieve ding is al bij me, en staat op zijn achterste duivelshoeven en ploft met de kracht van Thors hamer zijn voorpoten op mijn schouders.

Ik vlieg achteruit.

Ik sla tegen de grond.

De lucht stroomt uit mijn longen en het is een worsteling om te ademen.

Er ligt dikke vloeistof om me heen.

Bloed? Hersenen?

Nee, erger.

Het is modder. Modder die me waarschijnlijk van een blessure heeft gered, maar mijn hoop om er representatief uit te zien heeft vernietigd.

Ik zuig wat lucht naar binnen en dank God dat ik niet dood ben. Wat betreft gênante manieren om te sterven, staat gedood worden door een schaap bovenaan samen met verscheurd worden door een hamster en doodgelikt worden door een kitten. Het feit dat ik als drieëntwintigjarige maagd zou sterven, zou de kers op de taart zijn.

Het schaap staat nu recht voor mijn gezicht. Staat hij op het punt om mijn oogleden op te eten? Of gaat hij op de bril kauwen die, door een wonder, nog steeds op mijn neus zit?

Nee. Hij likt aan mijn wang.

Zijn adem ruikt naar kip en zoete aardappelen.

Wat voor de duivel?

Wacht eens even. De vacht van dit schaap ruikt verdacht veel naar een natte hond. Bijna alsof —

"Het spijt me," zegt het schaap met een diepe, rijke, gladde, stem als gesmolten chocolade. "De riem is uit mijn handen geglipt."

"Ben je een hond?" vraag ik het schaap, mijn geest nog steeds vertroebeld.

"Dat ben ik niet," zegt hij — of wie dan ook. "Ik ben Adrian. De hond heet Leo en hij klinkt zo." De stem verandert om een octaaf hoger en sneller te klinken, alsof deze persoon een eekhoorn met te veel cafeïne heeft gegeten. "Je ruikt lekker. De modder is leuk. Het spijt me dat ik je heb laten vallen. Soms vergeet ik dat ik geen pup meer ben."

De hond die geen schaap is — Leo — gaat uit mijn zicht en dan zie ik eindelijk de spreker.

Het uitzicht verdampt alle lucht die ik had teruggewonnen.

Het gezicht van de man — Adrian — is perfect geproportioneerd, met een aristocratische neus, een krachtige kin en zilverkleurige ogen die kwajongensachtig glanzen. Ja, kwajongensachtig. Met zijn brede schouders en donkere, verwaaide haar dat zich langs zijn oren uitstrekt, kan hij op de kaft van een historische roman worden gezet; het enige wat ze hoeven te doen is wat historische kleding te fotoshoppen.

Door de hertog genomen, zou de titel van de genoemde roman zijn. Of *De onwillige bruid van de markies. Uw naam is Earl. De maagdelijke meesteres van de baron. Het muurbloempje van de schurkerige burggraaf —*

Hij knielt naast me neer.

Is mijn bril beslagen of ligt het aan mijn netvlies? Dergelijke onvervalste knapheid zou gepaard moeten gaan met een waarschuwing.

"Gaat het?" vraagt hij.

Of het gaat? Ik ben angstig, geschokt en veel te opgewonden gezien mijn hachelijke situatie, maar ik heb voornamelijk het gevoel dat ik iets uiterst belangrijks vergeet.

Dan weet ik het.

Het sollicitatiegesprek! Hoe kon ik dat vergeten, zelfs voor maar een seconde? Heb ik windmolens in mijn hoofd?

"Ik ben te laat," kondig ik aan en ik ga rechtop zitten.

Bij de ballen van de duivel. Mijn armen zwaaien en er vliegen brokken modder alle kanten op — inclusief naar Leo, die ze gretig op likt, en Adrian, die het stoïcijns in zich opneemt.

"Weet je zeker dat je klaar bent om op te staan?" vraagt Adrian terwijl hij zijn hand naar me uitstrekt.

"Het maakt niet uit of ik er klaar voor ben." Ik pak zijn hand en stort dan bijna terug op de grond.

Zijn huid is heet als een woedende oven en die warmte doordringt mijn lichaam en smelt alles in zijn kielzog.

Uh oh. Juffrouw Miller voelt een verlangen in haar meest geheime plek. Een zeer onvrouwelijke tinteling die —

"Ik denk dat je nog niet hersteld bent," zegt Adrian terwijl hij me helpt om overeind te komen. "Ga even daar op dat bankje zitten."

"Kan niet," hijg ik en trek mijn hand uit zijn greep voordat ik verbrand. "Moet rennen."

Zijn uitdrukking verhardt. "Je zou een hersenschudding kunnen hebben."

"En wiens schuld is dat?" Ik vernauw mijn ogen tot spleetjes naar hem. "Ik ben te laat voor een sollicitatiegesprek. Voor mijn droombaan. Kun je ophouden me in de weg te staan?"

"Een sollicitatiegesprek?" Hij gaat met zijn blik over me heen. "Zoals je er nu uitziet?"

Ik kijk naar beneden en wou dat ik dat niet had gedaan. "Oh nee. Ik ben viezer dan een varken."

"Varkens zijn niet echt vies," zegt Adrian. "Ze gebruiken modder om af te koelen en als zonnebrandcrème en insectenwerend middel."

Juffrouw Miller vecht tegen de drang om in het gezicht van de schurk met hoge jukbeenderen te slaan.

"Dat is zo'n nuttige les in de veehouderij, bedankt." Ik stap uit de modder. Mijn knieën zijn in het begin wiebelig, maar bij elke stap voel ik me steeds meer mezelf — alleen een veel, veel vuilere versie.

"Wacht," roept hij me na. "Laat me je op zijn minst helpen."

Ik wacht niet, maar hij haalt me in en pakt mijn elleboog — alsof we op het punt staan om voor theetijd een wandeling te maken.

Nogmaals reageert mijn verraderlijke lichaam met de meest ongepaste intensiteit op zijn aanraking.

Jeetje. Als ik door een wonder deze baan krijg, dan moet ik Project Grootse Ontmaagding naar de top van mijn takenlijst verplaatsen. Zo lang droog staan heeft me duidelijk in een hormonaal kruitvat veranderd, klaar om bij de eerste vreemdeling die ik ontmoet te ontploffen.

Juffrouw Miller vindt die laatste gedachte ongepast.

"Zouden ze je een nieuwe afspraak laten maken?" vraagt Adrian, terwijl hij nog steeds mijn elleboog vasthoudt.

"Ik betwijfel het," zeg ik. "Ik zou het niet doen."

"Ik woon aan de overkant van de straat," zegt hij. "We kunnen je kleren binnen een uur gewassen hebben."

Ik bloos als de maagd die ik ben. "Probeer je me uit mijn kleren te krijgen?"

Zijn glimlach is verwaand. "Doe het. Of doe het niet. Ik probeer helemaal niks."

Ik bevrijd mijn arm van de zijne. "Houd Yoda in je broek."

Een totale losbol. Ik had het moeten weten.

Ik versnel mijn pas en laat hem in ieder geval even achter me.

"Wacht even." Hij haalt me in, Leo loopt hijgend naast zijn hielen. "Ik bedoelde het wasaanbod."

"En *ik* bedoel dit: zelfs als ik geen haast had, dan zou het antwoord 'echt niet' zijn."

Hij zucht. "Mag ik op zijn minst —"

"Dit is mijn bestemming," zeg ik buiten adem terwijl ik naast de bibliotheek stop. "Het was geen genoegen je te ontmoeten."

Hij glimlacht boosaardig. "Het gebrek aan plezier was helemaal van mij."

Bezoek www.mishabell.com/nl om jouw exemplaar van *Losbol miljardair* vandaag nog te bestellen!

www.ingramcontent.com/pod-product-compliance
Lightning Source LLC
Chambersburg PA
CBHW011319310726
48973CB00011B/2979